BASTEI
LÜBBE

Jeremy Josephs

Das vierte Gebot

Aus dem Englischen
von Rolf Kalenberg

BASTEI
LÜBBE

BASTEI-LÜBBE-TASCHENBUCH
Band 14 229

Erste Auflage: Oktober 1999

Sie finden uns im Internet unter
http://www.luebbe.de

Originaltitel: Murder in the Family
Lektorat: Wolfgang Neuhaus / Marco Schneiders
Titelbild: Bastei-Archiv
Umschlaggestaltung: QuadroGrafik, Bensberg
Satz: KCS GmbH, Buchholz / Hamburg
Druck und Verarbeitung:
Brodard & Taupin, La Flèche, Frankreich
Printed in France
ISBN 3-404-14229-2

Der Preis dieses Bandes versteht sich einschließlich der gesetzlichen Mehrwertsteuer

Inhalt

Danksagungen

Beklagen Sie sich bei Arthur Frank! Es war nämlich mein Schwiegervater, der mir die Anregung gab, ein Buch über den Fall Newall zu schreiben. Er hat es mir nicht einmal gesagt, sondern mindestens dutzendmal. Jetzt weiß ich, warum er so hartnäckig darauf drängte, denn die Recherchen für dieses Buch waren ebenso faszinierend wie das Schreiben. Diese entsetzliche Geschichte hat nicht nur die Männer und Frauen von Jersey in ihren Bann gezogen, sondern Menschen in der ganzen Welt. Ich hoffe, daß ich dem komplexen Geschehen gerecht geworden bin – und auch dem schieren Horror.

Ich stehe bei vielen Menschen in der Schuld, die mir beim Schreiben dieses Buches geholfen haben – es waren so viele, daß ich nur ihre Namen auflisten und nicht in Einzelheiten gehen kann, worin ihre Hilfe bestand. Deshalb möchte ich den folgenden Personen meine Dankbarkeit und Wertschätzung versichern: Jimmy Adamson, Angela Barnes, Julian Bernstein, Michael Blackey, Alan Brooke, Catherine Buddin, Charles Canham, Alister Clark, Nancy Clark, Nick Cooper, Paolo Corolla, Richard Dawes, David Ellam, Maureen Ellam, Rachel Ellison, Martin Farley, Julie Frank, Sandra Genee, Kate Hall, Frank Hayes, Celia Kent, Bob Le Breton, David Le Quesne, Terry MacDonald, Charles MacDowall, Paul Marks, George Marshman, Jack Merrivale, Stephen Newall, Graham Nimmo, Sergio Parmesan, Philip Perree, Alan Phillips, Philippa Richardson, Barry Simpson, Irene Stevenson, Pat Stoker, Corinne Symonds, Nicholas Symonds und Barry Wilkinson. Ich möchte auch allen Angehörigen der Familien Josephs und Symonds danken. Und schließlich auch Dir, Arthur, vielen Dank.

Jeremy Josephs
Juni 1994

1

›Die beste Ehe, die ich je gesehen habe‹

Noch ein paar Monate, dann wären es fünf Jahre gewesen. Fünf Jahre seit jener Nacht, in der er seine Eltern mit einem chinesischen Reisdreschflegel totgeschlagen hatte. Er hatte ihnen die Schädel gespalten und in ihrem Bungalow auf der Insel Jersey ein Blutbad hinterlassen. Fünf Jahre Freiheit für Roderick Newall, fünf Jahre ergebnislose Fahndung durch die Polizei der Insel. Kein Wunder, daß Roderick allmählich glaubte, ungeschoren davonzukommen. Trotz der intensivsten Suche, die es auf der Insel je gegeben hatte, waren die Leichen von Nicholas und Elizabeth Newall nicht gefunden worden. Der Mörder hatte sie zu sorgfältig beseitigt. Keine Leichen. Kein Motiv. Keine Verhaftung. Der perfekte Doppelmord.

Dabei wäre es vielleicht geblieben, hätte der älteste Sohn der Newalls seine Zunge im Zaum gehalten. Doch sein überwältigendes Schuldgefühl verriet ihn schließlich. Jetzt, am Nachmittag des 5. August 1992, an Bord der HMS *Argonaut*, zweihundertdreißig Kilometer südwestlich von Gibraltar, würde er bald den Preis dafür zahlen, daß er sich sein Gewissen hatte erleichtern wollen. Denn die Polizei von Jersey, die sich mehr mit Betrunkenen oder Ladendieben beschäftigte, hatte sich der Hilfe der Königlichen Marine und der Polizei von Gibraltar versichert, um Roderick Newall der Gerechtigkeit zu überführen.

Er glaubte, seine Papiere sollten nur routinemäßig überprüft werden, deshalb hatte Newall sich bereit erklärt, seine hochseetüchtige Jacht, die *Austral Soma*, zu verlassen und das kurze Stück zur Fregatte zu rudern. Noch während Newall in dem kleinen Boot saß, bezogen fünf bewaffnete Angehörige der Königlichen Polizei von Gibraltar an strategischen Punkten Stellung. Als er schließlich an Bord stieg, bildeten die Männer einen Halbkreis, während Newall mit dem Rücken zur See stand.

»Junge«, sagte man dem flüchtigen Segler, »wir haben eine Überraschung für dich.«

Familie Newall liebte das Meer. Ein Vierteljahrhundert zuvor, als Nicholas Newall in See stach, um zu den Westindischen Inseln zu segeln, hatte er allen Grund, stolz zu sein. Alles lief nach Plan. Die vielen Monate der peniblen Planung und der umsichtigen Vorbereitung schienen sich auszuzahlen. Jetzt lockten Jamaika, Kuba und Haiti. Wie wundervoll es ist, dachte der sechsundzwanzigjährige Skipper der *Rodmark,* endlich mal aus Schottland wegzukommen, endlich mal raus aus dem Job als Lehrer an der Grundschule.

Auch die Zwänge des Familienlebens hatten Newalls Vorhaben in keiner Weise vereiteln können: an Bord befanden sich seine beiden kleinen, aber äußerst lebhaften Söhne, Roderick und Mark, drei Jahre der eine, achtzehn Monate der andere. Sie wurden auf Schritt und Tritt von zwei Augenpaaren verfolgt: dem ihrer Mutter, Elizabeth Newall, und dem des schottischen Kindermädchens.

Von Familie und Freunden gleichermaßen beneidet, war den Newalls das Privileg bewußt, sich ihren Traum erfüllen zu können. Doch statt den Nordatlantik und die Azoren anzusteuern, mußte Nicholas Newall bald einen bescheideneren Kurs einschlagen und lief den Hafen von St. Helier auf Jersey an.

Die kleine Insel verzauberte die Newalls, wie schon vor mehr als einhundertzwanzig Jahren auch Königin Viktoria. So endete die Expedition der Newalls in die Karibik, kaum daß sie begonnen hatte, auf Jersey, auch wenn Elizabeth Newall sich hartnäckig dagegen gewehrt hatte, daß man auf ihre Seekrankheit Rücksicht nahm, zumal sie von vorherigen Reisen daran gewöhnt war. Doch auch ihr jüngster Sohn Mark war schon kurz nach dem Lossegeln erkrankt und hatte ein paarmal das Bewußtsein verloren. Die Eltern brauchten nicht den fachmännischen Rat eines Arztes, um zu wissen, daß ihr Sohn gesundheitlich nicht stark genug war, die anstrengende Reise über den Atlantik zu überstehen. Was hätten sie tun können, wenn er auf hoher See dringend medizinische Hilfe benötigte?

Es waren diese Befürchtungen, die Nicholas Newall zu der Einsicht brachten, daß er wohl doch nicht dem Kielwasser des Christoph Columbus und seiner *Santa Maria* folgen sollte – jedenfalls noch nicht. Er schwor sich, sein ehrgeiziges Projekt eines späteren Tages zu verwirklichen, als er zur Filiale der Barclays Bank in St. Helier ging und sich mit englischen Pfund eindeckte – einer Währung, von der er geglaubt hatte, sie so schnell nicht wieder zu benötigen.

Bei der Bank erkundigte er sich auch nach einem guten Hotel. Zu diesem Zeitpunkt ahnte er nicht, daß Jersey für die nächsten zwanzig Jahre die Heimat der Newalls bleiben würde.

Die Newalls hatten eine schöne, aber eigenartige kleine Insel betreten. Wegen der majestätischen Küstenlinie wird Jersey oft ›Königin des Kanals‹ genannt, obwohl die Insel sich gar nicht im Ärmelkanal befindet. Sie liegt in der Bucht von St. Malo, sehr nahe an Frankreich. Weder souveräner Staat noch in kolonialer Abhängigkeit, ist die Insel sehr britisch, obwohl sie kein integraler Bestandteil des Vereinigten Königreichs ist.

Anomalismen und Anachronismen gibt es auf Jersey im Überfluß. So bewahren die Insulaner ihre eigene Sprache, wenngleich überall englisch gesprochen wird. Sie haben ihre eigenen Banknoten, aber gehandelt wird in Pfund Sterling. Regelmäßig und mit großem Elan finden Wahlen statt, aber Parteipolitik fällt höchstens durch ihr Nichtvorhandensein auf. Die Insulaner haben eine Vorliebe für schnittige und sportlich-schnelle Autos, doch nirgends darf man schneller als 65 Stundenkilometer fahren.

Aber trotz der verwirrenden Ungereimtheiten und der historisch gewachsenen Eigenheiten erkannten Nicholas und Elizabeth Newall sofort, daß sie auf ein wunderschönes Fleckchen Erde gestoßen waren. Als Historiker aus Neigung las Nicholas Newall, was Königin Viktoria über die Insel zu sagen gehabt hatte. St. Aubin's Bay erinnere sie an Neapel, hatte sie erklärt, als sie 1846 Jersey besuchte. »Was für ein schöner, reich beschenkter Ort das doch ist«, lautete ihr Urteil, mit dem Nicholas und Elizabeth völlig übereinstimmten.

Doch so idyllisch war es offenbar nicht immer auf der Insel gewesen, denn in der *Penny Cyclopaedia* hatte ein Verfasser kurz nach der Jahrhundertwende in weniger glühenden Farben festgehalten:

> Starke Winde herrschen vor, und regelmäßig bläst ein kräftiger Sturm. Die häufigsten Krankheiten sind Rheumatismus, Leberbeschwerden, Schluckauf und periodisch auftretendes Fieber. Die übliche Nahrung bei den Bauern und der Landbevölkerung ist ›soupe à choux‹ mit Lauch und Kartoffeln; manchmal, aber nur selten, gibt es ein wenig Fleisch dazu. Das übliche Getränk ist der Apfelwein. Diese kärgliche Ernährung hat wahrscheinlich zum Verfall der Einwohner beigetragen, was Gestalt und Erscheinungsbild angeht.

Doch die Verhältnisse auf Jersey hatten sich offenbar rasch zum Besseren entwickelt, denn als die Newalls 1967 dort eintrafen, fanden sie ein beständiges Klima, gesund aussehende Menschen und gutes Essen vor. Sie beschlossen, die Insel zu ihrer Heimat zu machen, und kauften Martello Cottage in St. Brelade.

Die Bucht im Süden ist eine der schönsten Jerseys, bekannt wegen der roten Granitklippen, der geschützten Mulden und der langen Strände mit ihrem goldenen Sand. Die Newalls beglückwünschten sich zu ihrem Entschluß. Sicher, sie waren gezwungen gewesen, ihr Abenteuer abzubrechen, und in ihrer alten Heimat Schottland hatten ein paar Leute gehöhnt und gespottet. Aber daß sie das Glück hatten, sich auf dieser freundlichen Insel niederzulassen, versöhnte sie mit ihrem Schicksal.

Elizabeth hatte ihren späteren Ehemann kennengelernt, als sie in der New Park Vorbereitungsschule in St. Andrews unterrichtete, einer Stadt, die früher einmal als kirchliche Hauptstadt Schottlands bekannt war.

Nicholas, neun Jahre älter als sie, war bereits ein fest etablierter Lehrer an der New Park, als die eifrige Neuerwerbung Elizabeth, frisch von der Lehrerausbildung, an diese Schule kam.

Sie war mit einem anderen Mann verlobt. Mike Hill war ein junger Arzt mit einer liebenswerten, unkomplizierten Persönlichkeit, der ausgesprochen gut in Elizabeths Familie paßte. Ihre Romanze hatte ein paar Jahre zuvor begonnen, als beide an der Universität von St. Andrews studierten, der ältesten Hochschule Schottlands, gegründet im fünfzehnten Jahrhundert. Elizabeth hatte sich für den Studiengang Moderne Sprachen entschieden, während Mike Medizin studierte.

Doch als Nicholas Newall auf der Bildfläche erschien, konnte Elizabeth ihre Verlobung gar nicht schnell genug auflösen. Nicholas, verkündete sie, war der Mann, den sie wirklich liebte, und an diesem Urteil ließ sie nicht rütteln. Diesmal jedoch war die Zustimmung der Familie, was Elizabeths Wahl ihres Zukünftigen betraf, nicht so überwältigend.

Elizabeths Schwester Nan Clark erklärte später:

> Als wir Nick zum erstenmal sahen, waren wir nicht besonders angetan oder gar begeistert von ihm. Er war ein sehr seltsamer Mensch. Er schien überhaupt nicht zu meiner Schwester zu passen – er begeisterte sich nicht für dieselben Dinge wie sie. Ich hatte das Gefühl, daß Eliza-

beth eine bestimmte Rolle angenommen hatte und diese Rolle spielte, seit sie Nick kennengelernt hatte. Sie war nicht mehr die Elizabeth, die ich kannte, sondern schien mir in die Rolle einer Ehefrau zu schlüpfen, wie Enid Blyton sie in ihren Büchern beschreibt, während Nick der schroffe, ein wenig distanzierte Ehemann war. Sie tat alles, um Nick zu gefallen und sich ihm anzupassen. Sie verfolgte seine Interessen statt ihre, wo sie doch so große eigene Fähigkeiten besaß.

Auch Familie Newall war von Nicks Wahl nicht angetan. Die Newalls besaßen starke Verbindungen zur Welt der Freimaurer, und einige Mitglieder der Familie gehörten der schottischen Richterschaft an. Deshalb wurden die Nelsons, Elizabeths Familie, von den Newalls als unter ihrem gesellschaftlichen Stand betrachtet.

Aber alle Versuche, die Beziehung zu sprengen, scheiterten kläglich und bewirkten das Gegenteil. Deshalb söhnten die Familien sich aus, als sich immer deutlicher abzeichnete, daß Nicholas und Elizabeth zur Heirat entschlossen waren. Die Hochzeit fand im Jahr 1963 statt, nachdem die Familien sich ins Unvermeidliche geschickt hatten. Die Clans der Newalls und der Nelsons bemühten sich, nicht länger die Stirn zu runzeln und die Brauen zu heben, wenn von den neuen Familienangehörigen die Rede war. Amor muß an diesem Tag gelächelt haben, denn er war ein Triumph der Liebe.

Doch jemanden zu finden, der ein gutes Wort für Nicholas Newall einlegte, war während der ganzen Ehe ein schwieriges Unterfangen. Selbst Maureen

Ellam, die in Nicks späterem Leben eine enge Vertraute wurde, hatte sich angewöhnt, ihren Freund als aufgeblasenen Popanz zu bezeichnen, wobei sie stets rasch eine Einschränkung hinzufügte.

»Die Leute, die Nicholas nicht mochten, waren weit in der Überzahl«, berichtet sie. »Aber wenn es einem gelang, seine ziemlich arrogante Fassade zu durchbrechen, hatte man einen ausgesprochen amüsanten Freund fürs Leben.«

Nicholas Newall hatte eine entbehrungsvolle Kindheit erlebt. Nicht, daß es je an Geld gemangelt hätte; ganz im Gegenteil. Materielle Dinge waren nie das Problem.

Die Newalls waren eine alte schottische Industriellenfamilie, die um die Jahrhundertwende an der Westküste ein beträchtliches Vermögen erworben hatte. Das Unternehmen war zwar einträglich, besaß aber nichts Glanzvolles: In den Fabriken, die sich nördlich von Gare Loch in der Nähe von Rhu in Strathclyde ausbreiteten, wurden Schrauben und Bolzen für die blühende Schiffbauindustrie hergestellt. So konnten die Newalls sich erlauben, Nicholas und seinen eineiigen Zwilling Stephen nach Musselburgh aufs Loretto zu schicken, eine der angesehensten Schulen Schottlands.

Geld war nie das Problem, sondern der Mangel an Zuwendung: Nicholas wurde die Liebe vorenthalten, auf die er Anspruch hatte. Doch seine Eltern waren so sehr miteinander beschäftigt, daß sie kaum Zeit oder Energie hatten, sich um ihre Zwillingssöhne zu kümmern. Oft waren die Eltern gar nicht da; sie fuhren häufig zusammen in Urlaub, weit weg von Schottland. Mit der Folge, daß die Jungen während der prägenden Phase ihres Lebens herumgeschoben wurden.

In diesen Schlüsseljahren ihrer Kindheit wurden sie entweder von einem Kindermädchen betreut, besuchten das Internat oder langweilten sich bei ihren Großeltern väterlicherseits.

Diese Art Familienleben jedoch konnte den Mangel an elterlicher Fürsorge und Erziehung nicht wettmachen, im Gegenteil: Es vertiefte die Probleme der Jungen und hemmte ihre Entwicklung noch mehr, zumal ihr Großvater ein Kauz von einem Mann war.

Eines seiner eigenen Kinder, Kenneth, Onkel der Zwillinge, war von äußerst kleinem Wuchs und wurde deshalb für immer von seinem Vater ferngehalten. Großvater Newall machte nie einen Hehl daraus, weshalb er Kenneth auf so grausame Weise verbannte: Er verabscheute den Anblick des eigenen Sohnes. Deutlicher hätte er nicht werden können. Ausgerechnet dieser gefühllose, übelgelaunte Mann, dessen Stimmungsumschwünge gefürchtet waren, übernahm die führende Rolle in Nicholas' Erziehung. Kann es da verwundern, daß Nicholas in seinem späteren Leben emotionale Probleme hatte? War es da nicht unvermeidlich, daß er irgendwann würde kämpfen müssen, um sich in der ihm fremden Sprache der Liebe auszudrücken?

Eine hervorragende Ausbildung hatte Nicholas mit einer kultivierten Sprechstimme ausgestattet, und bald erkannte er, daß er Nutzen daraus ziehen konnte. Seine Stimme klang voll und samten, und sein schottischer Dialekt war kaum herauszuhören. Es kam hinzu, daß er sich gut auszudrücken verstand.

»Wenn er sprach, wurde ich immer an den Dichterfürsten Ted Hughes erinnert«, berichtet Maureen Ellam. »Er überlegte sorgfältig, ehe er zu sprechen begann, und das beeindruckte mich sehr. Ich weiß noch, daß mein Mann mal eine neue Tür in unser Wohnzimmer einbaute. ›Ah, Maureen‹, sagte Nicholas mit seiner weichen Stimme, ›ich wußte, daß du auf den bestmöglichen Durchblick Wert legst.‹«

Doch häufiger geschah es, daß Nicholas seine Stimme in Verbindung mit seiner scharfen Zunge einsetzte, und dann klang er überaus arrogant und herablassend. »Ich weiß nicht, warum er oft so ungehobelt zu den Menschen war«, sagt Nan Clark, seine Schwägerin.

> Vielleicht war es seine Art, sich selbst zu schützen, damit er nicht verletzt wurde. Aber er konnte auch ein wunderbarer Gast oder Gastgeber sein, wenn er wollte. Doch wenn er auf einer Dinnerparty eine bestimmte Person nicht leiden mochte, verhielt er sich ihr gegenüber ausgesprochen beleidigend. Was mich betraf, so hatten wir ein ganz anderes Verhältnis. Ich glaube, er muß erkannt haben, daß er mir sagen konnte, was er wollte – ich würde mich trotzdem nicht mit ihm verkrachen, denn er war der Mann meiner Schwester, und damit hatte es sich. Ich habe Nick im Laufe der Jahre immer mehr schätzengelernt, aber ich muß auch sagen, daß ich nie richtig warm mit ihm geworden bin. Er war zu sehr in sich gekehrt, zu sehr damit beschäftigt, auf die ganze menschliche Natur herabzusehen, die Menschheit im allgemeinen zu verspotten und zu verhöhnen. Er gegen alle.

Nicholas' Onkel Kenneth zog sich schließlich auf die abgelegene Insel Sark zurück, übrigens gar nicht weit von Jersey entfernt und eine der letzten Bastionen europäischen Feudalismus.

Der Milchbauer Philip Perree, Einheimischer von Geburt an, erinnert sich an einen Besuch Nicks auf der Insel. Er wollte zu seinem zwergenhaften Onkel Kenneth, dem es nie gelungen war, eine Frau zu finden.

»Nick war immer so hochnäsig«, erinnert sich Perree. »Ich hatte ihn zwei oder drei Jahre nicht gesehen und rief ihm zu: ›Hallo, Nick.‹ Kaum ein Verbrechen, sollte man meinen. Aber er blaffte mich an: ›Für Sie, Mr. Newall.‹ Da habe ich mir gesagt, mit dem Mann willst du nichts mehr zu tun haben.«

Nicholas mochte nicht viel über den Umgang mit Menschen wissen, aber mit Booten kannte er sich aus. Nirgends war er glücklicher als auf See, und seine Bibliothek quoll über mit Büchern über Segeln, Rudern und Navigation, dazu nautische Almanache und Seefahrergeschichten.

Nachdem sie sich in Jersey eingelebt hatten, nahm Nicholas den Lehrerberuf wieder auf, obwohl er nie mit dem Herzen dabei war. Trotzdem unterrichtete er nacheinander an mehreren Schulen, wann immer die finanzielle Lage der Familie es erforderte. Aber auch unter seinen Kollegen war Nicholas immer allein.

Barry Wilkinson kann sich gut an ihn erinnern.

> Ich habe mit Nick an St. George's unterrichtet, eine kleine Vorbereitungsschule auf der Insel. Er war stets kurz angebunden und eigensinnig, und im Lehrerzimmer war er nicht sehr beliebt. Wenn Sie mich fragen – ein typischer Schotte. Ihm ging es weniger darum, den Kindern etwas beizubringen, er wollte ihnen seine Bildung aufzwängen. Er war ein strenger Lehrer, der großen Wert auf Disziplin legte. Wir wußten, daß er finanziell besser dastand als der gewöhnliche

> Schullehrer, er überbrückte nur die Zeit. Er hielt sich sehr für sich. Wir haben nicht erwartet, daß er sich an gesellschaftlichen Veranstaltungen der Schule beteiligte – und das tat er auch nicht.

Nicholas hielt sich überdies für einen perfekten Schriftsteller, und obwohl er bislang erfolglos versucht hatte, etwas zu veröffentlichen, hielt ihn dies nicht davon ab, eine Anzahl von Romanen zu schreiben. Obwohl sie nicht autobiographisch sein sollten, gab es doch verblüffende Gemeinsamkeiten zwischen Nicholas' eigenen Erlebnissen und denen seiner fiktiven Helden.

In einem Roman erzählte er die Geschichte eines schottischen Lehrers, der die Wirtschafterin einer Vorbereitungsschule für Jungen heiratete, die er aber zu ermorden trachtete. Ein anderer Roman handelte von Zwillingen, die in Jersey lebten. Dann verfaßte er ein Stück über Maria Stuart, Königin der Schotten, deren unkluge Heiratspolitik zu einer Rebellion im eigenen Lande führte, die Maria zur Flucht nach England zwang, wo sie schließlich als römisch-katholische Bedrohung für den Thron enthauptet wurde.

Nicholas betrieb oft ausgiebige Recherchen, ehe er sich ans Schreiben machte. Schreiben war eine einsame Beschäftigung, aber die Einsamkeit entsprach seiner Natur, und im Laufe der Jahre verbesserte sich sein Stil, zumindest in den Augen seiner Familie und der Freunde, denen er gelegentlich seine literarischen Bemühungen aufbürdete.

Trotzdem konnte er nie die erste Hürde überspringen, veröffentlicht zu werden. Immer wieder schickte er Proben seiner Arbeiten an mehrere Londoner Verlagshäuser, doch wurden sie allesamt abgelehnt. Allerdings gelang es ihm, mehrere Artikel in Zeitschriften wie *History Today* und *The Countryman* zu veröffentlichen. Aber da es sich dabei um Artikel fachlicher Natur handelte, wuchs Nicholas' Enttäuschung über sein Unvermögen, Verleger zu gewinnen, die seine phantasievolleren Arbeiten entsprechend würdigten.

Als Nan Clark ihn fragte, warum er seine fiktiven Handlungen nicht mit seinen historischen Forschungen anreicherte, war die Antwort des frustrierten Autor typisch, kurz angebunden und arrogant. »Weil es eine Prostitution meiner Kunst wäre.«

Rückenprobleme und eine seltene Blutanomalität trugen auch nicht dazu bei, daß sich Nicholas Newalls Lebenseinstellung verbesserte. Der berechnende und zurückgezogene Mann schien so weit entfernt zu sein von der Welt der Gefühle, daß ihn kaum etwas erschüttern konnte. Selbst beim Tod eines Menschen aus seinem Bekanntenkreis gestattete er sich keine Emotionen, sondern machte mit dem weiter, was er gerade begonnen hatte, als wäre nichts Außergewöhnliches geschehen. Kälter als ein Fisch. Größer konnte der Unterschied zu seiner Frau nicht sein.

Nan Clark erinnert sich:

> Ich bin mit meiner Schwester immer gut ausgekommen, obwohl sie – wie alle Schwestern – manchmal unmöglich war. Da ich viereinhalb Jahre älter war, habe ich es als meine Aufgabe betrachtet, sie zu bremsen, wenn sie mit ihren Ideen und Plänen übers Ziel hinausschoß. Voll der Lebensfreude, voller Energie und schnell begeisterungsfähig – das war Elizabeth. Sie gehörte zu den Menschen, die ein Zimmer heller erscheinen lassen, wenn sie es betreten.

Maureen Ellam bestätigt diese Einschätzung. Auch sie bewunderte Elizabeths Freude am Leben.

> Sie stürmte in mein Haus, als würde sie vor Energie platzen. Sie war eine kräftige, amazonenhafte Frau, und eine Schönheit dazu. Ich habe sie oft damit aufgezogen, daß sie sich in mancher Hinsicht wie ein Schulmädchen benehme.

Aber so fröhlich Elizabeth zweifellos sein konnte, so leicht konnte sie auch in wilde Wut geraten, wenn sie sich nicht im Zaum hielt. Ihre Schwester Nan war überzeugt, daß es etwas mit ihrem roten Haarschopf zu tun hatte.

Was auch der Grund dafür sein mochte, es war kein erbauender Anblick, Elizabeths stattliche ein Meter fünfundsiebzig in zitternder Wut zu erleben, denn sie erweckte in solchen Fällen tatsächlich den Eindruck, als hätte sie völlig den Verstand verloren. Wenn sie außer sich vor Zorn war, schien sich ihre normalerweise frische Sommersprossenhaut zu verdunkeln, und ihre Augen sprühten Boshaftigkeit. Obwohl sie mit den Jahren lernte, ihre Zunge im Zaum zu halten, gab es doch keinen Mangel an Gelegenheiten, wenn die Funken stoben.

Doch Elizabeth kannte ein zuverlässiges Mittel, überschüssige Energie zu verbrennen: den Sport. Am besten schien Tennis geeignet zu sein. Von frühester Kindheit an hatte sie sich in vielen Sportarten betätigt, darunter Golf und Badminton. Einmal hatte sie ihre Eltern mit der Nachricht überrascht, daß sie Captain des Cricket-Teams der Schule geworden war.

Es gehörte zu Elizabeths größten Freuden, nach

einem guten Tennismatch bei ihrer Freundin Angela Barnes vorbeizuschauen, eine der wohlhabenderen Bewohnerinnen der Insel Jersey. Dort konnte sie sich entspannen, erfuhr den neuesten Klatsch und verlebte den Rest des Tages mit einem oder zwei Glas Wein.

Manchmal fanden diese Besuche vier-, fünfmal in der Woche statt. Angela war darauf eingestellt und hatte stets eine gekühlte Flasche Wein parat. Obwohl Elizabeth sportlich und gesundheitsbewußt lebte, spielte der Alkohol eine wichtige Rolle in ihrem Leben. Bei einem Besuch im modernen Haus der Barnes in St. John schafften die Newalls zwei Flaschen Weißwein vor dem Essen, zwei Flaschen Rotwein während des Essens und zwei Flaschen guten Portweins nach dem Dessert. Und sie verschmähten auch nicht Sherry oder Bier.

Wie Nicholas, war auch Elizabeth verhältnismäßig früh auf ein Internat geschickt worden. Und wie die Schule ihres Mannes als beste Jungenschule Schottlands betrachtet wurde, galt St. Leonard's in St. Andrews als erste Wahl für Mädchen. Elizabeth entwickelte sich gut, sie war anpassungsfähig und gewann leicht Freundinnen. Ihre Energie und Lebensfreude wirkten ansteckend.

Nachdem sie ihren Abschluß am St. Leonard's gemacht hatte, fühlte sie sich geschmeichelt, als man ihr ein Stipendium in Cambridge anbot, lehnte jedoch ab. Sie zog es vor, die Universität Edinburgh zu besuchen, wo sie Erziehungswissenschaften studierte. Es war fast so, als würde ihr alles gelingen, was sie anfaßte – von Sport bis zu akademischen Anforderungen.

Elizabeth, die für ihr Leben gern telefonierte und ein weiches Herz für alte Menschen besaß, hatte sich eine schlichte Philosophie angeeignet: Das Leben ist zum Leben da, koste es aus.

Nach ein paar Jahren in St. Brelade, wo sie ein Haus in der Nähe des renommierten Hotels L'Horizon bewohnten, zogen die Newalls in ein anderes Haus, Crow's Nest (Krähennest, Anm. d. Ü.). Es hätte keinen treffenderen Namen tragen können.

Crow's Nest thronte hoch über dem Hotel Prince of Wales in Grève de Lecq, versteckt an der zerklüfteten Nordküste, und bot einen spektakulären Blick über die Insel. Man konnte hinüber nach Sark schauen und die scharf gezackten Bergspitzen der Paternosters sehen.

Aber wie idyllisch die Szenerie auch sein mochte – das Innere des Hauses hielt nicht, was das Äußere versprach. Eine Frau kannte das Haus am besten: Natividade Ferreira aus Madeira, die bei den Newalls putzte. Elizabeth nannte sie nur Natty, während Nicholas nie ein Wort mit ihr gesprochen hat. Natty erinnert sich, daß ihre Zeit in Grève de Lecq mit harter Arbeit verbunden war.

> Mit Crow's Nest war wirklich kein Staat zu machen. Es war ein sehr altes Haus, und man hätte vieles renovieren müssen. Außerdem war Mrs. Newall keine sehr ordentliche Frau, und wenn ich einmal die Woche zum Saubermachen kam, sah es im Haus fürchterlich aus. Eigentlich wollte ich nur drei oder vier Wochen dort arbeiten, aber ich mochte Mrs. Newall sehr, denn sie war immer sehr nett zu mir. Deshalb beschloß ich zu bleiben. Sie war eine fröhliche Frau, großzügig und klug. Aber Mr. Newall mochte ich nicht. Ich hatte immer das Gefühl, als würde er

> auf mich herabschauen. Er hat mich nie beachtet, konnte mir nicht schnell genug aus dem Weg gehen und hatte es immer eilig, um zu lesen oder zu schreiben. Er war so ganz anders als Mrs. Newall.

Natty hatte den Nagel auf den Kopf getroffen. Wie konnten Nicholas und Elizabeth zusammenpassen, wo sie doch so sehr unterschiedliche Temperamente und Persönlichkeiten hatten? Und doch lebten sie in einer sehr engen Beziehung. Es gab ein inniges Band zwischen ihnen, das sich nur denen erschloß, die genau hinschauten. Selbst Nan Clark, die sich nie so richtig an ihren Schwager gewöhnen konnte, mußte zugeben, daß Elizabeth und Nick eine lebendige und kraftvolle Beziehung unterhielten.

> Sie liebten sich, daran gab es nie einen Zweifel. Elizabeth sorgte dafür, daß die Ehe funktionierte. Sie paßte sich ihm an, wollte so viel wie möglich mit ihm gemeinsam haben. Ihm zuliebe hat sie weitgehend mit dem Golfen aufgehört und mit dem Segeln begonnen, Nicks Leidenschaft. Sie tat alles, was er wollte.

Maureen Ellam ist in ihrer Beurteilung weniger zurückhaltend. Seit sie die Newalls das erste Mal getroffen hatte, war sie ganz sicher, daß Elizabeth und Nick einander vollkommen zugetan waren. Deshalb sagte Maureen, ohne zu zögern: »Es war ohne Zweifel die beste Ehe, die ich je gesehen habe.«

Bei Angela Barnes jedoch stellt sich die Ehe aus einem anderen Blickwinkel dar. Im Unterschied zu Maureen Ellam, die relativ spät ins Leben von Elizabeth und Nicholas trat, hatte Angela die Newalls gut zwanzig Jahre lang aus der Nähe erlebt.

»Sie lebten auf der Überholspur«, sagt sie. »Sie kosteten das Leben voll aus, und ich habe sie dafür bewundert. Gut, daß sie es sich gönnen, habe ich immer gesagt. Aber dadurch wurden sie als Paar natürlich sehr egoistisch. Zum Teufel mit allen anderen, das war ihr Lebensmotto. Aber es ging noch viel weiter. Sie sagten sogar: ›Zum Teufel mit den Kindern.‹«

Tatsächlich war es so, daß Nicholas nicht Vater werden wollte. Er hatte sich nur sehr widerwillig von seiner Frau überreden lassen. Für Elizabeth war es undenkbar, keine Kinder zu haben. Sie wollte Mutter sein, wollte eine Familie haben, solange sie denken konnte.

Auch ihre Hoffnung, die Einstellung ihres Mannes würde sich im Laufe der Jahre ändern, erfüllte sich nicht. Weder die Geburt Rodericks noch die Geburt von Mark bewirkten eine Veränderung in ihm.

In Gesprächen nannte er seine Söhne oft »Elizabeths Kinder«, als wollte er keine Zweifel an seiner Einstellung aufkommen lassen. Er mochte es ironisch meinen oder – typisch Nicholas – als Provokation, um einen Streit vom Zaun zu brechen. Aber als Scherz meinte er es nie. Im Gegenteil – diese kleine Stichelei entsprach genau seiner innersten Auffassung: Elizabeth hatte unbedingt Kinder haben wollen, nicht er, also mußte Elizabeth nun auch die Verantwortung für deren Erziehung übernehmen.

Ihrem Vater standen Roderick und Mark im Weg. Sie waren lästige Mitbewohner, denen es unter keinen Umständen erlaubt war, ihn davon abzuhalten, seinen eigenen Interessen nachzugehen. Woher diese Einstellung rührt, ist leicht zu erklären: Es war genau die gleiche Ansicht, die Nicholas' eigene Eltern ihm als Jungen entgegengebracht hatten. War er nicht auch als Störenfried empfunden worden? Als Kind ignoriert und herumgeschubst, kannte er als Erwachsener kein anderes Muster, nach dem er sein Vatersein ausrichten konnte.

Doch das Problem, daß sich dieses Eltern-Kind-Verhältnis wiederholte, hätte gar nicht unbedingt entstehen müssen, wäre Elizabeth bereit gewesen, sich selbst ihren Söhnen zu widmen. Aber Nicholas wäre nicht sehr glücklich darüber gewesen. Er wollte den Löwenanteil der Zuneigung und Aufmerksamkeit seiner Frau für sich allein. Er dachte nicht im Traum daran, mit seinen Söhnen in einen Wettstreit um Elizabeths Gunst zu treten.

Es stellte sich heraus, daß Elizabeth nicht über genug Charakterstärke verfügte, um ein zufriedenstellendes Gleichgewicht zwischen ihrer Aufgabe als Mutter auf der einen Seite und als Ehefrau auf der anderen Seite zu halten. Es gab nie einen Zweifel daran, auf welche Seite die Waagschale ihrer Zuneigung unweigerlich ausschlug: stets auf die Seite ihres Mannes. Die Jungen mußten eben lernen, an zweiter Stelle zu stehen und mußten dankbar sein für jede Zuwendung, die ihnen zuteil wurde.

»Es geschieht nicht oft, daß man so etwas über eine Ehe sagen kann«, erläutert Maureen Ellam, »aber Elizabeth liebte ihren Ehemann mehr als ihre eigenen Söhne.«

Wenn das tatsächlich der Fall war, mußte der Schein trügen, denn Roderick und Mark boten nie das Bild von vernachlässigten oder gar schlecht behandelten Kindern. Als sie älter wurden, schlugen die Eltern ihnen kaum einen Wunsch ab. Die Jungen erhielten teure Sportgeräte aller Art, mehrere Segelboote, eine komplette Ausrüstung zum Tiefseetauchen und vieles mehr.

Obwohl die Jungen bei ihren Kindermädchen zurückgelassen wurden, als sie noch zu klein zum Skifahren waren, dauerte es nicht lange, bis sie zum erstenmal in den Schnee der Schweizer Alpen flogen. Sie wurden ständig ermuntert, sich sportlich zu betätigen. Sie fuhren begeistert Wasserski und hatten auch mit dem Reiten begonnen.

Von außen hatte es den Anschein, als wären alle Voraussetzungen für ein schwelgerisches Leben im Luxus erfüllt. Wie konnte dieses Leben ein Bild von Leiden und Entbehrung ergeben? Warum wurden Roderick und Mark dann so oft von ihren Freunden beneidet?

Angela Barnes stellt fest:

> Auf gewisse Weise haben die beiden Jungen mir leid getan. Es stimmt, daß sie alle diese Sachen besaßen und eine gute Ausbildung erhielten. Und ich bin auch davon überzeugt, daß Elizabeth die Kinder auf ihre Art gern hatte. Aber sie stand Nicholas immer näher als den Jungen. Sicher, sie hatten alles, was man mit Geld kaufen konnte, wenn es um Ausrüstungen für Sport und Freizeit ging. Aber es mangelte ihnen an etwas, was man nicht in modischen Sportläden kaufen kann, und das ist Liebe.

Woher kam das Geld, das in diesen Jahren so freizügig zu fließen schien? Denn die Newalls lebten auf großem Fuß, was in keinem Verhältnis stand zum Einkommen zweier junger Lehrer, von denen einer nur arbeitete, wenn es ihm paßte, während die andere so gut wie gar nicht mehr unterrichtete.

Die Antwort liegt in der Vergangenheit. Elizabeth und Nicholas stammten beide aus wohlhabenden Familien und hatten von ihren Eltern beträchtliche Summen geerbt. Elizabeth erhielt erhebliche Einkünfte aus den Fabriken ihres Vaters in Schottland. Sie hatte auch eine größere Summe aus dem Verkauf einer väterlichen Fabrik geerbt, und kurz vor seinem Tod hatte der Vater ihr ein Geldgeschenk gemacht, das dazu verwendet worden war, Martello Cottage in St. Brelade zu kaufen. Dieser Start hatte dem jungen Paar sehr geholfen.

In den späten sechziger Jahren hatten die Newalls gemeinsam Anteile an De Lesley, einem Modellautohersteller, in Höhe einer Viertelmillion Pfund besessen. Als der Wert der Aktien plötzlich in den Keller fiel, bestürmte Elizabeth ihren Börsenmakler, sofort zu verkaufen, weil sie davon überzeugt war, daß der Kurs noch weiter fallen würde.

Es war die erste von vielen größeren Fehleinschätzungen, die das Paar teuer bezahlen mußte, und es war genau dieser katastrophale Eilverkauf, der die Newalls dazu zwang, Martello Cottage aufzugeben und ins Crow's Nest zu ziehen. Gerade erst hatten sie sich im Haus auf dem Hügel bei Grève de Lecq niedergelassen, als die Aktien wieder anzogen, aber da war der finanzielle Schaden schon angerichtet.

Trotz ihres recht extravaganten Lebensstils waren die Newalls in vieler Hinsicht unwissend, ja dumm, wenn es um Geld ging. Stets war es Elizabeth, die alle wichtigen Entscheidungen fällte, und meist waren es die falschen Entscheidungen.

Einmal war sie um fünfzehntausend Pfund betrogen worden, als sie Immobilienfonds für Grundstücke in Mexiko zeichnete, die es gar nicht gab, wie sich nach genauerer Überprüfung herausstellte. Ein paar Jahre später verlor sie im Laufe eines Jahres allein an Aktienwerten mehr als sechzigtausend Pfund.

Ohne groß zu überlegen, kaufte sie die exotischsten Wertpapiere und setzte sich dabei über alle Warnungen hinweg. Oft mußte sie teuer dafür bezahlen.

Nan Clark berichtet:

> Elizabeth und Nick waren Akademiker. Auf vielen Gebieten waren sie inkompetent, besonders in finanziellen Dingen. Es war, als lebten sie nicht in der wirklichen Welt, wo jeder andere sich für sein Geld abrackern muß. Elizabeth vermittelte stets den Eindruck, knapp bei Kasse zu sein. Aber alles ist relativ, nicht wahr? Denn es konnte geschehen, daß Nick ihr dann irgendeinen Luxusgegenstand präsentierte, zum Beispiel eine Halskette mit Brillanten und Saphiren. In meinen Augen ergab das alles keinen Sinn. Nicht, daß Elizabeth zuviel Geld für sich ausgab. Aber da Nick mit seinem gelegentlichen Schulunterricht nicht viel verdiente, waren die laufenden Kosten der Newalls viel zu hoch. Man könnte sagen, daß sie das Leben der Reichen führten, wenn auch in einer bescheidenen Spielart.

Aber wieviel Geld macht reich? Wie auch immer die Antwort auf diese Frage lautet, die Newalls qualifizierten sich nicht für die Liga der Superreichen. Und gewiß zählten sie auch nicht zu den Wohlhabenden, wenn man den besonderen Standard der Insel Jersey zugrunde legt, wo es sich mehrere hundert Multimillionäre bequem gemacht haben, angelockt nicht nur vom zweifellos vorhandenen Charme der Natur, sondern auch von den außergewöhnlich attraktiven Steuergesetzen.

Ungeachtet der ständig schwankenden Vermögenslage und trotz Elizabeths ewigem Jammern über ihre finanzielle Situation kamen die Newalls wirtschaftlich gut zurecht – mehr aber auch nicht.

Nicholas, der unverbesserliche Snob, konnte damit prahlen, daß er eine Adresse bei Lloyds hatte, ein Privileg, das ihm zuteil wurde, weil er frei verfügbare Vermögenswerte von mindestens 100 000 Pfund besaß. Nicholas war so zufrieden mit dieser Sachlage, daß er Mitte der achtziger Jahre erwog, seine Investitionen bei Loyds erheblich auszuweiten – genau zu einer Zeit, als die Alarmglocken zu schlagen begonnen hatten.

Das waren also die Stützpfeiler des Einkommens der Newalls. Überdies hatten sie größere Summen in aller Welt angelegt, hatten Bankkonten in London, Schottland, Spanien, der Schweiz und Andorra eröffnet. Sie besaßen sogar ein Konto in japanischen Yen, nur für den Fall, daß diese Währung plötzlich Auftrieb erhalten sollte.

Aber wenn all diese spekulativen Aktivitäten den Eindruck erweckten, daß die Newalls sich in der Welt der Hochfinanz auskannten, so traf dies nicht zu: Immer wieder erwiesen die Investitionen sich als Fehlschläge, und Nicholas mußte zurück ins Klassenzimmer.

Wie viele andere ›Adressen‹ bei Lloyds waren wohl gezwungen, Kindern Geschichtsunterricht zu erteilen, um finanziell über die Runden zu kommen?

Und selbst wenn die Newalls gut bei Kasse waren, brauchten sie keine fremde Hilfe, das Geld unter die Leute zu bringen. Einmal flog Elizabeth zum Shopping nach London, fuhr geradenwegs zu Harrods und erwarb sieben Paar Schuhe.

Maureen Ellam faßt es knapp zusammen:

> Sie waren gebildete Leute. Auch wenn sie das Geld mit vollen Händen ausgaben, taten sie es auf eine angenehme, ganz und gar nicht aufdringliche Art. Ja, sie liebten die schönen und guten Dinge im Leben, aber sie hatten auch was Bohemehaftes an sich und konnten sich einschränken. Im Grunde kümmerte es sie einen Dreck, was alle anderen dachten.

So schnell die finanziellen Höhenflüge der Newells vonstatten gingen, so schnell wurden sie immer wieder zurück auf den Boden der Tatsachen geholt. Plötzlich trockneten ihre Finanzquellen aus, zumeist durch Elizabeths inkompetente Entscheidungen. Immer dann beschied das Paar sich mit dem, was zur Verfügung stand und vertraute darauf, daß das Glück sich ihnen bald wieder zuwandte, wie es in der Vergangenheit stets der Fall gewesen war.

Während sie auf das Sprudeln neuer Geldquellen warteten, riefen sie oft Freunde an, die ihre Unterschrift bezeugen mußten, wenn es beispielsweise darum ging, Lebensversicherungen zu kündigen oder zu beleihen, um an dringend benötigtes Bargeld zu gelangen.

Es war diese Notwendigkeit, Bargeld aufzutreiben, die zur Bekanntschaft der Newalls mit den Ellams führte. Da Elizabeth und Nicholas das Geld für die dringend erforderlichen Reparaturen und Renovierungen von Crow's Nest nicht aufbringen konnten, beschlossen sie, auch dieses Haus zu verkaufen und sich ein bescheideneres Heim zuzulegen. Während des Verkaufs und der notariellen Übertragung des Eigentums in Grève de Lecq wurden die Newalls und die Ellams Freunde.

Etwa zu dieser Zeit hielten Elizabeth und Nicholas sich immer seltener auf Jersey auf, denn seit Beginn der achtziger Jahre hatten sie die Vorzüge der spanischen Costa Blanca entdeckt.

Wie bereits erwähnt, ist kein logisches Schema auszumachen, das erkennen läßt, wie es zu einem bestimmten Zeitpunkt um die finanziellen Verhältnisse der Newalls bestellt war: An einem Tag klagte Elizabeth jedem ihr Leid, am nächsten stolzierte sie mit dem Scheckbuch in der Hand durch elegante Geschäfte. Einmal ließen die Newalls alle Freunde und Bekannten wissen, daß sie sich auf einer längeren finanziellen Durststrecke befanden, gaben aber mehr als zwölftausend Pfund für ein Computersystem mit einer beeindruckenden Anzahl von Zusatzgeräten und Extras aus.

Die Freunde, die solche spontanen Extravaganzen aus nächster Nähe miterlebten, betrachteten das Verhalten der Newalls mit Staunen und Verblüffung, zumal Elizabeth sich nicht die Mühe machte, irgendeine plausible Erklärung für derartige Widersprüche zu geben.

»Oh, wir haben alles zusammengekratzt, was wir besitzen«, sagte sie, ohne in Einzelheiten zu gehen. »Wichtig ist, daß es Nick bei Laune hält.«

Tatsächlich betrachtete Elizabeth es als ihre vornehmste Aufgabe im Leben, ihren Ehemann bei Laune zu halten. Und in Spanien war er stets bester Laune. Das Paar hatte eine Villa in der kleinen Stadt Javea erworben, ziemlich genau auf halbem Wege zwischen Valencia und Alicante. Obwohl sie eine beträchtliche Summe dafür bezahlt hatten – sie hatten sich einen Swimmingpool anlegen lassen, und auf Elizabeths Drängen gab es alle zwei oder drei Jahre eine neue Küche –, war die Villa keineswegs luxuriös, lag aber in einem neuerschlossenen Gebiet.

In Spanien führten die Newalls ein geselliges Leben und lernten eine Reihe von anderen Briten kennen, die den sonnigen Süden bevorzugten, darunter auch ihre engen Freunde, die Matthews und die Smileys. Oft speisten sie gemeinsam mit Edmundo Ros, dem Bandleader aus den Vierzigern und Fünfzigern, der den bekannten Coconut Grove Club im Londoner West End leitete.

Obwohl sich praktisch nichts in ihrem Lebensablauf veränderte, wenn sie in Spanien waren – Nicholas recherchierte und schrieb, und Elizabeth pflegte gesellschaftliche Kontakte und spielte Tennis –, schienen die Newalls deutlich gelöster zu sein, vor allem Nicholas.

Wenn er in der Sonne saß, die Zeitungen las, das Kreuzworträtsel löste und am Wein nippte, errichtete er nicht die steife und aufgeblasene Fassade, die er bisher so beharrlich der Welt gezeigt hatte – jedenfalls eine Zeitlang nicht. In Javea fand er unter neuen Freunden eine offensichtlich aufgeschlossene Zuhörerschaft für sein Repertoire an Witzen, die er wie einstudiert erzählte, und im Laufe der Wochen und Monate entspannte er sich völlig.

Einmal hatten sich einige Freunde in beträchtlich angetrunkenem Zustand einfallen lassen, ihren Gastgeber zu entkleiden und nackt in seinen eigenen Swimmingpool zu werfen – es fiel Nicholas nicht im Traum ein, sich darüber zu beklagen; statt dessen lächelte er breit, als sein Kopf ein paar Sekunden später aus dem Wasser herausschoß, wie seine Freunde sich erinnern.

Was für ein Unterschied zu dem strengen Schulmeister, der steifbeinig durch die Flure der Vorbereitungsschule auf Jersey schritt.

Regelmäßig luden sie Gäste auf ihre dreißig Fuß lange Yacht *Chanson de Lecq* ein, die in Jersey registriert war. Die Newalls freuten sich auf viele weitere Jahre unter der spanischen Sonne. Die Jungen hatten ihre Schule abgeschlossen, Crow's Nest war verkauft. Jetzt konnten sie ihre ganze Energie auf das Ziel richten, das ihnen bereits vorgeschwebt hatte, als sie zwanzig Jahren zuvor in die Karibik aufgebrochen waren – ein Leben in Muße, eine ständige Jagd nach Vergnügen und Abwechslung.

Als sich das Jahr 1986 seinem Ende zuneigte, luden die Newalls alle ihre Freunde in Spanien zu einer großen Weihnachtsparty ein. Zum Abendessen waren fast achtzig Gäste anwesend, und die Newalls hatten keine Kosten gescheut. Ein Partyservice sorgte dafür, daß auch Elizabeth unbeschwert mitfeiern konnte.

Spanischer Sekt floß in Strömen – Alkohol wurde bei allen Gelegenheiten freizügig genossen –, ein Feuerwerk wurde gezündet, Ratespiele veranstaltet, und alle trugen farbenfrohe Papierhüte. Ein gelungenes Fest.

Die Newalls hatten den größten Teil des Jahres in Spanien verbracht, und es war ein ausgesprochen gutes Jahr für sie gewesen. Auch das neue Jahr versprach erfolgreich zu werden, und Nicholas und Elizabeth planten Besuche in London, Schottland, Sark und Jersey. Die ersten Vorbereitungen waren schon getroffen. Man hätte meinen können, daß die Sonne nur für die Newalls schien.

2

Ein Kerl namens Jack

Die Anwerbungsbroschüre sagte alles: Die britische Armee suchte Offiziersanwärter, die Phantasie, Persönlichkeit und Freude am Leben hatten. ›Junge Menschen, die bereit sind, sich alles zuzumuten‹, hieß es in einer Werbeschrift auf glänzendem Papier.

Roderick Innes Nelson Newall wußte, daß er diesen Anforderungen genau entsprach und durchlief alle Stationen des Auswahlverfahrens. Er absolvierte die Grundausbildung und besuchte anschließend die Militärakademie in Sandhurst. Im Rang eines Lieutenants befehligte er einen Zug der Royal Green Jackets, einem hochdekorierten Regiment, berühmt wegen seiner Dudelsackspieler, grünen Barette und schnellen Märsche.

Fit, gesund und gut aussehend, strahlte Roderick Charme und Selbstvertrauen aus. Im Frühjahr 1987 wurde der junge, schneidige blonde Lieutenant als höchst vielversprechender frisch ernannter Offizier Prinzessin Alexandra bei einer Parade in London vorgestellt. Die Botschaft seiner Vorgesetzten hätte nicht deutlicher sein können: Wenn Roderick sich den Vorschriften entsprechend verhielt, hatte er eine glänzende militärische Karriere vor sich.

Aber Roderick mußte bald erkennen, daß das Leben in der Armee nicht immer so aufregend war, wie das Verteidigungsministerium es in seinen Hochglanzbroschüren glauben machen wollte. Er ging zwar eifrig und sorgfältig seinem Dienst nach, doch auf Dauer langweilte es ihn, neue Rekruten am Sammelplatz des Regiments in Winchester zu drillen. Roderick Newall fragte sich, ob er überhaupt für die Armee geeignet war.

Daß er für die Winterexpedition der Green Jackets nach St. Moritz in der Schweiz und für den jährlichen sportlichen Wettkampf des Regiments ausgewählt wurde, ließ ihn seine Zweifel jedoch für den Augenblick vergessen, denn zu den wenigen Auserwählten zu gehören, hob seine Stimmung beträchtlich.

Als erfolgreicher Sportler absolvierte er den berühmten Cresta Run in 50,74 Sekunden, eine mehr als respektable Leistung, die er jedem unter die Nase rieb. Trotz seiner Neigung zu Tollkühnheiten gelang es Roderick, sich bei den Männern, die unter seinem Kommando standen, beachtliche Loyalität zu erwerben. Offizierskameraden, die Roderick bei einer Reihe von dienstlichen Einsätzen in Deutschland näher kennenlernten, achteten und respektierten ihn.

Aber Auslandsaufenthalte allein reichten nicht aus, um Roderick Newall bei Laune zu halten. Er wollte Einsätze, Bewährungsproben, Abenteuer. Vielleicht, verkündete er seiner Familie und Freunden, würde er sich bei der Polizei bewerben, wenn er dort die Aussicht hatte, in die Spezialeinheit zur Terroristenbekämpfung aufgenommen zu werden.

Dann erst, so glaubte er, würde das Adrenalin heftig und ständig durch seine Adern schießen. Andere Offiziere der Royal Green Jackets hatten diesen Weg bereits eingeschlagen, und sie hatten es nicht bereut. Warum also sollte er es nicht auch versuchen?

Doch im Spätsommer des Jahres 1987 zögerte Roderick seine Entscheidung hinaus. Er hatte gehört, daß er gute Aussichten auf eine Beförderung hatte, und mehr noch: Man würde ihn in Kanada stationieren, wo er Soldaten im Rahmen eines Programms ausbilden sollte, das ähnlich hohe Anforderungen stellte wie das Überlebenstraining, bei dem er schon vor seiner Militärzeit wertvolle Erfahrungen gesammelt hatte.

Es schien eine ideale Chance für ihn zu sein. Man ließ ihn in dem Glauben, daß die Beförderung unmittelbar bevorstand, denn aufgrund seiner sportlichen Erfolge und seiner körperlichen Fitneß schien er für den Job in Kanada prädestiniert zu sein. Wieder einmal legte er seine Zweifel an der Armee auf Eis.

Roderick Newall war von jeher ein gutaussehender, einnehmender Bursche gewesen. Als er im zarten Alter von vier Jahren in die renommierteste Vorbereitungsschule Jerseys aufgenommen wurde, hatte Irene Stevenson ihn begrüßt. Mit seiner offenen, frischen Art begeisterte er nicht nur seine erste Lehrerin, sondern sämtliche Mitglieder des Kollegiums.

Er war ein hübscher kleiner Kerl voller Temperament. Deshalb war es für Nan Clark, Elizabeths Schwester, auch keine Zumutung, wenn sie sich um Roderick oder um beide Jungen kümmern mußte, die dann nach Schottland oder nach Southend fuhren, oft auf eigene Faust, um ihre Tante während der Schulferien zu besuchen.

Allerdings flog auch Nan Clark ein paarmal nach Jersey, um die Jungen dort zu betreuen, gemeinsam mit dem jeweiligen Kindermädchen, während Elizabeth und Nicholas einen ihrer ausgedehnten Urlaube verbrachten.

Da Vater und Sohn zur gleichen Zeit an der St. Michael's waren – der eine als Geschichtslehrer, der andere als Schüler –, hätte man annehmen sollen, daß dies die Bande zwischen den beiden verstärkt hätte. Aber das war nicht der Fall. Einmal erkannte der Senior seinen eigenen Sohn nicht und filmte bei einem Schulsportfest den falschen Jungen. Er ging gelassen über seinen Fauxpas hinweg und stellte den Eltern des betreffenden Jungen den Film zur Verfügung.

Der junge Roderick hingegen wurde nicht so leicht damit fertig, wenngleich er noch zu klein war, um seiner Enttäuschung Luft zu machen. Doch er begriff, daß das Verhalten seines Vaters einem Muster entsprach, das er widerwillig als Norm akzeptieren mußte.

Es änderte sich nichts, als Roderick im Alter von acht Jahren die Lockers-Park-Vorbereitungsschule auf dem britischen Festland besuchte. Beide Eltern glänzten vor allem durch Abwesenheit und besuchten Roderick und dessen kleineren Bruder Mark nur ganz selten. Sie zogen es vor, darauf zu warten, daß die Jungen in den Schulferien nach Hause kamen.

Es war eine glückliche Fügung für Roderick und Mark, daß sowohl Nan Clark wie auch die enge Freundin der Eltern, Angela Barnes, deren Sohn ebenfalls die Lockers Park besuchte, an den Wochenenden häufiger zu Besuch kamen und den Jungen ein wenig Abwechslung brachten.

Für Elizabeth und Nicholas Newall war eine gute Schulbildung unerläßlich, und sie wurden nicht müde, das zu unterstreichen. Doch sie schienen der Ansicht zu sein, daß ihre Erziehungsarbeit sich darin erschöpfte, den Jungen diese erstklassige Bildungsmöglichkeit geschaffen zu haben.

Nan Clark räumt ein:

Ich kritisiere meine Schwester in einem ganz bestimmten Punkt. Sie hat den Wettbewerb der beiden Jungen untereinander herausgefordert. Ich glaube, daß sie sich deshalb nicht mehr verstanden, als sie älter wurden. Elizabeth selbst war sehr ehrgeizig, sonst hätte sie nicht in so vielen Sportarten erfolgreich sein können, und für sie war es wohl ganz normal, daß sie den Wunsch zum Wettstreit, den Erfolgswillen, auch den Jungen einimpfen wollte. Was Nick betraf, so kritisierte er alles, was die Jungen anfingen. Sie schienen ihm nichts recht machen zu können. Er hatte sehr hohe Ziele für sie, und ich glaube, irgendwann wurden die Jungen dieser hohen Ziele überdrüssig. Nick bestand darauf, daß sie die beste Schule Englands besuchten. Weniger war nicht genug …

Nicholas Newall hatte keinen Zweifel daran, daß Radley College in der Nähe von Abingdon in der Grafschaft Oxfordshire diese Schule war. 1847 als Privatschule gegründet, deren Erziehung auf den Prinzipien der anglikanischen Kirche beruht, liegt sie in einem sehr schönen, vier Hektar großen Park, der zum Teil von dem gefeierten Landschaftsarchitekten ›Capability‹ Brown angelegt worden war.

Radleys akademischer Standard ist stets außergewöhnlich hoch gewesen, und die meisten Absolventen setzen ihre Studien in Oxford oder Cambridge fort. Deshalb überraschte es nicht, daß die Eltern sich beglückwünschten, als Roderick und Mark an dieser angesehenen Schule aufgenommen wurden. Das Drängen hatte sich gelohnt, die Vorbereitungsschulen waren richtig ausgewählt gewesen. Eine Ausbildung in Radley College war gleichbedeutend mit einem Paß nach Oxford oder Cambridge und zu erfolgreichen Berufen.

Als er in Radley eintraf, sah sich Roderick genötigt, neue, ganz bestimmte Vokabeln zu lernen, von denen viele nur den anderen Radleyanern verständlich waren. Jeder der sechshundert Jungen gehörte zu einem von acht Häusern oder ›Socials‹ und wurde einem ›Social Tutor‹ zugeordnet, dessen vornehmste Aufgabe darin bestand, dafür zu sorgen, daß in seinem ›Social‹ alles glatt lief.

Roderick fand sich in Social D wieder, und Tony Hudson hielt ein wachsames Auge auf ihn. Radley war eine Welt, die sehr in ihren Traditionen verhaftet war. Man mußte um Ausgang bitten, und es gab ›Belohnungswochenenden‹. Doch Roderick fühlte sich gut aufgehoben, und bald hatte er sich mit einem anderen Schüler angefreundet, Charlie Shaw, Sohn des verstorbenen irischen Schauspielers Robert Shaw.

Roderick erwies sich bald als äußerst großzügiger Schulfreund. Oft half er weniger begabten Klassenkameraden im Fach Chemie oder erledigte sogar die Aufgaben für sie. Er nahm diese Hilfe so ernst, daß der Chemielehrer einmal sehr argwöhnisch wurde, als mehrere Jungen Arbeiten mit auffälligen Ähnlichkeiten ablieferten, die auch beim besten Willen nicht mehr als Zufall gewertet werden konnten.

Wer der Übeltäter war, ließ sich relativ leicht anhand der Schrift ermitteln, und so wurde Roderick Newall zusammen mit den Mitverschwörern bestraft. Nicht, daß irgendeiner jammerte – es gehörte zum Spaß, Radleyaner zu sein.

Und der Chemielehrer konnte sich immerhin damit trösten, daß die Arbeiten ausgezeichnet waren.

Roderick paßte sich schnell an und wurde ein typischer Radleyaner, tollkühn, schlagfertig, immer zu Streichen aufgelegt. Er fühlte sich wohl im Umgang mit dem eigenen Geschlecht, während er sich in Gegenwart von Frauen höchst unbehaglich fühlte – ein Mangel, von dem er sich zu gegebener Zeit rasch erholte.

»Die Radleyaner, an die ich mich erinnern kann, waren alles andere als feinfühlig, wenn es um Mädchen ging«, berichtet eine Altersgenossin. »Sie gingen in Gruppen zu Tanzveranstaltungen, betranken sich sinnlos und kehrten mit wilden Geschichten zurück, die sich alle anhörten, obwohl alle heftig am Wahrheitsgehalt zweifelten.«

Rod, wie seine Freunde ihn nannten, stand bald in dem Ruf, der Wildeste unter den wilden Radleyanern zu sein, Mittelpunkt der ›Verrückten von Radley‹. Aufregendes Leben und Abenteuer wurden sein *raison d'être*. Seine ausgefallenen Ideen sprachen sich aber erst herum, als er im ›Mansion‹ wohnte, einem der Häuser der Schule, das sich durch ihre Architektur von den anderen unterschied. Dort tanzte er auf dem Dachrand herum und schwankte bedenklich auf dem Sims. Er flirtete mit der Gefahr, wann immer sich eine Gelegenheit bot.

Es war schon ein Glück, nicht zuletzt zu seiner eigenen Sicherheit, daß Roderick den weitaus größten Teil seiner überschüssigen Energie in sportliche Aktivitäten kanalisieren konnte. Die sportlichen Möglichkeiten der Schule waren ausgezeichnet; der Hallenkomplex bot fünf verschiedene Squashfelder, einen beheizten Swimmingpool und eine Mehrfachsporthalle. Ferner gab es eine Schule für Tauchen, Segeln und Windsurfen. Und da die Themse nur einen Steinwurf entfernt floß, begannen viele Jungen mit dem Rudern. Roderick erwies sich bald als einer der besten Ruderer der Schule.

Er war von durchschnittlicher Größe, aber von überdurchschnittlicher Kraft, deshalb leistete er in allen Sportarten Besonderes, und seine Vielseitigkeit und die zahlreichen Erfolge in den verschiedenen Disziplinen trugen zu seiner wachsenden Popularität bei.

Oxford lag nur acht Kilometer entfernt, und Roderick ging oft in die Stadt. Man konnte nie wissen, zu welchen Streichen und Missetaten er sich hinreißen ließ, aber eines stand fest: Er machte sich nicht auf den Weg, um die vielen spitzen Türme der Stadt zu bewundern. Manchmal ging er auch nur zum Einkaufen, aber häufig genug legte er sich einen Vorrat an Drogen zu, die neueste Quelle für Rodericks vermeintliches Wohlbefinden in Radley. In der Stadtmitte wurden Drogen recht freizügig gehandelt.

Nach einer Weile wurde der Drogenkonsum selbstverständlich für ihn. Er verhehlte ihn auch nicht, lediglich bei seinen Lehrern, denn er wußte, daß er den Verweis von der Schule riskierte, wenn man ihn erwischte.

Es ist anzunehmen, daß die verbotene Frucht noch verführerischer lockte, weil soviel auf dem Spiel stand. Seinen Mitschülern gegenüber sagte er oft, während er an einem Joint zog: »Das ist viel besser als das ganze andere Zeug«, und zeigte auf Zigaretten und Alkohol.

Wenn Roderick und Mark sich während der Schulferien in Jersey aufhielten, erledigten sie gelegentlich Gartenarbeiten bei Angela Barnes. Rodericks Motiv war beileibe nicht mit der Liebe zu frischer Luft und

Natur zu erklären, er betrachtete die Arbeit als eine Möglichkeit, sein Taschengeld aufzubessern.

Die Freundin der Newalls erinnert sich:

> Eigentlich brauchte ich die Jungen gar nicht für die Gartenarbeit. Ich wollte ihnen nur helfen. Nick sagte ihnen stets, daß sie für ihr Geld arbeiten sollten, was er ja auch tat, wann immer die finanzielle Lage es erforderlich machte. Wenn ich ehrlich sein soll, wollte ich Roderick eigentlich nicht zur Gartenarbeit haben, aber ich habe es ihm schließlich gestattet. Während sein Bruder in den Pausen zu Wasser griff, fragte Roderick immer nach einem Bier. Im Laufe der Jahre wurde zunehmend deutlicher, daß Roderick ein wilderes Leben führte als Mark. Er war kein großer Denker und hatte nicht die Tiefe seines Bruders. Ich fand, daß Roderick einen verschlagenen Blick hatte. Er konnte einem nur selten in die Augen sehen. Er hatte irgendwas an sich, obwohl ich es nie genau definieren konnte. Falsche Augen, habe ich immer gesagt.

Das Verhältnis zwischen Roderick und Nicholas Newall war gespannt, dafür aber verstand sich der Junge sehr gut mit dem Zwillingsbruder seines Vaters, Stephen. Roderick verbrachte oft die Ferien in Schottland bei Onkel und Tante und wohnte dann im Familienstammsitz, einem eindrucksvollen burgähnlichen Gebäude aus Granit in der Nähe von Rhu.

Während der Schulzeiten freute Roderick sich schon auf die nächsten Ferien in Schottland und auf Begegnungen mit seinen Verwandten, besonders mit seiner Cousine Amanda, zu der er sich hingezogen fühlte.

Am aufregendsten aber war für ihn die Aussicht, die Privatinsel seines Onkels zu besuchen. Sie hieß Shuna und lag vor der schottischen Westküste. Damit konnte er vor seinen Mitschülern prahlen. Wie viele Radleyaner konnten schon mit einer Privatinsel aufwarten?

Trotz der ausgezeichneten Akademikerquote des Radley Colleges schafften es beide Newalls nicht, sich für eine Universität zu qualifizieren. Kaum ein Lehrer zweifelte an den Fähigkeiten oder an der Intelligenz der Brüder; es erwies sich aber, daß sie nicht aus dem Holz waren, aus dem man Akademiker schnitzte. Besonders Roderick würde ein Mann des Handelns werden, nicht der Worte.

Die Tatsache, daß seine beiden Söhne ihre Schulbildung mit dem College abgeschlossen hatten, war für Nicholas Newall eine herbe Enttäuschung. Er hatte immer gern das Motto von Radley zitiert, das man von Thoreau übernommen hatte: »Nicht Versagen ist ein Verbrechen, sondern mangelnde Zielstrebigkeit.«

War es nicht genau das, was man Roderick vorwerfen mußte? Hatte er seine Ansprüche nicht hoch genug gehängt? Auf einen Schlag waren alle Hoffnungen und Erwartungen zerschellt, die er für seine Söhne gehabt hatte. Nicholas Newall war der felsenfesten Überzeugung, daß ein Gentleman studieren muß, um dann einen angesehenen Beruf auszuüben – Ingenieurwesen, Medizin oder Rechtswissenschaften. Nicholas selbst war Hochschulabsolvent und davon ausgegangen, daß der Tag kommen würde, da er an der Verleihung der Diplome dabeisein und seinen Söhnen applaudieren würde.

Man kann sich Nicholas' Gefühl des Versagens vorstellen, als Roderick die Möglichkeit erwähnte, eine militärische Karriere einzuschlagen. Für den jungen Schulabgänger schien dies eine sehr vernünftige Sache zu sein. Er hatte in Radleys Schulmannschaften geglänzt. Gab es denn einen logischen Grund, fragte er seinen Vater, warum seine Leidenschaft für Sport und Abenteuer innerhalb der strengen Disziplin der Armee nicht auf eine berufliche Basis gestellt werden sollte?

Schließlich erreichte man einen Kompromiß. Roderick sollte für ein Jahr ins Ausland gehen, um Erfahrungen zu sammeln und seinen Horizont zu erweitern, und in dieser Zeit konnte er auch über seine Zukunft nachdenken Damit wollten die Eltern verhindern, daß er eine übereilte Entscheidung traf.

Als er von einem Jahr Australien zurückkehrte, hatte Roderick sich entschieden. Er würde sich für eine absehbare Zeit um eine Dienstverpflichtung bewerben. Zuvor aber wollte er eine Zeitlang mit John Ridgeway arbeiten, einem Bergsteiger und Ausbilder von internationalem Ruf.

Die Schule liegt im Westen Schottlands, und Elizabeth Newall hatte ihre Verbindungen spielen lassen, damit Roderick dort aufgenommen wurde.

Da Roderick sich im Freien stets wohl fühlte, empfand er die Arbeit als Anregung und Herausforderung. Aber es war auch in dieser frischen schottischen Luft, daß Roderick seinen Jähzorn nicht mehr beherrschte. Er und seine Mutter sahen sich nicht nur ähnlich und hatten die Liebe zum Sport gemeinsam, sie teilten auch ihre Temperamente, und Elizabeths ältester Sohn hatte zweifellos ihren berüchtigten Hang zu Wutausbrüchen geerbt.

Während seiner Kindheit und Jugend hatte Roderick erfolglos versucht, seine wilden, heftigen Anfälle von Jähzorn zu unterdrücken. Im Laufe der Jahre hatte jedes Mitglied der Familie immer wiederkehrende Szenen dieser Art bei allen möglichen Gelegenheiten erlebt. Sie hatten gelernt, die ersten Warnzeichen zu erkennen – und wehe denjenigen, die in der Nähe waren, wenn Roderick seinen Willen nicht durchsetzen konnte!

Ein solcher Wutausbruch innerhalb der Familie ist eine Sache, in der Öffentlichkeit eine ganz andere.

John Ridgeways Vorschriften waren sämtlichen Schülern und Ausbildern bekannt, und die wichtigste lautete: Keine sexuellen Beziehungen untereinander. Dann aber wurde ein attraktives Mädchen in der Schulverwaltung angestellt, und Roderick vergaß augenblicklich Ridgeways wichtigstes Verbot.

Der Chef der Bergsteigerschule schätzte den offensichtlichen Bruch seiner Vorschriften überhaupt nicht. Er sprach einen scharfen Tadel aus. Aber statt kleinlaut Besserung zu geloben, beschloß Roderick, zurückzuschlagen – zuerst mit Worten, dann mit Fäusten. Die beiden Männer trugen tatsächlich eine Schlägerei aus.

Roderick verließ die Schule in aller Eile und fand Unterschlupf bei seiner Tante Nan in London. Seine neue Freundin war bei ihm, offenbar nicht gewillt, den Hitzkopf und Geliebten je wieder zu verlassen.

So plötzlich Rodericks Wutanfälle ausbrachen, so rasch flauten sie auch wieder ab. Wenn er sich vernünftig benahm, konnte er zweifellos sehr charmant sein. Im Alter von neunzehn Jahren befand er sich auf dem Sprung in die höhere Gesellschaft, und ein Seelenverwandter aus der Zeit in Radley führte ihn in einen Kreis aus Jetsettern ein.

Ihr Motto war die aufwendige Lebensführung aus

Prestigegründen. Einige der Freunde in Rodericks Alter waren in diesem Luxuszirkel fest etabliert und besaßen sogar Privatflugzeuge, obwohl sie die Zwanzig noch nicht überschritten hatten. Roderick hatte bereits in Jersey auf der Überholspur gelebt und immer schon ein Auge auf das Leben geworfen, das die Reichen und vom Schicksal Verwöhnten führten. Um so mehr begeisterte es ihn ungemein, daß er selbst nun Teil dieser Gemeinschaft war.

Wild, verwegen und verführerisch, dazu mit einer sehr schönen Stimme gesegnet, blieb Roderick der Erfolg bei den Frauen nicht versagt. Er genoß all die Vorteile, die ihm sein blendendes Aussehen bot, und schlief mit einer Bewunderin nach der anderen.

Natürlich mußte das Image stimmen, die Kleidung mußte passen, und ein entsprechendes Auto mußte her. Also mußte die Kleidung schick und der Wagen schnell und protzig sein. Roderick kaufte sich einen MGB GT und fuhr ihn innerhalb von zwei Wochen zu Schrott. Nicht, daß es ihn sonderlich gestört hätte; er wußte, die Versicherung würde sich darum kümmern. Die ganze Sache war typisch für Roderick: Wie gewonnen, so zerronnen.

Im Grunde war es das Motto seiner Eltern – alles wurde danach ausgerichtet, ein flottes, angenehmes Leben zu führen. Oder, wie David Ellam, Maureens Ehemann, es formulierte: Rodericks Persönlichkeit ließ sich auf einen Nenner bringen: Der große Junge.

Als Elizabeth Newall von Rodericks Schlägerei mit John Ridgeway erfuhr, war sie entsetzt und beschämt. Aber überrascht war sie eigentlich nicht, denn im Laufe der Jahre hatte sie ein Dutzend solcher Ausbrüche ihres Sohnes erlebt. Ihre Besorgnis war eher praktischer Art: Wenn die Armee von diesem Zwischenfall erfuhr, würden Rodericks Chancen, jemals zur Royal Military Academy zugelassen zu werden, sehr schwinden.

Elizabeth überlegte, wie sie helfen konnte, und erinnerte sich an ihre Freunde in Spanien. Die Smileys hatten sehr gute Verbindungen zu militärischen Kreisen, und so setzte Elizabeth alles daran, diese Verbindungen zu ihrem Vorteil zu nutzen.

Sie hatte nie Nicholas' herablassende Einstellung eingenommen, was den Wunsch ihres Sohnes betraf, eine militärische Karriere zu verfolgen. Deshalb atmete sie erleichtert auf, als Roderick doch noch durch das Tor in Sandhurst schritt, um die Offiziersausbildung zu beginnen. Jetzt endlich, glaubte sie, würde ihrem ältesten Sohn die erforderliche Dosis Disziplin verabreicht werden, und wahrlich nicht zu früh.

Oder war das Wunschdenken? Denn w hrend Roderick sich in das strenge Regiment auf dem Exerzierplatz fügte und bald die Kunst des Schießens mit Gewehren und kleineren Waffen mit großer Pr zision beherrschte, änderte sich sein grundlegender Charakter nicht. Binnen weniger Wochen fand er zu alten Dummheiten zurück, besonders zu Drogen.

Nachdem er bemerkt hatte, daß einer der Soldaten aus seinem Zug stark von illegalen Drogen abh ngig war, ging er mit dem Mann eine höchst ungewöhnliche Beziehung ein: Der Offizier der Royal Green Jackets wurde zum Belieferer seines Untergebenen. Das war weit entfernt von der strengen Disziplin, die sich Elizabeth Newall für ihren Sohn erhofft hatte.

Obwohl sie meistens gut miteinander auskamen, weil sie sich in vieler Hinsicht ähnelten, rasselten Elizabeth und Roderick regelmäßig aneinander. Eines Tages krachte es ganz gewaltig.

Roderick hatte während seiner Dienstzeit in Deutschland Urlaub bekommen und verbrachte ihn auf Jersey. Nicht zum erstenmal brachte er das Thema zur Sprache. Er bat seine Mutter um zusätzliche Unterstützung, da er Schwierigkeiten hatte, seine Schulden in der Messe zu begleichen. Obwohl Elizabeth solche Anfragen in der Vergangenheit wohlwollend beschieden hatte, manchmal gegen die Anweisungen ihres Mannes, beschloß sie diesmal, nicht gleich zum Scheckbuch zu greifen.

Die Auseinandersetzung fand in der Küche statt, während Elizabeth am Herd stand. Sie erinnerte ihren Sohn daran, daß er bei der Armee jetzt sein eigenes Geld verdiente und dafür zu sorgen hätte, damit auszukommen. Das müßten alle anderen Offiziere schließlich auch.

Mit einer solchen Antwort hatte Roderick nun gar nicht gerechnet. Er ballte wütend die Fäuste, stürmte auf seine Mutter los und schlug sie auf Rücken und Hals, daß sie vor Schmerzen aufschrie.

Nicholas, der in einem anderen Teil des Hauses an seinem Computer saß, hörte die Handgreiflichkeiten in der Küche. Er rannte dort hin und erfaßte die Situation mit einem Blick. Ohne auf eine Erklärung zu warten, wies er Elizabeth an, die Küche zu verlassen. Er würde sich selbst um den Sohn kümmern. Er fragte gar nicht erst, was los war; es war offensichtlich, daß Roderick wieder einmal die Beherrschung verloren hatte.

Angela Barnes erinnert sich:

> An einem Sonntagmorgen um elf Uhr stand Elizabeth plötzlich vor der Tür. Ich freute mich immer über einen Besuch meiner Freundin, aber

an diesem Tag befand sie sich in einem schrecklichen Zustand. Sie sagte: »Roderick hat mich angegriffen« und brach in Tränen aus. Sie sagte, daß er Geld von ihr haben wollte, doch sie hätte abgelehnt. Der armen Elizabeth ging es wirklich nicht gut. Ich machte den Vorschlag, eine Freundin zu rufen, die ihr draußen auf der Terrasse den Rücken massieren könnte. Ich dachte, auf diese Weise könnte Elizabeth sich ein bißchen entspannen. Außerdem vermeidet eine Massage die Ausbreitung blauer Flecken. Elizabeth wußte, daß sie eine Zeitlang kein Tennis spielen konnte und sorgte sich, was die Leute wohl sagen oder denken würden. Sie war wie ein Kind, ganz untröstlich. Als Nick abends um sieben zu uns kam, hatte sie schon eine Literflasche Whisky geleert. Nick sagte, alles sei in Ordnung, und Roderick würde es nicht wagen, so etwas noch einmal zu tun.

Der junge Lieutenant kehrte zu seinem Zug nach Deutschland zurück. Er konnte keinen zwingenden Grund für sein Verhalten vorbringen. Plötzlich wäre ein so übermächtiges Gefühl in ihm aufgestiegen, sagte er bloß, daß er vorübergehend den Verstand verloren hätte.

Bei seiner Rückkehr wartete eine Nachricht auf ihn, die ihm nicht schmecken würde, wie seine Vorgesetzten wußten: Die schon sicher geglaubte Beförderung, die eine Versetzung nach Kanada mit sich gebracht hätte, war gestrichen.

Auf eine Art half diese schlechte Nachricht, denn nun stand Rodericks Entschluß fest: Er würde die Armee bei der ersten sich bietenden Gelegenheit verlassen. Er fragte sich, wie er sich am besten bei der Londoner Polizei bewerben könnte.

Trotz des tätlichen Angriffs auf seine Mutter besaß er die Dreistigkeit, sich erneut mit der Bitte um finanzielle Hilfe an sie zu wenden. Würde sie sich bereit erklären, ihn aus der Armee freizukaufen?

»Ganz gewiß nicht«, erwiderte Elizabeth, als Roderick sie fragte. »Du stehst zu deiner Verpflichtung. Der Dienst in der Armee ist gut für dich. Du brauchst die Disziplin.«

Im Sommer 1987 bemerkte Nan Clark, daß ihre Neffen eine Freundschaft zu entwickeln schienen, die es in früheren Jahren nicht gegeben hatte. Bisher hatten die Brüder kaum Kontakt miteinander gepflegt; nachdem sie Radley verlassen hatten, waren sie getrennte Wege gegangen.

Nun war Mark ein regelmäßiger Besucher in den Kasernen in Winchester. Ihre Tante war glücklich, denn die Zeit der brüderlichen Rivalität, die so lange angehalten hatte, war offenbar zu Ende.

> Ich muß zugeben, daß ich erleichtert war, denn ich ging davon aus, daß aller Streit begraben war. Eines Tages sah ich, daß Roderick ein modisches Designer-Sweatshirt trug. Ich sprach ihn darauf an, und er sagte mir mit einigem Stolz: »Ja, Mark hat es mir geschenkt.« Ich war erfreut, denn ich fand das Wetteifern der Brüder um Aufmerksamkeit und ihre ständigen Versuche, einander zu übertreffen, sehr nervend. Es war eine Wohltat zu sehen, wie gut sie auf einmal miteinander auskamen.

Und doch muß es etwas gegeben haben, das Nan Clark zumindest im Unterbewußtsein beschäftigte, denn in der Nacht des Samstags, 10. Oktober 1987, hatte sie einen Alptraum, der sie so sehr erschütterte, daß sie am nächsten Morgen in knappen Sätzen niederschrieb, was sie geträumt hatte:

> Wir fuhren durch einen Wald. Es regnete. Wir näherten uns von hinten einem anderen Fahrzeug und erkannten dann, daß es sich um einen Leichenwagen handelte. Dann sah ich Nicholas hinten sitzen, flankiert von zwei Postillionen. Ihre Gesichter verwandelten sich zu Fratzen, aber Nicholas lächelte. Ich rief ihm zu: »Was machst du da? Und wo ist Elizabeth?« In diesem Moment hielt der Leichenwagen an. Elizabeth stieg aus, wandte mir dabei den Rücken zu. Aber dann drehte sie sich um und sah mich an. Sie sagte: »Ich habe dir gesagt, daß es geschehen würde. Ich habe dir gesagt, daß er es ernst meinte, als er drohte, mich umzubringen.« Rechts neben ihr befand sich ein Haus aus roten Ziegelsteinen, und breite Stufen führten hinauf. Ich schrie aus vollem Hals: »Nicholas! Nicholas!«

Ihr Mann Alister weckte Nan, nahm sie in den Arm und tröstete sie: »Es ist doch nur ein Traum.«

3

›Schwerverbrechen sind sehr selten in Jersey‹

Graham Nimmo berichtet:

Ich bin 1964 nach Jersey gekommen. Ich hatte gerade meinen Dienst bei der Handelsmarine beendet, und viele meiner Freunde waren schon auf der Insel. Eigentlich wollte ich nur zwei Wochen Urlaub hier verbringen. Aber dann entschied ich mich zum Bleiben. Ich arbeitete als Lastwagenfahrer für Le Riches, die Supermarktkette. Am Anfang fand ich es schwer, mit den Einheimischen ins Gespräch zu kommen. Ich hatte eine Stammkneipe, in die ich dreimal die Woche ging. Damals konnte man sich für zehn Schilling noch ganz schön was trinken, außerdem blieb Geld für eine Packung Zigaretten und auch noch ein bißchen Kleingeld. Es dauerte drei oder vier Monate, bis der Wirt das erste Mal das Wort an mich richtete. Wir sprachen damals über den Fall Hanratty. Mein Vater war Chef der Kriminalpolizei in Manchester, bei der ich mich auch beworben hatte, weil ich gern in seine Fußstapfen getreten wäre. Aber mein alter Herr hatte mein Bewerbungsschreiben zerrissen. Er wollte nicht, daß ich derselben Truppe angehörte wie er. Nachdem ich den Wirt ein bißchen besser kennengelernt hatte, sagte ich ihm, daß ich einen vernünftigen Job suchte. Zufällig kannte er den Personalchef der Polizei

> von Jersey. Ich glaube, daß es mir half, daß mein Vater Kripochef war, denn in Jersey nehmen sie nicht oft Leute von außerhalb. Sie schickten mich zur Ausbildung nach Coventry. Dann kehrte ich nach Jersey zurück und begann meinen Dienst als junger Police Constable auf Streife, und ich war glücklich.

Als Police Constable Graham Nimmo seine Streifengänge in den Nebenstraßen von St. Helier machte, gab es dort nichts, das dem dramatischen Geschehen entsprach, das in späteren Jahren in den Köpfen der Produzenten von *Bergerac* spukte, der Fernsehkriminserie. Übrigens haben Meinungsforscher im Auftrag der Touristenbehörde von Jersey herausgefunden, daß diese Serie der BBC am meisten dazu beigetragen hatte, daß immer mehr Besucher auf die Insel kamen.

Nimmos Mannschaft hatte nicht die geringste Ähnlichkeit mit Bergeracs Team. In den sechziger Jahren besaß die örtliche Polizei nicht einmal ein Funkgerät; sie mußte sich damit behelfen, daß die Streifenpolizisten sich vorher absprachen, alle zwei Stunden an bestimmten Telefonzellen an strategischen Punkten der Stadt anzurufen.

Nimmo erinnert sich, daß er in der ersten Nacht die Telefonzelle in der Albert Street nicht finden konnte, um zur verabredeten Zeit seinen Partner anzurufen.

Der Gedanke, sich Jersey als Ort krimineller Aktivitäten vorzustellen, könnte nicht weiter von der Wirklichkeit entfernt sein. Einer, der es wissen muß, ist John Nettles, der Hauptdarsteller in der erfolgreichen Detektivserie. »Trotz des Eindrucks, den man durch die Fernsehserie gewinnen kann«, sagt er – auch um den Eindruck zu zerstreuen, Jersey sei ein Hort der Kriminalität –, »sind Schwerverbrechen sehr selten in Jersey.«

Die Verbrechensrate der Insel entspricht der in vielen Teilen des Vereinigten Königreichs. Bewaffnete Raubüberfälle werden kaum registriert, denn wohin sollten die Gangster auf einer Insel von vierzehn mal acht Kilometern fliehen?

Die Hälfte aller verübten Straftaten geht auf das Konto von Saisonarbeitern, die während der Sommermonate beschäftigt werden. Hauptsächlich handelt es sich um geringere Vergehen wie Ladendiebstahl oder um Gesetzesbrüche, die im Zusammenhang mit Trunkenheit stehen.

Die Polizei von Jersey, deren Hauptquartier sich im Zentrum von St. Helier befindet, zeichnet gern ein freundlicheres Bild, das nichts mit Faszination und Hochspannung zu tun hat. Im Eingangsbereich des Hauptquartiers ist eine Platte angebracht, auf der geschrieben steht: »Der britische Bobby ist auf der ganzen Welt bekannt für seine hilfreiche, höfliche Art den Millionen Touristen gegenüber, die jährlich nach Großbritannien kommen. In diesem Geiste begrüßt Sie die Polizei von Jersey und heißt Sie herzlich willkommen.«

Obwohl es eine Drogenabteilung und ein Sonderdezernat Betrug gibt, fand die Polizei von Jersey während des Jahres 1987 sehr viel Zeit, Spenden zu sammeln. ›Operation Goodwill‹ hieß diese Aktion, bei der man es sich zum Ziel gesetzt hatte, für wohltätige Zwecke auf der Insel Gelder aufzutreiben.

Die Angehörigen der Polizei opfern großzügig ihre Freizeit, wenn es darum geht, Geld für die Bedürftigen und Behinderten zu sammeln. Neun Beamte aus dem

Hauptquartier beteiligten sich an einer Fallschirmspringerschau, für die sie einen Sponsor gewonnen hatten und die von der lokalen Presse scherzhaft als ›Cop Drop‹ bezeichnet wurde. Mehr als 1300 Pfund wurden bei der Schau eingenommen.

Dabei zeigte sich wieder einmal der ausgeprägte Gemeinschaftssinn. Tatsächlich wird die Gemeinschaft auf der Insel von einem Gefühl getragen, daß man zu einer großen Familie gehört, ganz egal, zu welcher Gesellschaftsschicht man zählt. Deshalb überrascht es auch nicht, daß im Bericht des Polizeichefs für das Jahr 1987 sogar das Schicksal von Jet, einem der vier Polizeihunde auf Jersey, geschildert wurde. Bei Jet hatte der Veterinär plötzlich Herzprobleme diagnostiziert. Das Tier konnte nicht mehr als Polizeihund eingesetzt werden, was seinen Betreuer, Police Constable Hafey, zutiefst betrübte. Der Hund hatte ihn schon seit Jahren begleitet, und auf vielen Jahrmärkten und Festen auf der Insel hatte Jet zur Freude der Zuschauer seine Kunststücke vorgeführt.

Im Frühjahr 1987 wurden Polizeibeamte zu einem Zwischenfall gerufen, der typisch ist für die Probleme der wohlhabenden Bürger von Jersey. Eine Haushälterin aus Madeira, Fatima Ornelas, hatte in ihrem Zorn über ihre Arbeitsbedingungen das Auto ihres Brötchengebers absichtlich rückwärts in den großen mondförmigen Swimmingpool gefahren.

Es war Mrs. Ornelas noch gelungen, sich aus dem Inneren des Autos zu werfen, weil die Abdeckungsplane auf dem Wasser gelegen hatte, aber wenige Sekunden danach war das Fahrzeug auf den Grund des Pools gesunken.

Während die Untersuchung dieses Zwischenfalls noch lief, wurden die Kollegen in St. Brelade von mehreren besorgten Leuten angerufen. Sergeant Terry MacDonald und sein Team, das aus vier Polizisten bestand, versuchten das Geheimnis einer anderthalb Tonnen schweren friesischen Kuh zu lösen, die unweit des Hotels L'Horizont an den Strand gespült worden war, nachdem der Kadaver schon eine Zeitlang im Wasser getrieben hatte.

Kurz darauf erwartete die Polizei eine ganz andere Aufgabe. Man mußte sämtliche Kräfte bündeln, um den reibungslosen Verlauf und die Sicherheit während des Besuchs des Herzogs und der Herzogin von York auf der Insel Jersey zu gewährleisten. Sie waren als Ehrengäste eingeladen worden, bei den Feierlichkeiten zum fünfzigjährigen Jubiläum des kleinen, aber sehr betriebsamen Flughafens der Insel dabeizusein.

Während Prinz Andrew und ›Fergie‹ von einer Veranstaltung zur anderen über die Insel gefahren wurden, hätten die meisten Angehörigen der Polizei von Jersey zugestimmt, hätte jemand behauptet, sie könnten sich nicht über Langeweile beklagen.

Die Polizei in Jersey ist eine relativ neue Einrichtung, denn fast bis zur Mitte des zwanzigsten Jahrhunderts sorgten nicht weniger als elf der zwölf Gemeinden selbst für Ruhe und Ordnung und beanspruchten keine Hilfe der ›Berufspolizei‹. Wurde ein Verbrechen gemeldet, lief Jerseys einzigartiges ›Ermittlungssystem‹ an.

Man alarmierte den Leiter der Gemeinde, gewöhnlich der Konstabler. Er wandte sich an seine ehrenamtlichen Polizisten, darunter der *Centenier* und dessen *Vingteniers*. Sie hielten abwechselnd Wache in der Gemeinde – Männer in Pullovern, die diese Arbeit nebenbei verrichteten.

Erst nach dem Zweiten Weltkrieg setzten Veränderungen ein, aber dabei ließ man sich viel Zeit. 1950 gab es erst fünfzig hauptberufliche Polizisten auf der Insel, aber immer noch fünfmal so viele ehrenamtliche. Dieses System mochte überholt und laienhaft gewesen sein, aber es schien zu funktionieren und im Interesse aller gesetzesfürchtigen Insulaner zu sein.

Graham Nimmo erinnert sich:

> Meine Karriere bei der Polizei ging in quälend langsamen Schrittchen vonstatten. Schließlich wurde ich zu einer dreimonatigen Vertretung zur Kriminalpolizei versetzt. Meines Vaters wegen wollte ich immer schon Detektivarbeit leisten, deshalb war es ein toller Job für mich. Ich arbeitete mit einem Burschen namens Phil Falle zusammen, der später Kriminalreporter unserer Lokalzeitung wurde, der *Jersey Evening Post*. Gemeinsam verhafteten wir dreiundzwanzig Hehler und zwei Hoteldiebe. Das machte auf mich aufmerksam, nehme ich an. Ich blieb bis 1976 dabei. Dann wurde ich Sergeant und trug wieder Uniform. Die Arbeit hat mir Spaß gemacht, und so fiel es mir auch nicht schwer, einen Sechzehnstundentag durchzustehen. Es war mein Leben.

Mit dem Jahr 1987 wurde es allerdings weniger gemütlich auf der Insel. Polizeichef David Parkinson beklagte in seinem Jahresbericht, daß es für die Polizei ein besonders schwieriges und nervenaufreibendes Jahr gewesen war. Drei Polizeibeamte, darunter der Chef der Kriminalpolizei, waren beschuldigt – und später freigesprochen – worden, in verschwörerischer Weise das Recht gebeugt zu haben, wodurch die Polizei im Rampenlicht der Öffentlichkeit gestanden hatte. Und zum erstenmal in der Geschichte der Insel waren es diesmal statistische Zahlen und nicht ein paar Einbrüche, die Alarm auslösten, denn zum erstenmal hatten die gemeldeten Straftaten die Zahl von fünftausend überschritten.

Auch der Chef der Kriminalpolizei, Martyn Le Brocq, war betroffen. Er beklagte, daß man umfangreiche Ermittlungen schwerlich ohne Computerunterstützung durchführen konnte. Akten von Hand zu bearbeiten wäre einfach nicht so schnell und wirkungsvoll, erklärte er, unabhängig davon, wie fähig und strebsam die Kollegen auch waren. Zwar hatte der britische Polizei-Generalinspekteur nach seinem Besuch im vergangenen Jahr empfohlen, zusätzliche Mittel für diese Zwecke zur Verfügung zu stellen, doch geschehen war nichts.

Martyn Le Brocq tröstete sich mit anderen Zahlen der Statistik, nach denen die Aufklärungsquote mit vierzig Prozent deutlich über dem Durchschnitt des Vereinigten Königreichs lag. Aber auch er mußte zugeben, daß diese Quote im Vergleich zu früheren Jahren gesunken war.

Es war alles sehr enttäuschend, und es war auch nur ein schwacher Trost, daß eines der schwersten Verbrechen des Jahres nicht auf der Insel verübt worden war – ein Bewohner Jerseys war auf dem Festland, in Exeter, zu vier Jahren Freiheitsstrafe verurteilt worden.

Der Mann hieß Ian Walker. Er hatte sich des Verbrechens schuldig gemacht, seine Frau gezwungen zu haben, einen Mars-Riegel zu essen, wobei er allerdings verschwieg, daß er vorher Gift in den Riegel injiziert hatte.

Für David Le Quesne jedoch, einen der aufstrebenden Juristen der Insel, war das Jahr 1987 alles andere als enttäuschend. In den letzten Monaten hatte er einige neue Mandanten für seine Anwaltskanzlei Vibert & Valpy gewonnen, darunter Elizabeth und Nicholas Newall. In der kleinen, ineinander verwobenen Gesellschaft von Jersey stand er im Ruf, seinen Weg zu machen, ein talentierter Anwalt, der entschlossen war, seine Kanzlei immer weiter auszubauen.

Wie die meisten Bewohner Jerseys war auch David Le Quesne besorgt über den Anstieg der Kriminalität auf der Insel. Als Familienvater fragte er sich, ob der Trend unumkehrbar war. Zugleich aber mußte er sich eingestehen, daß mehr Verbrechen mehr Arbeit bedeutete.

Über seine eigene Karriere berichtet er:

> Ich habe mich zuerst als britischer Barrister qualifiziert und wurde sozusagen in den Inneren Tempel aufgenommen. Aber bald erkannte ich, daß ich als mittelgroßer Fisch in einem mittelgroßen Becken besser aufgehoben war als in einem riesigen Becken als kleiner Fisch. Diese Erkenntnis bewog mich zur Rückkehr nach Jersey, wo ich mich als Anwalt niederließ. Verbrechen hat mich immer schon fasziniert, und ich lese gern über Mordfälle. Aber leider hatte ich es bisher nur mit zwei Kapitalverbrechen zu tun. Ganz egal, ob man vor Gericht steht oder ein Buch liest – es geht nichts über Mord.

Am 1. Oktober 1987 erreichte Graham Nimmo endlich, worauf er schon eine Zeitlang gehofft hatte: Er wurde vom Sergeant in den Rang eines Detective

Inspector befördert. Ein paar Monate zuvor hatte er einen Orden für ›Langjährige Dienstzeit und vorbildliches Verhalten‹ bekommen. Für den stämmigen, aufgeschlossenen 46jährigen Mann, in Perth geboren und in Manchester aufgewachsen, war die Welt wieder in Ordnung. Es schien, daß er endlich Anerkennung für seine Arbeit fand.

Jetzt stand dienstgradmäßig nur noch Martyn Le Brocq über ihm, doch der Chief Inspector hielt sich ausschließlich in seinem Büro auf, so daß der neu ernannte Detective Inspector de facto der höchstrangige Ermittler der Insel war. Von nun an würde jede größere Kriminaluntersuchung in seinem Verantwortungsbereich liegen. Deshalb war es eine glückliche Fügung, daß Nimmo ein gutes Arbeitsverhältnis zu seiner rechten Hand hatte, Sergeant Jimmy Adamson, ein Polizeibeamter mit dem Ruf hartnäckiger Entschlossenheit.

Trotz des unzweifelhaften Drucks, dem sie bei ihrer Arbeit ausgesetzt sind, führen die älteren und ranghöheren Mitglieder der Polizei von Jersey ein angenehmes Leben. Einige von ihnen haben nicht gezögert, die Kombination des Vorteils einer großzügigen Entlohnung und Jerseys geographischer Lage zu nutzen und hatten Ferienhäuser in der nahen Normandie oder in der Bretagne erworben.

Die meisten Angehörigen der Polizei von Jersey nutzen im Rahmen von Weiterbildungskursen die Möglichkeit, sich auf dem Festland auf den neuesten Stand der Dinge zu bringen, was Ermittlungsarbeit angeht; dies wird fast allgemein sehr positiv bewertet. So nahm Inspector Paul Marks 1987 an einem Kurs für Sonderermittlung im New Scotland Yard teil, und Detective Inspector Martin Fitzgerald verließ für kurze Zeit die Insel, um an einer Fernseh- und Rundfunkausbildung teilzunehmen, die vom Polizei-College in Bramshill organisiert wurde.

Nein, ein schlechtes Leben war es nicht. Jedenfalls schien *Bergerac* es nie so gut gehabt zu haben.

Graham Nimmo berichtet:

> Ich freute mich wirklich über meine Beförderung zum Detective Inspector, denn das war immer mein Ehrgeiz gewesen. Endlich konnte ich weg vom Schreibtisch. Mord und Totschlag haben mich schon viele Jahre interessiert, ja fasziniert – vor allem verdächtige Todesfälle. Ich bin oft im Leichenkeller gewesen und habe eng mit dem Pathologen zusammengearbeitet. Ich gab keine Ruhe, bis ich mit eigenen Augen gesehen hatte, wo zum Beispiel eine Kugel ein- und wo sie ausgetreten war. Ich wollte alles über die Leiche wissen. Das einzige, was mich erschüttert, ist der Tod eines Kindes oder Kleinkindes. Sonst aber bin ich in der Lage, den Schrecken zu verdrängen, ihn gar nicht erst an mich herankommen zu lassen. Ich weiß noch, wie ich einmal für allgemeines Entsetzen gesorgt habe, als ich während einer Leichenöffnung ein Sandwich aß. Ich war immer schon bemüht, mein Wissen über die forensische Medizin zu erweitern, deshalb nehme ich jeden Weiterbildungskurs auf diesem Gebiet wahr.
>
> Ich muß auch sagen, daß ich zum Zeitpunkt meiner Beförderung durchaus etwas vorzuweisen hatte: Ich habe alle Morde aufgeklärt, für deren Ermittlung ich zuständig war. Sie können sich also vorstellen, daß ich mich wirklich freute, als ich zur Kripo zurückgehen konnte.

Doch während Detective Inspector Nimmo im Polizeihauptquartier am Rouge Bouillon hinter seinem Schreibtisch saß und seine neuen Sterne auf den Schulterabzeichen betrachtete, schien es weit und breit nichts zu geben, was einen Mann mit seinen besonderen Interesse an der Kriminalität reizen konnte. Die letzte öffentliche Hinrichtung auf Jersey hatte 1875 stattgefunden. Die Todesstrafe war offiziell abgeschafft worden.

Der Polizeibericht des Jahres 1987 wies aus, daß es 2242 Eigentumsdelikte auf Jersey gegeben hatte, was etwa vierzig Prozent aller Straftaten in diesem Jahr entsprach. Aber die Statistiken, die Graham Nimmo mehr interessierten, standen an anderer Stelle im Bericht. Es waren die Zahlen, die unter der Überschrift »Straftaten gegen Personen‹ aufgelistet waren – dann noch einmal präzisiert und unterteilt in ›Mord‹ und ›Totschlag‹.

Das war der Stoff, der ihn wirklich interessierte und den er sich genauer ansehen wollte, obwohl er natürlich wußte, was er dort vorfinden würde: Keine Einträge.

Im Berichtsjahr hatte es keine Schwerverbrechen gegeben.

Ich bin gespannt, dachte der Detective Inspector, wann ich meine nächste Ermittlung in Sachen Mord zu führen habe.

4

Yuppy

Er hatte es zu etwas gebracht, und das in sehr kurzer Zeit; da waren alle einer Meinung. Kaum aus der Schule, legte Mark Newall eine solche Begabung an den Tag, Geld zu machen, die Vorgesetzte aufhorchen ließ und um die Freunde ihn beneideten. Ein Yuppy vom Scheitel bis zur Sohle, besaß Mark einen schicken Sportwagen und ein Bankkonto, das so schnell wuchs, wie sein Auto fuhr.

Mit neunzehn Jahren hatte er seinen eigenen Tisch in einem der besten Restaurants von Jersey, Victoria's, das zum Grand Hotel auf der Esplanade in St. Helier gehört.

Alles paßte ausgezeichnet zusammen. Das Essen im Victoria's war vorzüglich, und das Restaurant lag nur ein paar Gehminuten von seinem Büro in der Maklerfirma Sheppards entfernt, eine von den Tausenden Einrichtungen dieser Art, die den Vorteil nutzen, den Jerseys attraktive Steuergesetze bieten.

Der Anblick des jungen Finanzmannes, der allein am Tisch saß und sein Abendessen einnahm, verwunderte niemanden. Auch diejenigen, die in der Vergangenheit mehr Kontakt mit Mark hatten, als ihn nur einmal als einsamen Gast im Restaurant zu sichten, begriffen schließlich, wie es wirklich um den jungen Mann stand. Egal, wie gewandt Mark Newall sein mochte, wenn es um Euro-Bonds ging – es wäre schwierig gewesen, einen einsameren, isolierteren Menschen auf der Insel Jersey zu finden.

Vermutlich hatten einige Leute Mitleid mit Mark, wenn sie ihn allein an seinem Tisch sahen, doch ihr Mitleid wäre wohl noch intensiver geworden, hätten sie geahnt, daß die Einsamkeit des jungen Mannes viel tiefer ging.

Da war zum Beispiel die Szene am Weihnachtsmorgen 1986.

Während Roderick das Fest mit seinen Kameraden von den Royal Green Jackets feierte und ihre Eltern eine verschwenderische Party für unzählige Freunde und Bekannte in ihrer Villa in Spanien gaben, erwachte Mark allein in einem kalten, leeren Haus, in dem es keinen Weihnachtsschmuck und keine Weihnachtsstimmung gab.

Es half auch nicht, daß man ihm gesagt hatte, wo er seine Weihnachtsgeschenke finden würde. Das Hemd war vor ein paar Monaten eingepackt und in die unterste Schublade einer Kommode in einem anderen Teil des Hauses gelegt worden. Nachdem er an diesem 25. Dezember die Geschenke ausgepackt hatte, war das Fest für Mark vorüber – schwerlich ein Tag, der einem im Gedächtnis haften bleibt.

Ein anderes Mal, als er zur Villa seiner Eltern in Javea gereist war, um sich vom Arbeitsstreß zu entspannen und ein paar Tage in der Sonne zu liegen, mußte er feststellen, daß er allein dort war. Aber so war es von Anfang an gewesen: Marks Eltern waren praktisch nie für ihn da.

Corinne Symonds erinnert sich:

> Mein Sohn Nicholas rief mich an, ob ich Mark am ersten Weihnachtstag zu mir nehmen könnte. Aber bei mir war kurz vorher Krebs festgestellt worden, und Anfang des Jahres

stand mir eine größere Operation bevor. Ich sagte ihm, daß ich es einfach nicht schaffen würde. Es wäre mir zuviel. Nicholas war wütend und warf mir vor, ich dürfte mich keine Christin nennen, und daß ich mich schämen sollte. Am Tag darauf gab ich nach. Auf einen mehr kommt es auch nicht an, sagte ich mir. Aber inzwischen hatte schon eine andere Familie angeboten, Mark zu sich zu nehmen.

Mark und Nicholas Symonds hatten sich angefreundet, als sie in den frühen achtziger Jahren gemeinsam bei Barclaytrust arbeiteten. Ein weiterer Berührungspunkt war die Tatsache, daß Marks Vater ein paar Jahre zuvor eine Zeitlang als Lehrer von Nicholas an der St.-Michael's-Schule unterrichtet hatte.

Solche Berührungen und Verbindungen sind typisch für Jersey. Auf der Insel scheint jeder jeden zu kennen. Die Inselbewohner scherzen oft untereinander: »Es geht nicht darum, wen du kennst oder was du weißt, entscheidend ist, was du über den weißt, den du kennst.«

Die beiden jungen Männer stellten fest, daß sie vieles gemeinsam hatten: Interesse an Rugby, einen trockenen Humor sowie eine Vorliebe für schnelle Autos und Fitneß. Oft trafen sie sich zum gemeinsamen Joggen auf dem längsten Asphaltstreifen der Insel, La Grande Route des Mielles in St. Ouen's, jetzt besser als Five Mile Road bekannt. Beim Joggen unterhielten sie sich angeregt, immer begleitet von Nicholas' Hund, der sich über den lohnenden Ausgang freute.

Seit Mark sich in Radley das Knie verletzt hatte, war ihm bewußt geworden, wie wichtig es war, sich fit zu halten und auf die Gesundheit zu achten, und oft scheute er nicht die Mühe, ein paar zusätzliche Stunden damit zu verbringen, Gewichte zu heben.

Nicholas Symonds erklärt:

> Er führte ein typisches Junggesellenleben. Er kam spät von der Arbeit nach Hause, lieh sich ein paar Videos aus, ließ sich vom Chinesen oder Italiener was zu essen bringen und so weiter. Manchmal ging ich zu ihm und sah das Durcheinander in seinem Haus. Die Reste von den Mahlzeiten der letzten Tage lagen herum. Aber Mark wollte nicht, daß man ihn bedauerte, er bat auch niemanden um einen Gefallen. Wir wurden gute Freunde, aber auch mich ließ er nicht wirklich an sich heran. Er war völlig introvertiert und in sich zurückgezogen, und das machte sich bei Kontakten mit Mädchen natürlich besonders bemerkbar. Ob man wollte oder nicht, es drängte sich einem der Eindruck auf, daß irgendwas nicht stimmte, obwohl es sehr schwierig war, es zu benennen. Vielleicht lag es daran, daß Mark so viele Barrieren um sich herum aufgebaut hatte. Aber ich konnte nicht anders, er tat mir leid. Ich dachte immer, daß er ein trauriges Leben führt. Deshalb wollte ich auch unbedingt, daß Mum ihn zu diesem Weihnachtsfest einlud.

Die meisten Inselbewohner geben es nicht gern zu, aber es ist eine Tatsache, daß die Hochfinanz zum Stützpfeiler der Wirtschaft von Jersey geworden ist, trotz Tourismus und Hortikultur, die ebenfalls wichtige Einnahmequellen für die Staatskasse bedeuten.

Die Bewohner Jerseys verstehen sich gut darauf, ihre Insel als wichtiges Zentrum der internationalen Finanzwelt darzustellen, daß es heute eine Multimillionen-Pfund-Industrie geworden ist, die gewaltige Steuereinnahmen garantiert, mit denen das Gesundheits- und Bildungswesen bezahlt werden, wie auch viele andere Bereiche des öffentlichen Lebens.

St. Helier strotzt vor Banken jeder Art, von der Hongkong und Shanghai Banking Corporation bis zur Bank of Bermuda; insgesamt sind es etwas mehr als sechzig Banken aus einem Dutzend Länder.

Das Finanzzeitalter auf Jersey wurde in den frühen sechziger Jahren eingeleitet, als ein Wuchergesetz abgeschafft wurde, das Zinsen auf fünf Prozent beschränkt hatte. Die treibende Kraft war der inzwischen verstorbene Senator Cyril Le Marquand. Er hatte nie einen Hehl daraus gemacht, welches Ziel er durch Abschaffung des Gesetzes erreichen wollte: Investoren anzulocken.

Die Idee war erfolgreicher, als Le Marquand sich in seinen kühnsten Träumen hatte vorstellen können.

Handelsbanken, die einen Niedrigzinsort suchen, von dem aus sie ihre Geschäfte abwickeln können, entdeckten rasch das einzigartige Potential, das ihnen die Kanalinsel bot: Sie ist nicht weit von London entfernt, ohne daß die britischen Gesetze greifen, und das politische System garantiert langanhaltende Stabilität.

Kleinwort Benson, Hill Samuel und die Royal Trust of Canada waren die ersten, die auf Jersey Niederlassungen gründeten; andere große Institute ließen nicht lange auf sich warten. Das Finanzgeschäft entwickelte sich so rasch, daß es in den Banken Jerseys bald Einlagen in Milliardenhöhe gab, betreut von unzähligen Finanzkonzernen aller Schattierungen.

Nur wenn man beharrlich fragt und hinterfragt, geben die Einheimischen zu, daß Jersey von der Finanzindustrie abhängig geworden ist. Viele Inselbewohner bedauern, daß die Veränderungen in geradezu halsbrecherischem Tempo vor sich gingen, so daß es das alte, ruhige, ländliche Leben nicht mehr gibt.

Mark Newall jedoch litt nicht an solchen Entzugserscheinungen. Im Gegenteil, er erkannte, daß sich ihm eine Welt der aufregenden Möglichkeiten eröffnete, und in dieser Welt bewegte er sich mit Geschick und Erfolg. Er hatte Ehrgeiz und war überzeugt, in der Finanzwelt seinen Weg zu machen. Rasch fand er einen Ausbildungsplatz bei Barclaytrust, wo er als Trainee in der Verwaltung begann. Aber ihm wurde bald klar, daß dies nicht der Platz war, den er sich vorgestellt hatte.

Dennoch lernte Mark in dieser Zeit die Grundbegriffe der Finanzwelt und eine Reihe wichtiger Kniffe. Er begann mit einfacher Geschäftskorrespondenz, verwaltete Kreditkonten und wickelte kleinere Investitionen ab. Während er seinen verschiedenen Aufgaben nachging, Treffen von Aktionären und Direktoren der Privatfirmen organisierte, für die er verantwortlich war, wurde ihm klar, daß eine Karriere innerhalb der engen Grenzen von Barclaytrust für ihn nicht in Frage kam. Die Geschäftspolitik der Bank war ihm zu langsam, zu besonnen und viel zu vorsichtig.

Alles mußte er seinem Boß vorlegen, Michael Blackey, oder einem noch erfahreneren Mitglied des Teams. Es gab kaum Raum für Eigeninitiative oder Unternehmungsgeist. Für Mark war dies alles zu bieder, zu bürokratisch. Es dauerte nicht lange, bevor Mark sich seinen nächsten Schritt überlegte.

Pat Stoker erinnert sich an die Tage, als der jüngere Newall-Junge mit ihm bei Barclaytrust arbeitete:

> Mark war ein sehr vorzeigbarer und selbstsicherer junger Mann, als er bei uns beschäftigt war. Er konnte einen Kunden durch seine Redegewandtheit und sein Erscheinungsbild beeindrucken. Ich fand immer, daß er eine gewisse Arroganz an den Tag legte und den Eindruck erweckte, als wäre die Arbeit, die er zu erledigen hatte, unter seiner Würde. Ich glaube, er war der Ansicht, daß er sich verändern mußte, wollte er vorankommen.

Und genau das tat er. Sheppards (Channel Islands) Limited schien genau zu Marks Bild zu passen. Die Büroräume befanden sich in einem Haus an der Esplanade, und die Firma war auf das rasch wachsende Gebiet der Euro-Bonds spezialisiert, ein Vierundzwanzig-Stunden-Markt. Mark stürzte sich voller Eifer auf seine neue Aufgabe. Am besten gefiel ihm, daß sein neuer Boß, Graham Lovett, dem intelligenten und begeisterten neuen Mitarbeiter genügend Raum zur Verfügung stellte, damit dieser möglichst effektiv arbeiten konnte.

Mark enttäuschte ihn nicht. Der junge Broker saß oft schon um sechs Uhr in seinem Büro, arbeitete den ganzen Tag und war abends der letzte, der sein Büro verließ. Da die Wirtschaft während des Thatcher-Booms Mitte der achtziger Jahre blühte, gab es selten Mangel an Aufträgen und neuen Geschäften. Und wenn die Börse in New York schloß, öffnete sie in Tokio.

Es war eine alles verzehrende Welt, beinahe maßgeschneidert für Mark, denn sie versetzte ihn in die Lage, das unterschwellige Gefühl seiner Einsamkeit abzuwehren. Er hatte kaum Zeit fürs Mittagessen, deshalb spürte er das Alleinsein kaum. Hinzu kam, daß ihn die Verbindung von gutem Gehalt und noch besseren Kommissionen entschädigte; alles in allem ein lukratives Paket.

Angela Barnes führt aus:

> Ich will Mark nicht mit Komplimenten eindecken, aber wenn es darum geht, Geld richtig anzulegen, dann ist er so etwas wie ein Genie. Bald schon handelte er auch mit dem Geld seiner Eltern – mit spektakulären Ergebnissen. Einmal hat er eine Einlage von Elizabeth und Nicholas in Höhe von 75 000 Pfund innerhalb weniger Wochen verdoppelt. Sie waren überglücklich. Ich fragte mich damals, ob er das wohl auch mit meinen Ersparnissen schaffen würde.

Doch es hatte eine Zeit gegeben – sie lag noch gar nicht so lange zurück –, als Nicholas Newall längst nicht so begeistert von der Aussicht war, daß sein Sohn die Finanzangelegenheiten der Familie regelte. Hartnäckig weigerte er sich, Mark die Genehmigung zu erteilen, mit seiner Unterschrift im Namen der Familie zu handeln.

Schließlich waren es zwei Faktoren, die bei Nicholas einen Sinneswandel herbeiführten. Der erste hatte mit seiner Entschlossenheit zu tun, immer längere Zeiten in Spanien zu leben, und der zweite war Elizabeths unerschütterliches Vertrauen in die Fähigkeiten ihres jüngeren Sohnes.

In seiner Position und mit seinem Wissen konnte Mark die Investments seiner Eltern gut beurteilen. Er riet seinem Vater dringend, sich so schnell wie möglich von Lloyds zurückzuziehen. Er hatte Grund zu der Annahme, daß bei der Versicherungsgesellschaft in London nicht alles eitel Sonnenschein war.

Bald war der junge Broker sich seiner Sache so sicher, daß er keine Gelegenheit ausließ, leidenschaftliche Appelle an seinen Vater zu richten, sich von Lloyds zurückzuziehen.

Mark konnte nicht wissen, wieviel es seinem Vater bedeutete, die prestigeträchtige Verbindung zu Lloyds zu haben; er war stolz darauf, und er würde sie nicht so leicht aufgeben. Im Gegenteil, er war sogar bemüht, sein Investment bei Lloyds zu erhöhen, was seinen Sohn noch mehr erzürnte.

Nicholas Symonds über Mark:

> Hätte er in London gearbeitet, hätte man gesagt, er wäre ein typischer, stadterfahrener gewitzter Bursche. Er kannte nur die Arbeit, seine Wohnung und neue Autos. Zu dem Zeitpunkt besaß er einen Sechzehnventiler Toyota, danach einen Toyota MR 2 Sport. Aber er pflegte seine Autos nicht, es war ihm zu lästig. Dagegen legte er großen Wert auf sein Erscheinungsbild. Sein Lebensstil paßte zu seinem Job. Er ging völlig in seiner Arbeit auf. Das war sein Leben. Keine Discos oder solche Sachen. Nur Arbeit von Sonnenaufgang bis Sonnenuntergang.

Im Gegensatz zu Roderick, der gern rauchte und trank – ganz abgesehen von dessen langjährigen Erfahrungen mit Drogen –, hatte Mark nur geringes

Interesse an Alkohol. Wenn Nicholas Symonds und seine Gruppe von Rugby spielenden Freunden gewaltige Mengen Bier in sich hineinschütteten, saß Mark still da und nippte an seinem Wodka mit Fruchtsaft, und selbst das nur aus Gründen der Geselligkeit.

Für Mark Newall gab es kaum etwas Abstoßenderes als abendliche Besäufnisse, bei denen das zwar nicht erklärte, aber doch beabsichtigte Ziel darin bestand, als Bierleiche zu enden, was am anderen Morgen unausweichlich einen ausgewachsenen Kater zur Folge hatte.

Was die Persönlichkeit angeht, hatte Mark mehr mit seinem Vater gemein als mit seinen Altersgenossen. Wie Nicholas Newall war er ein tiefsinniger, vielschichtiger Mensch, der niemandem seine wahren Gefühle offenbarte. Eine ungewöhnliche Mischung aus Derbheit und Sanftheit, fühlte Mark sich nie so richtig wohl unter den Macho-Typen in der Welt des Rugby und der Pubs.

Er hatte deshalb die Fähigkeit entwickelt, seine Verletzlichkeiten zu verbergen, da sie ihm sonst als Schwäche ausgelegt worden wären. Seine empfindliche Seele sollte niemand sehen.

Als die Mutter seines Freundes Nicholas Anfang 1987 ins Krankenhaus ging, um ihren tapferen Kampf gegen den Krebs fortzusetzen, zählte Marks Blumenbouquet zu den ersten, die an ihrem Krankenbett eintrafen.

Corinne Symonds erinnert sich:

> Das hat mich sehr bewegt. Denn wie viele neunzehnjährige Jungs würden sich eine so nette, aufmerksame Geste einfallen lassen? Überdies war es ein wunderschönes und üppiges Bou-

quet. Obwohl ich erkannt hatte, daß Mark so etwas wie ein Einzelgänger war, war er zugleich ein sehr sanfter, besorgter junger Mann.

Zu dieser Zeit fühlte Mark sich zur Welt der asiatischen Kampfsportarten hingezogen. Alle fernöstlichen Dinge interessierten ihn. Ab und zu lieh er sich Kung-Fu-Filme; er besaß auch einige Kampfsportgeräte. Eine seiner anderen Vorlieben waren Zeitschriften, die wahre Kriminalfälle veröffentlichten. Mark vergrub sich regelrecht in die schrecklichen Einzelheiten gräßlicher Morde, bei denen die Opfer oft einen ungewöhnlichen, geheimnisvollen oder entsetzlich brutalen Tod erlitten hatten.

»Mark denkt viel nach, überlegt und wägt ab«, meint Nan Clark. »Er ist das Gegenteil von Roderick. Mark ist ein Denker. Roderick dagegen macht nur den Mund auf und plappert drauflos.«

Bei einer Gelegenheit allerdings wäre es besser gewesen, hätte Mark den Mund gehalten. Da seine Eltern die meiste Zeit in ihrer Villa in Spanien verbrachten, oblag es Mark, sich um den Verkauf ihres Hauses mit dem spektakulären Blick zu kümmern, dem Crow's Nest in Grève de Lecq.

Die Verhandlungen liefen gut, und Mark erwies sich als geschickter Verkäufer, der keine Kleinigkeit übersah. Doch im Verlauf der Gespräche entstand eine kleine Meinungsverschiedenheit über einen Streifen Land, der zusammen mit dem Haus verkauft werden sollte. Es stellte sich heraus, daß die Eigentumsverhältnisse des Landstreifens nicht völlig geklärt waren.

Maureen Ellam, die Interessentin, drohte sofort damit, den Kauf platzen zu lassen. »Wenn das Land nicht zum Haus gehört, will ich es nicht«, sagte sie dem jungen Repräsentanten der Verkäufer. »So einfach ist das.«

»Mrs. Ellam«, antwortete Mark, und sein Tonfall war so herablassend und arrogant wie der seines Vaters, »ich weiß, daß das Land zu Crow's Nest gehört. Daß überhaupt Zweifel daran aufkommen können, ist auf die Unfähigkeit meiner Eltern zurückzuführen.«

Maureen Ellam fand die Bemerkung respektlos und ungehörig, aber richtig wütend wurde sie erst, als sie erfuhr, daß Marks Einschätzung seiner Eltern in diesem Fall vollkommen zutreffend war. Sie hatten es versäumt, ihren vollständigen Besitz eintragen zu lassen. Doch nachdem Mark sich um die Sache gekümmert hatte, ging der Verkauf von Crow's Nest ohne jede Komplikation über die Bühne.

Mark war mit dem Geschäft zufrieden und stolz darauf, die Verhandlung erfolgreich zum Abschluß gebracht zu haben, was bei den außerordentlich erschwerten Bedingungen auf Jersey nicht selbstverständlich war.

Kurz nachdem die Ellams das Crow's Nest bezogen hatten, kehrte Mark im Pub Prince of Wales ein, der nur ein paar hundert Schritte entfernt liegt. Er wollte sich vom Wirt verabschieden. Mark war mit der Geschichte und der Lage der verschiedenen Besitzungen in der Gegend vertraut, und er wußte auch, daß der Wirt vor ein paar Jahren ehrgeizige Pläne gehegt hatte. Unter anderem hatte er einen Golfplatz und einen großen Parkplatz anlegen lassen wollen. Vieles, was zu dieser Zeit auf Jersey geplant wurde, zielte darauf ab, die Bedürfnisse der wachsenden Zahl von Urlaubern zu befriedigen, und auch Grève de Lecq zog immer mehr Touristen an. Jedenfalls hatte der Wirt vor der Planungskommission so argumentiert.

Gemeinsam mit sämtlichen anderen Anwohnern des Gebiets hatten die Newalls laut gegen den Plan eines neuen Siedlungsprojekts vor ihrer Haustür protestiert. Aber da die Newalls nun kein Interesse mehr an Grève de Lecoq hatten, glaubte Mark, offen sprechen zu können.

»Jetzt kannst du auf deinem Acker machen, was du willst«, sagte er zum Wirt. »Meinetwegen kannst du Schweine darauf züchten. Es interessiert uns nicht mehr. Wir haben gerade Crow's Nest für den doppelten Preis seines tatsächlichen Werts verkauft.«

Obwohl der Wirt den Kampf mit der einflußreichen Planungskommission der Insel verloren hatte, gefiel ihm Marks Bemerkung ganz und gar nicht. Er hielt sie für beleidigend und arrogant.

Auch Maureen Ellam war nicht begeistert, als ihr Marks Bemerkung zugetragen wurde. Als sie und ihr Mann das nächste Mal mit Mark und den Newalls zusammentrafen, nutzte Maureen die Gelegenheit, sich zu revanchieren.

»Ich möchte dich etwas fragen, Mark«, sagte sie. »Wenn deine Eltern so unfähige Leute sind, wie haben sie es dann geschafft, das Haus zu einem Preis zu verkaufen, der doppelt so hoch ist wie sein Wert?«

Mark hielt es für besser, auf die Frage nicht zu antworten; er verließ einfach das Zimmer, das Maureens Ehemann David mit verblüffenden Ergebnissen umgestaltet hatte. Doch Nicholas Newall wollte die Indiskretion seines Sohnes nicht so einfach übergehen.

Wütend wandte er sich an Maureen. »Ist das wirklich wahr? Hat Mark das gesagt?«

Die neue Besitzerin von Crow's Nest nickte und nannte auch ihre Quelle, um der Aussage mehr Gewicht zu verleihen.

Ein paar Sekunden lang schien Nicholas Newall sprachlos zu sein, was nicht oft geschah. Dann murmelte er leise: »Ich hasse diesen Jungen.«

Auch David Ellam war kein Bewunderer des jungen Newall. »Er ist ein kleiner arroganter Rotzlöffel«, sagte er später, »eigentlich seinem Vater sehr ähnlich. Aber bei Nick wußte man, daß seine Überheblichkeit nur eine Schutzfunktion hatte. In Wirklichkeit war er ein netter Kerl. Das Schlimme an Mark ist, daß er tatsächlich so aufgeblasen ist, wie er sich gibt.«

Mark Stephen Nelson Newall wurde am 22. Juni 1966 in St. Andrews, Schottland, geboren. Aber er hatte kaum Zeit, um schottische Wurzeln zu schlagen, denn er war noch keine zwei Jahre alt, als er mit seinen Eltern auf deren Jacht unterwegs zu den Westindischen Inseln war.

Hauptsächlich war es Marks Erkrankung an Bord, die seine Eltern zu der Entscheidung brachten, ihr Abenteuer aufzuschieben, was letztendlich dazu führte, daß sie sich auf Jersey niederließen.

Irene Stevenson, Marks erste Lehrerin an der Vorbereitungsschule St. Michael's, erinnerte sich an seine frühen Schultage auf der Insel:

> Ich glaube nicht, daß es nach außen hin wirkliche Probleme bei ihm gab, obwohl mir auffiel, daß Mark erheblich zurückgezogener war als Roderick. Ich erinnere mich auch, daß ich in seinem allerersten Zeugnis gewisse Anzeichen für aggressives Verhalten während der Schulzeit bemerkte, und das war mir wichtig genug, es die Eltern wissen zu lassen.

Seine Tante Nan Clark hält dagegen:

> Er war der hübscheste, aufgeschlossenste kleine Junge, den man sich vorstellen kann. Schauen Sie sich nur die Fotos an! Man hätte ihn auffressen können! Er war schelmisch, ging auf jeden zu, sah süß aus und war ein entzückender kleiner Kerl. Er war unwiderstehlich, sehr lebhaft, und lächelte oft. Es war immer eine Freude, ihn im Haus zu haben.

Mark fand sich bald in Rodericks Fußstapfen wieder: Lockers Park, dann Radley College, wo er in die neue und zuerst verwirrende Welt des Hauses Social F eintrat. Als er sich allmählich an das System des Internats gewöhnt hatte, freute er sich auf das Herbstsemester, wenn Rugby gespielt wird, oft als Turnier mit bis zu zwanzig Mannschaften.

Dann verletzte er sich bei einem Spiel das Knie. Die Verletzung war so ernsthaft, daß sie das Ende seiner Rugbykarriere bedeutete – eine Enttäuschung, mit der er nur schwer fertigwurde. Seither muß er bei jedem Sport einen Knieschutz tragen.

Die Verletzung erforderte eine Behandlung im Krankenhaus. Als Elizabeth Newall von der Schule über den Zwischenfall unterrichtet wurde, ließ sie ihren jüngeren Sohn auf die Privatstation verlegen, weil er dort verwöhnt würde, was ihm in dieser Situation helfen und guttun würde.

Aber Nicholas, der seinen Sohn im Internat noch nicht besucht hatte, weigerte sich strikt. Es war für ihn undenkbar, daß er einen solchen Aufwand finanzierte. Und als er ein paar Tage später hörte, daß Marks Verletzung wahrscheinlich keine bleibenden Schäden hinterlassen würde, beschloß er, mit Elizabeth in Spanien eine schöne, entspannende Zeit zu verleben, statt ihren Sohn in Oxfordshire zu besuchen.

Wie Roderick erhielt auch Mark nur wenig Liebe von seinen Eltern. Nicht, daß einer der Jungen bevorzugt oder benachteiligt wurde. Es war einfach so, daß es Nicholas Newall fremd war, väterliche Liebe zu zeigen. Da er selbst als Kind nur sehr wenig Zuneigung bekommen hatte, war sein Ziel stets sehr pragmatisch gewesen: Seine Söhne sollten zu verantwortungsbewußten Menschen heranwachsen, auch wenn er selbst gelegentlich gern einer Verantwortung entfloh.

Maureen Ellam meint:

> Mark erhielt keine Liebe von seinen Eltern. Sie mochten ihn nicht. Und es war auch nicht leicht, ihn zu mögen. Mark ist ein unangenehmer Bursche. Während Elizabeth eine Schwäche für Roderick hatte, wollte sie von Mark nichts wissen. Wann immer er etwas anstellte, das ihr nicht gefiel, warf sie die Arme in die Luft und rief verzweifelt: »Oh, bitte, kann jemand diesen schrecklichen Jungen fortschaffen?«

Als intelligentes Kind gelang es Mark trotzdem, dort Liebe zu finden, wo es sie nicht in so bescheidenem Maße gab: bei Elizabeths Mutter. Als jüngster ihrer vier Enkel war Mark zweifellos ihr Liebling.

›Granny Nelson‹ überschüttete Mark mit Freundlichkeit und Zuneigung, woraus sich ein ziemlich enges Verhältnis entwickelte. Marks Gefühle für ›Granny‹ überstanden auch seine Jugend. Er vergaß keinen einzigen Familienfesttag; er schickte auch regelmäßig Blumen nach Schottland, um der Großmutter seine Liebe zu versichern.

Corinne Symonds erinnert sich:

> Er sprach von Mum und Dad, als ob sie dauernd kämen oder gingen, aber ohne jede Wärme. Er hatte keine Liebe erhalten und konnte deshalb auch keine geben. Das spürte ich mit dem Instinkt einer Mutter. Ich glaubte, daß ich ihn ein bißchen bemuttern mußte, um ihm etwas zu geben, was er nicht bekommen hatte. Gelegentlich strich ich über seinen Arm, und ich sah, daß es ihm gefiel und guttat. Aber man durfte ihm nicht zu nahe kommen. Dann zog er sich plötzlich zurück, als glaubte er, in seinem Schneckenhaus besser aufgehoben zu sein. Er tat mir sehr leid. Später bekam er einen ziemlich einflußreichen Job in Paris, und bevor er abreiste, kümmerten wir uns um ihn. Denn wie gewöhnlich war niemand da, der ihm half. Er hatte keine Unterstützung irgendeiner Art, obwohl das doch ein Durchbruch in seiner Karriere war. Als er abfahrbereit zum Flughafen war, kam die übliche Frage: »Hast du deinen Paß?« Natürlich hatte er ihn nicht. Ja, wir mußten uns alle ein bißchen um ihn kümmern.

Man kann nicht sagen, daß Marks Eltern unfähig waren, Fürsorge und Zuneigung zu zeigen. Ganz im Gegenteil schienen sie einen großen Vorrat davon zu haben, jedenfalls wenn es darum ging, ihre Freundschaft zu den Ellams zu pflegen. Sie schickten ihnen Geburtstagskarten und Weihnachtsgrüße und brachten von ihren Reisen schottisches Gebäck und andere Aufmerksamkeiten mit.

Für Angela Barnes, die die Newalls kannte, seit diese auf der Insel lebten, fand die Intensität dieser Beziehung erstaunlich. »Ich wußte die plötzliche Begeisterung für die Ellams nicht zu deuten«, räumt sie ein. »Was immer der Grund dafür war – ich sagte mir, daß die Newalls sich mehr um die Ellams kümmerten als um ihre eigenen Kinder.«

Als Kinder und Teenager hatten Roderick und Mark stets im Wettstreit gelegen, doch wenn es um Frauen ging, gab es keine Konkurrenz zwischen ihnen. Die überschäumende Persönlichkeit Rodericks und sein auffallend gutes Aussehen zog die Frauen an, während Mark mit seinem introvertierten Charakter in dieser Hinsicht deutlich weniger Erfolg hatte. Aber das schien ihn kaum zu berühren. Viele seiner Bekannten waren der Meinung, daß sexuelle Beziehungen nicht zu den Dingen gehörten, die Mark wichtig waren.

Mark verbrachte viele Abende in der Gesellschaft von Nicholas Symonds' jüngerer Schwester Philippa. Aber nie lag auch nur ein Hauch von sexueller Anziehung in der Luft – nur das würzige Aroma des chinesischen Essens, das Mark oft mitbrachte und hungrig aß, ehe er sich zu einem gemütlichen Fernsehabend im Haus der Symonds niederließ.

Philippa Symonds erklärt:

> Er war nicht wie die anderen Freunde meines Bruders. Er war viel zurückhaltender. Er war auch kein Mann, auf den man flog. Ich habe nie

gehört, daß er eine Freundin hätte, obwohl ich weiß, daß es einige platonische Freundschaften mit Mädchen gab. Ich muß zugeben, daß ich mich sogar gefragt habe, ob er ein bißchen schwul sein könnte. Nicht, daß er besonders feminin gewesen wäre. Was auch immer der Fall gewesen sein mag, ich glaube nicht, daß er sexuell sonderlich aktiv war.

Obwohl die Brüder ein normaleres Verhältnis zueinander aufgebaut hatten, was besonders im Sommer 1987 deutlich wurde, blieb doch eine ständige Spannung zwischen ihnen. Noch kurze Zeit zuvor hatten sie während eines Grillabends auf Jersey eine Schlägerei ausgetragen, so daß ihre Freunde sie voneinander losreißen mußten.

Corinne Symonds, die Marks Beziehung zu ihrem Sohn ebenso verfolgte wie die zu ihrer Tochter, ist der Ansicht, daß Mark großen Respekt vor seinem älteren Bruder hatte, dem durchtrainierten, zähen und verführerischen Soldaten, der auf dem Festland stationiert war.

»Mark sagte oft: ›Rodders kommt‹, und ich hörte den Argwohn in seiner Stimme. Was Roderick sagte, wurde getan und Mark mußte sich fügen, auch wenn es ihm überhaupt nicht in den Kram paßte.«

Wenn Roderick mit seinem hitzigen Temperament und Jähzorn aus demselben Holz geschnitzt war wie seine Mutter Elizabeth, nahm sein jüngerer Bruder immer mehr die Allüren seines Vaters an, gab sich arrogant und herablassend und verbreitete den Eindruck, sich anderen überlegen zu fühlen. Er entpuppte sich als jüngere Ausgabe von Nicholas, und das Ergebnis war nicht sehr angenehm.

»Mark war kalt wie ein Fisch«, resümiert Natty Ferreira, die bei den Newalls putzte und von Elizabeth angehalten worden war, ein wachsames Auge auf ihren jüngeren Sohn zu halten. »Ich habe auch ein bißchen für ihn gebügelt. Nie hat er danke gesagt. Er hat überhaupt nichts gesagt. Er hat irgendwo mein Geld hinterlegt, und das war's dann. Ich verglich ihn immer mit Mr. Newall. Er war sehr von oben herab.«

Es gab Gemeinsamkeiten zwischen Vater und Sohn, und beide mußten sich oft bemühen, ihre Verachtung für andere Menschen nicht offen zu zeigen.

Aber im Gegensatz zu seinem Vater, der Elizabeth verehrte, empfand Mark nur Geringschätzung für seine Mutter. Es machte ihn wütend, daß sie ihn während der Arbeitszeit bei Sheppards anrief, um mit ihm zu besprechen, ob sie in dies oder das investieren sollte. Mark war äußerst kurz angebunden mit ihr und wies sie jedesmal grob zurecht, ihn nicht wieder bei der Arbeit zu stören. Er ließ sich auch nicht besänftigen, wenn seine Elizabeth erklärte, sie wollte lediglich die breitere Streuung ihrer Anlagegelder mit ihm besprechen.

Wenn Nicholas hörte, daß sein Sohn bei solchen oder anderen Gelegenheiten barsch mit Elizabeth redete, wurde er sehr ungehalten. »Rede nicht so mit deiner Mutter«, tadelte er ihn. »Du mußt ihr Respekt zeigen.«

Angela Barnes bestätigt:

> Aber Mark hatte kein bißchen Respekt vor seiner Mutter. Ja, er verachtete Elizabeth. Man konnte es förmlich mit den Händen greifen. Wenn sie zusammen waren, lag stets Spannung in der Luft. Er trat ihr gegenüber mit tiefer Ver-

> achtung auf. Elizabeth hielt sich immer für gebildet, schließlich war sie Akademikerin. Aber Mark hielt sie für eine Vollidiotin und ließ es sie auch spüren. Er hielt ihren Lebensstil für leichtfertig. Ich erinnere mich an den Tag, als die Newalls erfuhren, daß Onkel Kenneth auf Sark ihnen vor seinem Tod eine größere Geldsumme vermachen wollte. Mark sagte voller Hohn: »Ich weiß schon, was ihr damit anfangt. Ihr werdet auch dieses Geld ausgeben, und für Roderick und mich bleibt wieder mal nichts übrig.«

Möglich, daß Nicholas spürte, daß der Vorwurf seines Sohnes seine Berechtigung hatte, denn selbst er zuckte angesichts der Heftigkeit zusammen, mit der Mark gesprochen hatte.

»Es geht dich nichts an, was wir mit unserem Geld machen«, fauchte er.

Es sollte sich bald herausstellen, daß Nicholas' ständige Forderungen, Mark sollte seiner Mutter Respekt zollen, auf taube Ohren gestoßen waren. Im Sommer 1986 kam es während eines Abendessens im Haus von Angela Barnes zum Streit. Der Krach entzündete sich an einer Kleinigkeit.

Elizabeth hatte ein Buch gelesen und erzählte, wie sie das Geschehen interpretierte. Mark ließ sehr deutlich erkennen, daß seine Mutter die eigentliche Aussage des Buches überhaupt nicht verstanden hatte.

Es ging hoch her, und in der Hitze des Gefechts erklärte Mark, seine Mutter sei ein dummer Hohlkopf. Elizabeth, die nie verlegen war, ihren eigenen Standpunkt zu vertreten, hielt dagegen.

Der Höhepunkt der Auseinandersetzung, bei der

die Beschimpfungen immer boshafter wurden, war erreicht, als Mark seiner Mutter drohte.

Das war Elizabeth zuviel. Sie stand vom Tisch auf, ging ins Gästezimmer und brach in Tränen aus. Es war nicht das erste Mal, daß Mark auf diese Weise zu ihr gesprochen hatte, und als sie nun auf dem Bett lag und schluchzte, erzählte sie von voraufgegangenen erbitterten Wortgefechten mit ihrem Sohn.

»Ich weiß nicht, warum du sie nicht in Ruhe läßt«, sagte Maureen Ellam später zu Elizabeth. »Es sind doch ordentliche Jungs. Bald werden sie gestandene Männer sein. Mach dir nicht so viele Gedanken. Du solltest dich für Mark freuen – er hat sich in seinem Beruf durchgesetzt. Hör auf, an den Jungs herumzunörgeln.«

»Maureen«, sagte Elizabeth zu ihrer neuen Freundin und blickte sie verzweifelt an. »Du weißt längst nicht alles.«

5

›Die Chance, sie lebend zu finden, ist sehr gering‹

Sie konnte die Begeisterung kaum unterdrücken. Die ganze Welt mußte Elizabeths gute Nachricht erfahren. Die Familie Newall, die weiter verstreut lebte denn je, seit Roderick und Mark ihre Laufbahn beim Militär und in der Hochfinanz begonnen hatten, würde nach längerer Trennung eine Wiedervereinigung erleben. Es sollte ein festliches Wiedersehen werden, denn Elizabeth wurde ein paar Tage später achtundvierzig Jahre alt – ein Anlaß für eine glanzvolle Feier.

»Also, was sagst du dazu«, rief Elizabeth ihrer Freundin Maureen Ellam zu, die Stimme frisch und übersprudelnd wie eh und je, »die Jungen sind als besondere Überraschung zu meinem Geburtstag gekommen.«

Am Freitag, 9. Oktober 1987, waren beide Söhne abends aus England nach Jersey geflogen, sechs Tage vor dem Geburtstag ihrer Mutter. Aber da Roderick und Mark nur das Wochenende auf der Insel verbringen konnten, war das Festessen für den Samstagabend geplant. Es sollte an nichts gespart werden.

Elizabeth ließ einen Tisch in einem der besten Restaurants Jerseys reservieren, dem des Sea Crest Hotel. Das Hotel liegt in der abgeschiedenen, bilderbuchschönen Bucht von Petit Port, und das Restaurant genoß zu Recht einen ausgezeichneten Ruf – die ideale Wahl, um einen Abend zu verbringen, an den man sich lange erinnern wollte.

Doch bevor die Familienfeier beginnen konnte,

mußten einige profanere Dinge erledigt werden. Mark wollte ein Fahrzeug mieten, mit dem er Matratzen in sein neues Haus, La Falaise, in Noirmont bringen konnte. Er fuhr kurz vor dem Mittagessen mit seinem Vater zu Falles Hire Cars, wo Mark einen roten Lieferwagen von Renault mietete.

Seit er im August aus Spanien zurückgekehrt war, hatte Nicholas Newall sich ans Herumfahren gewöhnen müssen. Am Tag zuvor war er beim Augenarzt gewesen, davor hatte er einige Untersuchungen bei Londoner Ärzten hinter sich gebracht, und mit Elizabeth hatte er in den letzten Monaten Freunde und Verwandte in Schottland, London, Portsmouth, auf Sark und an einigen anderen Orten besucht.

Er freute sich schon auf die Ruhe, die sie in genau zehn Tagen wieder haben würden, wenn sie zurück nach Javea flogen.

An diesem Samstag hatte auch Maureen Ellam Geburtstag. Die Newalls fuhren zu ihrem früheren Haus in Grève de Lecq. Sie wollten nur kurz bleiben, doch wie immer, wenn die beiden Paare sich trafen, floß der Alkohol, und zwei Stunden vergingen wie im Nu. Elizabeth und Nicholas bewunderten die Umbauarbeiten der Ellams; sie hatten aus dem unscheinbaren, baufälligen Crow's Nest ein atemberaubendes Schmuckstück gezaubert.

Die Freundschaft der beiden Paare war völlig ungetrübt, und als die Newalls ankündigten, daß sie in Zukunft wieder mehr Zeit auf Jersey verbringen wollten als in Spanien, rief Maureen Ellam voller Begeisterung: »Wunderbar! Dann können wir uns nicht nur einmal in der Woche zum Essen treffen, sondern mindestens zweimal!«

Als Roderick und Mark später am Abend in den

nüchtern eingerichteten Bungalow ihrer Eltern in der Clos de L'Atlantique Nr. 9 zurückkehrten, wartete eine gekühlte Vor-Dinner-Champagnerflasche auf sie. Da Mark nur wenig trank – und auch nur Wodka –, einigte man sich darauf, daß es am sichersten war, daß er die Familie zum Restaurant und wieder nach Hause fuhr.

Bei dieser Gelegenheit erklärte Mark, sein Auto sei nicht angesprungen, deshalb wären er und Roderick mit dem gemieteten roten Lieferwagen von Noirmont zum Bungalow der Eltern gefahren.

Das Restaurant enttäuschte die Familie nicht. Nachdem sie auch in der Hotelhalle noch eine Flasche Champagner getrunken hatten, wurden sie von Paolo Corolla, dem Chef des Restaurants, zu Tisch Nr. 17 geführt.

Als Mark sich setzte, brach eine Feder des Stuhlsitzes und drückte gegen sein Gesäß. Er sprang auf und bemerkte, ebenso schlagfertig wie sein Vater: »Oh, wenn das ein besonderer Service sein sollte – ich neige nicht zu solchen Dingen.« Er bekam einen neuen Stuhl.

Das Sea Crest Hotel war an diesem Abend besonders gut besucht, und Paolo Corolla huschte weiter, um andere Aufgaben wahrzunehmen. Die Newalls wurden von dem erfahrenen Ober Sergio Parmesan übernommen, ein Italiener, der schon seit zwei Jahrzehnten auf Jersey lebte und arbeitete.

Er erinnert sich gut an diesen Abend:

> Im Restaurant herrschte eine wunderbare Atmosphäre. Mr. und Mrs. Newall saßen mit dem Rücken zum Fenster, die Söhne hatten ihnen gegenüber Platz genommen. Die Lady

behauptete, ich würde sie kennen, noch aus der Zeit, als ich vor vielen Jahren im Lobster Pot in St. Ouen arbeitete. Aber ich kannte sie nicht. Sie waren im vergangenen August schon mal bei uns gewesen. Damals hatte Mrs. Newall Gambas bestellt, und sie sagte jetzt, daß zwei davon nicht gut gewesen wären. Ich erklärte ihr, sie hätte nichts zu befürchten, heute seien sie gut. Aber sie entschied sich für Hummer. Als ich ihr den Hummer servierte, beschwerte sie sich über die Farbe der Scheren. Sie sagte, sie seien zu pink. Ich wußte, daß der Hummer erst nach ihrer Bestellung gekocht worden war, also mußte er frisch sein. Ein wenig später sagte sie, der Hummer schmecke ausgezeichnet, aber sie hätte noch nie so helle Scheren gesehen. Ich erwiderte, daß ich seit zwanzig Jahren Hummer servierte, und ich hätte schon viele blaßrosa Scheren gesehen. Ich muß sagen, daß es mir allmählich auf den Geist ging, denn wir hatten sehr viel zu tun. Dann mischte sich ein Paar vom Nachbartisch ein und unterstützte mich. Sie sagten, der Hummer hätte blaßrosa Scheren, weil er in tiefem Gewässer gefischt worden sei. Das schien Gott sei Dank für Ruhe zu sorgen, und Mrs. Newall schien zufrieden zu sein.

Den ganzen Abend blieb Mark bei seiner Abstinenz und trank abwechselnd Cola und Mineralwasser, während seine Eltern und der Bruder weiter Champagner tranken, dazu drei Flaschen Wein.

Nachdem der Nachtisch serviert worden war – es ging bereits auf Mitternacht zu –, ließen die Newalls sich noch auf einen letzten Schluck in der Hotelhalle nieder. Roderick und Nicholas bestellten sich an der Bar Whisky.

Die Rechnung belief sich auf 130 Pfund, für die Mark mit seiner Kreditkarte zahlte. Der Abend schien in guter Harmonie verlaufen zu sein, obwohl der Restaurantchef später meinte, er hätte bei Roderick eine recht verkrampfte Haltung bemerkt. Gewiß machte er keinen so entspannten und gelassenen Eindruck wie sein jüngerer Bruder.

Als Elizabeth von der Toilette zurückkam, lief ihr Sergio Parmesan über den Weg, und sie nutzte die Gelegenheit, erneut eines der Gerichte zu kritisieren, wenn auch nicht ihr eigenes: »Ach, übrigens«, sagte sie, »zwei der Gambas waren auch diesmal wieder nicht gut.«

Mark näherte sich ihnen, und Elizabeth wies den Ober hastig an, nichts zu erwidern, denn die Söhne hätten sie zum Geburtstagsessen eingeladen, und sie wollte die Jungen unter keinen Umständen beleidigen.

Niemand bemerkte, daß der Hummer, über dessen Scherenfarbe so lange diskutiert worden war, gar nicht auf der Rechnung stand.

Mark setzte sich wieder ans Steuer des neuen silbergrauen Citroëns seines Vaters, und dann fuhren die Newalls die kurze Strecke nach Hause. Die Ankunft wurde zu einem Absacker genutzt. Es gab Macallan, einen achtzehn Jahre alten Malzwhisky. Alles in allem war es ein schöner Abend gewesen.

Kurz vor neun Uhr am folgenden Morgen verließ Maureen Ellam ihr Haus und stieg in den VW-Kombi ein, um zum Flughafen von Jersey zu fahren, der in der Gemeinde St. Peter liegt. Ihr Bruder flog vom Festland her ein, wie die Einheimischen das Vereinigte Königreich bezeichnen, und würde in einer Stunde landen.

Maureen war etwas früher aufgebrochen, damit sie noch Zeit hatte, unterwegs rasch bei den Newalls vorbeizufahren. Sie hatte zu ihrem Geburtstag viele Blumen bekommen und hatte den spontanen Einfall, Elizabeth einen Strauß zu schenken. Außerdem wollte sie den Newalls ein paar geliehene Dinge zurückbringen, bevor diese am 20. Oktober zurück nach Spanien flogen.

Maureen Ellam legte den Blumenstrauß auf die Türschwelle und klingelte. Sie wartete nicht, bis jemand öffnete, sondern ging zu ihrem Auto zurück. »Als ich auf halbem Weg war, öffnete Roderick die Tür. Ich sagte: ›Was soll das denn? Bist du vor den alten Herrschaften auf den Beinen?‹«

Roderick antwortete, ja, seine Eltern schliefen noch. Maureen Ellam erinnert sich:

> »Wirklich?« fragte ich. Ich war auf ihn zu gegangen und stand jetzt vor ihm. »Himmel, das muß aber eine Nacht gewesen sein.« Ich meinte natürlich, daß sie bestimmt eine Menge getrunken hatten, denn er sah ziemlich mitgenommen aus. Wir plauderten noch ein bißchen, dann drückte ich ihm die Blumen in die Hand und sagte: »Deine Mutter schläft noch? Dann geh zu ihr und leg ihr die Blumen aufs Bett. Wenn sie die Augen öffnet, wird sie glauben, daß sie gestorben ist.« Ich merkte, daß Roderick das gar nicht lustig fand. Als ich schließlich zum Auto ging, dachte ich bei mir, daß Rode-

rick nie Rot tragen sollte. Hatte er wirklich gesagt, daß die Eltern noch schliefen? Das konnte ich mir nicht vorstellen. Mir schossen eine Menge Dinge durch den Kopf, und schließlich redete ich mir ein, daß Roderick nur deshalb gesagt hatte, seine Eltern schliefen noch, weil ich ein ziemlich lautes Mundwerk habe, das nicht so leicht abzustellen ist, und so was wünscht man sich an einem Sonntagmorgen um neun vielleicht nicht gerade zum Frühstück. Wahrscheinlich, sagte ich mir, wollte er mich von sich und seinen Eltern fernhalten – dabei hatte ich gar nicht ins Haus gehen wollen. Jedenfalls glaubte ich, alles wäre in bester Ordnung und fuhr zum Flughafen.

Als Maureen später zum Crow's Nest zurückkehrte, fragte sie als erstes ihren Mann, ob Elizabeth angerufen hätte. Sie war davon überzeugt, daß die Freundin sich schon gemeldet hatte, denn Elizabeth telefonierte gern und oft und lange, ganz egal, ob sie etwas mitzuteilen hatte oder nicht. Deshalb war es nur eine Frage der Zeit, daß sie anrufen, voller Begeisterung vom vergangenen Abend erzählen und sich für die Blumen bedanken würde.

Aber der Tag schritt fort, und das Telefon blieb stumm. Schließlich war es Maureen, die Elizabeths Nummer wählte. Dreimal rief sie am Montag an, viermal am Dienstag. Aber es klingelte und klingelte, und niemand hob den Hörer ab. Maureen konnte sich keinen vernünftigen Grund vorstellen, warum bei den Newalls niemand ans Telefon ging.

Daß die Jungen nicht mehr da waren, konnte Maureen sich denken.

Tatsächlich hatten Roderick und Mark die Insel am späten Nachmittag verlassen; sie nahmen verschiedene Flüge im Abstand von einer halben Stunde. Mark hatte zuerst erfolglos versucht, mit seinem Toyota zur Fähre zu gelangen, dann war der Motor endlich angesprungen. Für die Fähre war es zu spät, also fuhr er zum Flughafen und ließ sein Auto dort stehen. Er würde es in ein paar Tagen wieder abholen.

In der ersten Hälfte der folgenden Woche versäumten die Newalls eine Reihe von Verabredungen und Terminen. Am Montag hätte Elizabeth David Ellam treffen sollen; sie wollten gemeinsam über einige Verschönerungen des Wohnzimmers der Newalls sprechen. Elizabeth wußte, daß Davids stilsicherer Geschmack das Aussehen ihres bescheidenen neuen Hauses in der Gemeinde St. Brelade erheblich verbessern würde.

Am Tag darauf hielten die Newalls eine Verabredung zum Essen nicht ein, und immer noch hatte Elizabeth nicht angerufen. Auch wenn Maureen sie zu erreichen versuchte, meldete sich niemand.

Am Mittwoch hatten die Newalls Onkel Kenneth auf Sark besuchen wollen – die letzte Gelegenheit, ihn vor ihrer Abreise nach Spanien zu sehen. Aber auch dort trafen sie nicht ein.

Am Donnerstag würde Elizabeth achtundvierzig Jahre alt, und Maureen Ellam fragte sich allmählich, wie sie der lieben Freundin wohl Blumen und Karte zukommen lassen könnte.

»Ich wurde zunehmend beunruhigt«, räumt Maureen ein. »Ich hatte eine von diesen Karten gekauft, aus denen *Happy Birthday* erklingt, wenn man sie aufschlägt. Ich habe mir ernsthaft Sorgen um die Newalls gemacht, und in meinem Kopf schrillten die Alarmglocken. Ich weiß nicht, wie oft ich zu David gesagt habe: »Himmel, wo können sie nur sein?‹«

In der Nacht zum 15. Oktober ging ein Unwetter über Jersey nieder, wie man es seit dem Hurrikan von 1964 nicht mehr erlebt hatte. Der Sturm peitschte die Insel mit einer Geschwindigkeit von hundertsechzig Kilometern in der Stunde und hinterließ eine Spur der Verwüstung. Ganze Dächer wurden abgerissen, Granitmauern zerbröselten wie Sandburgen, Dutzende von Autos wurden von umstürzenden Bäumen zerschmettert.

Der Sturm hatte die Meteorologen anscheinend völlig überrascht, deshalb hatte es auch keine Vorwarnungen gegeben. Es war eine unheilvolle, chaotische Nacht, in der Telegraphenmasten umknickten und die Boote in den Häfen von St. Helier, St. Aubin und Gorey umhergeschleudert wurden wie Spielzeug.

Ein Feuerwehrmann wurde mit schweren Kopfverletzungen in das General Hospital in St. Helier eingeliefert; der Mann hatte sich die Verletzungen in der Clos des Sables durch einen umstürzenden Baum zugezogen. Wie durch ein Wunder blieben zwei Kinder unverletzt, als ein Kamin durch das Dach schlug und in ihr Zimmer stürzte. Es war eine Nacht, die kaum jemand auf der Insel je vergessen wird.

Auf den Polizeistationen Jerseys standen die ganze Nacht die Telefone nicht still. Durch die vielen Anrufe konnte man das Ausmaß der Schäden erahnen. Die Polizei bereitete sich auf das Schlimmste vor, wenn der Tag anbrach.

»Es ist ein Wunder, daß niemand getötet wurde«, erinnert sich Chief Officer Bob Le Breton.

Der folgende Tag stand im Zeichen hektischer Versuche, einen Anflug von Ordnung und Normalität auf der Insel wiederherzustellen. Währenddessen glaubte Maureen Ellam, vielleicht eine Erklärung für das lange Ausbleiben ihrer Freunde, der Newalls, gefunden zu haben: Konnte es nicht sein, daß sie es doch noch geschafft hatten, Onkel Kenneth auf der Insel Sark zu besuchen? Nun saßen sie dort fest, und wegen der Sturmschäden gab es keine Möglichkeit, sie telefonisch zu erreichen.

Aber diese Theorie konnte Maureen nicht lange aufrechterhalten. Am Freitagabend waren Elizabeth und Nicholas Newall bei ihr und ihrem Mann David zum Essen eingeladen, und zu dieser Zeit funktionierte das Telefonsystem auf der Insel Sark wieder.

Seit der Familienzusammenkunft im Sea Crest Hotel war fast eine Woche vergangen. Maureen Ellam wußte, daß es Zeit zu handeln war.

Sie rief Paul Shearer an, den Nachbarn der Newalls. Er berichtete, daß der Sturm einige Dachziegel vom Haus der Newalls gefegt hatte, aber er hätte schon seit knapp einer Woche beim Nachbarn keine Lebenszeichen bemerkt.

Maureen Ellam bat den jungen Mann, ob er nicht mal an die Tür der Nachbarn klopfen könnte. Er war einverstanden, obwohl er sicher war, daß niemand sich melden würde, was sich dann auch als zutreffend erwies.

Dann, selbst neugierig geworden, sprang er über eine Mauer und näherte sich der Rückseite des Hauses Clos de L'Atlantique Nr. 9 mit seiner abblätternden braunen Farbe.

Bevor er versuchte, den Bungalow zu betreten, kehrte er noch einmal in sein Haus zurück. Zufällig hatte er Besuch seines Freundes Chris Poirrier, und nun bat ihn Paul Shearer, mit ins Haus der Newalls zu gehen. Paul fühlte sich sicherer in der Begleitung des Freundes. Beide Männer fragten sich, welches Bild sich ihnen bieten würde.

Sie sahen, daß keine besonderen Tricks erforderlich waren, um in das Haus einzudringen, denn die Schiebetüren, die auf die Terrasse führten, waren nicht verschlossen. Das erste, was den Männern auffiel, als sie das Haus vorsichtig betraten – abgesehen von der Tatsache, daß niemand zu Hause zu sein schien –, war die starke Hitze im Bungalow. Sonst aber schien nichts Bemerkenswertes geschehen zu sein. Auf dem Boden lagen ungeöffnete Briefe. Das Bügelbrett stand da, als wartete es auf seinen Einsatz.

In der Küche standen ein Marmeladenglas, Haferkuchen und eine Zuckerdose auf dem Tisch, im Kühlschrank befanden sich Eier und Schinken. Das Elternschlafzimmer war nicht aufgeräumt; im Badezimmer stand Nicholas' Rasierzeug. Wäsche hing auf der Leine – ein weiteres Indiz dafür, daß die Newalls nicht die Absicht gehabt hatten, für längere Zeit fortzubleiben.

Paul Shearer wußte nicht, was er davon halten sollte. Er hatte nicht viel mit den Newalls zu tun; sie bewohnten das Haus noch nicht lange, und die meiste Zeit des Jahres hielten sie sich sowieso im Ausland auf.

Zu diesem Zeitpunkt wollte sich David Ellam selbst überzeugen, was im Haus der Newalls los war. Im Unterschied zu Paul Shearer besaß er einen Hausschlüssel. Auch ihm fiel die stickige Hitze im Bungalow auf, und er stellte fest, daß die Heizung lief. Er sah, daß die Skala des Thermostats die Temperatur nicht mehr anzeigen konnte, weil der Zeiger über das Skalenende hinausgeschossen war.

David Ellam drehte sofort alle Heizkörper herunter. Auch wenn der Sturm die Temperaturen auf Jersey ein wenig hatte sinken lassen, war es ein warmer Herbst; man hätte die Heizung gar nicht voll aufdrehen müssen.

David hatte noch einen anderen Grund für seinen Besuch im Haus der Newalls. Er wußte, daß seine Frau gern mit Mark telefoniert hätte, was ihr aber bisher nicht gelungen war, weil Marks Anschluß in Noirmont abgemeldet worden war. Im Bungalow fand David eine andere Telefonnummer, ebenfalls ein Anschluß in Jersey.

Maureen wählte die fünfstellige Nummer und hoffte, daß Mark bald das Geheimnis um seine Eltern lüften könnte. Sie hatte in der Vergangenheit mehrfach mit ihm zu tun gehabt, vor allem bei den Verhandlungen um den Kauf des Hauses seiner Eltern. Daher wußte Maureen, daß Mark ein sehr fähiger junger Mann war, trotz der leichten Verärgerung nach dem Kauf des Hauses.

Nachdem es ein paarmal geklingelt hatte, nahm der junge Euro-Bond-Broker den Hörer ab – aber nicht in Jersey, sondern in London. Maureen war so verblüfft, daß sie völlig aus dem Konzept gebracht war. Statt sofort nach Marks Eltern zu fragen, erkundigte sie sich zuerst nach den technischen Einzelheiten, wie man einen Telefonanruf nach London umleiten konnte. Dann erst kam sie auf Marks Eltern zu sprechen.

»Da stimmt was nicht«, sagte sie. »Ich bin sicher, daß deinen Eltern etwas zugestoßen ist. Deine Mutter hat nie mehr als vierundzwanzig Stunden verstreichen lassen, ohne mich anzurufen. Und gestern abend hatten wir sie zu einem Essen ins Victoria eingeladen. Hast du irgendeine Ahnung?«

»Nein, Mrs. Ellam«, antwortete Mark höflich und respektvoll wie immer.

»Ich weiß, daß du und Roderick letztes Wochenende hier wart«, fuhr Maureen fort. »Weißt du etwas über die Pläne, die deine Eltern für diese Woche hatten?«

Gemeinsam gingen sie die Termine und Verabredungen durch, von denen sie wußten. Bald stand fest, daß die Newalls sehr viele Termine nicht wahrgenommen hatten.

Maureen erinnert sich:

> Mark war mehr als behilflich. Er sagte mir, daß sie nach dem Abendessen im Sea Crest Hotel gemeinsam zu viert zu Hause das Mittagessen eingenommen hätten, und daß er und Roderick am späten Nachmittag die Insel verlassen hätten. Aber mir wurde klar, daß ich die Polizei anrufen mußte, da auch er keine Ahnung über den Verbleib seiner Eltern hatte.

Beide Söhne zeigten sich nun sehr besorgt. Seit Maureen Ellam mit Mark gesprochen hatte, hatte er Verwandte und Freunde in Schottland, Spanien und England angerufen – jeden, von dem er glaubte, seine Eltern könnten sich dort gemeldet haben. Mark, der stets in der Lage war, seine Gefühle zu verstecken, sprach kühl und sachlich, kam immer direkt zum Thema. Selten wandelte er seine Frage ab. Hatten sie etwas von seinen Eltern gehört? Aber die Antwort blieb auch immer gleich: Nein.

Am Sonntag, 18. Oktober, acht Tage nach dem Familientreffen im Sea Crest Hotel, kehrte Roderick nach Jersey zurück. Auch Mark hatte seine Pläne geändert, um so schnell wie möglich nach Jersey fliegen zu können.

Die Ellams holten Roderick am Flughafen ab, und gemeinsam fuhren sie zum Hauptquartier der Polizei von Jersey in der Rouge Bouillon, nachdem sie zuvor kurz im Bungalow in der Clos de L'Atlantique Nr. 9 gewesen waren.

Sie hatten jetzt eine bittere Aufgabe zu erfüllen: Sie mußten ihre Eltern als vermißt melden. Die drei hatten immer noch keine Vorstellung, warum Elizabeth und Nicholas Newall plötzlich wie vom Erdboden verschluckt sein sollten. Die Newalls hatten keine Nachricht hinterlassen. Die Terrassentür war nicht verschlossen gewesen, und die Heizung war voll aufgedreht. Sehr merkwürdig und beunruhigend. Vielleicht würde die Polizei ein paar Antworten finden.

Die Reaktion der Beamten hätte nicht eindeutiger sein können. Da es keine Anzeichen für ein Verbrechen gab, handelte es sich lediglich um einen Vermißtenfall.

Graham Nimmo erklärt:

> Ich war damals der einzige dienstbereite Detective Inspector, deshalb fiel mir der Fall in den Schoß. Und auch in den Schoß von Jimmy Adamson, denn er war damals mein Sergeant. Viele Stunden lang habe ich im Wohnzimmer des Hauses Clos de L'Atlantique Nr. 9 gesessen. Auch die Spurensicherer waren lange Zeit dort. Soweit wir es beurteilen konnten, schien alles in Ordnung zu sein. Sie müssen bedenken, daß wir gerade den heftigen Sturm gehabt hatten, und das Leben auf der Insel war eine Zeitlang aus den Fugen geraten. Zwei Menschen wurden

vermißt. Warum sollten wir in dieser ersten Woche schon an ein Verbrechen denken? Das wäre weit hergeholt gewesen. Und doch empfand ich zugleich ein gewisses Unbehagen. Ich spürte, daß irgend etwas nicht in Ordnung war.

Maureen Ellam erging es genauso. Innerhalb weniger Tage nach dem Verschwinden ihrer Freunde glaubte sie, genügend verdächtige Umstände bemerkt zu haben, die es rechtfertigten, forensische Fachleute anzufordern.

Wo war der schwarze Kaminvorleger? Was war mit dem Fleck im Schlafzimmerteppich geschehen? Maureen hatte Roderick darauf aufmerksam gemacht und den Fleck zunächst für verschütteten Tee oder Kaffee gehalten, und nun war er plötzlich verschwunden. Und hatte in dem Haus nicht eine Atmosphäre geherrscht, die Maureen veranlaßt hatte, zu Roderick zu sagen, als er neben ihr im Wohnzimmer des Bungalows stand: »In diesem Haus stimmt etwas nicht.«

Maureen war es gewohnt, offen und frei heraus ihre Meinung zu sagen, deshalb beschwerte sie sich lautstark bei der Polizei, daß es so lange dauerte, bevor Spezialisten im Bungalow auf Spurensuche gingen.

»Mrs. Ellam«, bekam sie zur Antwort, »wir haben es mit zwei vermißten Personen zu tun, mehr nicht. Es gibt kein Verbrechen, das wir zu untersuchen hätten.«

Nicht, daß die Polizei tatenlos geblieben wäre. Im Gegenteil – achtundvierzig Stunden, nachdem Roderick seine Eltern als vermißt gemeldet hatte, ordnete Polizeichef Bob Le Breton eine umfassende Untersuchung an, was über den üblichen Rahmen einer Nachforschung bei vermißten Personen hinausgeht.

Vielleicht lag es daran, daß Roderick, der Offizier der Royal Green Jackets, zwar besorgt und völlig ratlos über das Verschwinden seiner Eltern war, daß er sich aber nicht allzu eifrig bemüht zeigte, mit der Polizei zusammenzuarbeiten. Diesen Eindruck hinterließ er bereits bei seinem ersten Besuch im Hauptquartier in der Rouge Boullion.

»Und wie würden Sie Ihre Mutter beschreiben, Mr. Newall?« wurde Roderick von einer jungen Polizistin gefragt, deren Aufgabe es war, möglichst viele Einzelheiten aufzunehmen.

»Als verflixt und zugenäht«, erwiderte Roderick.

»Und die Stimme Ihrer Mutter? Wie würden Sie die beschreiben?«

»Könnten Sie mir ein paar Adjektive vorgeben, aus denen ich auswählen kann?«

Maureen Ellam begriff, daß Roderick versuchte, die junge Frau mit herablassender Ironie einzuschüchtern. Maureen wies ihn zurecht und beschrieb Elizabeths Stimme mit ›aufregend‹.

Auch Marks Reaktionen fielen etwas aus dem Rahmen des Gewöhnlichen, jedenfalls nach Meinung seiner Tante Nan, die inzwischen mit ihrem Ehemann Alister von Spanien nach Jersey gekommen war.

Nan hatte einen besonderen Grund, sich wegen des Verschwindens ihrer Schwester zu sorgen, denn seit ihrem aufrüttelnden Alptraum, in dem Elizabeth und Nicholas ein schreckliches Schicksal ereilt hatte, war gerade eine Woche vergangen. Ihr Unbehagen wuchs noch, als sie erfuhr, daß sie diesen schlimmen Alptraum etwa eine Stunde nach dem Festessen der Familie im Sea Crest Hotel gehabt hatte.

> Alister und ich fuhren direkt zum Polizeirevier. Wir warteten kurze Zeit, und als wir den Anmeldungsbereich verließen, um zur anderen Seite des Gebäudes zu gehen, stießen wir auf Mark. Er schien sehr verkrampft und abwesend zu sein. Ich umarmte ihn nicht, weil ich fürchtete, er könnte zusammenbrechen. Oder wir beide. Als wir die Treppe hinaufgingen, sagte Mark zu mir: »Stephen (Newall) hat mir geraten, der Polizei nichts über die zwei verschiedenen Reisepässe zu sagen.« Ich wußte nicht, daß sie zwei verschiedene Pässe haben, aber es kam mir höchst merkwürdig vor, daß dies die ersten Worte waren, die Roderick unter solchen Umständen zu seiner Tante sagt. Aber dann dachte ich, daß man sich unter Schock vielleicht seltsam verhält.

Roderick hatte noch etwas gesagt, das seiner Tante noch vor ihrer Reise nach Jersey Anlaß zu Sorgen gab. Seither hatte sie den Satz nicht mehr aus ihrem Gedächtnis verdrängen können. »Ich glaube nicht, daß es noch viel Hoffnung gibt«, hatte Roderick beim ersten von vielen Telefongesprächen gesagt, die sie seither geführt hatten.

Es war diese Bemerkung gewesen, die die Clarks veranlaßt hatte, ihre Sachen zu packen und von Spanien nach Jersey zu reisen.

Nan Clark erklärt:

> Nach allem, was ich gehört hatte, begriff ich nicht, warum er so etwas sagen konnte. Schließlich wurden Elizabeth und Nicholas nur vermißt. Und als ob dies noch nicht genug wäre,

womit ich mich herumschlagen müßte, rief mich meine Mutter dauernd an und beklagte, daß Roderick allein im Haus an der Clos de L'Atlantique wäre und niemanden hätte, der sich um ihn kümmerte. Ob er wohl genug zu essen hätte, wollte sie wissen. Ja, versicherte ich ihr, er hätte gebackene Bohnen auf Toast zum Essen.

Detective Inspector Graham Nimmo wußte, daß es zwingend erforderlich war, eine Suchmannschaft zusammenzustellen, die die gesamte Insel durchkämmte. Die Küste und die Sanddünen von La Moye wurden als jene Gegend herausgesucht, die man besonders unter die Lupe nehmen mußte, und bei der französischen Küstenwacht Crossma wurde nachgefragt, ob sie bei der Suche helfen könnte. Aber noch während alle diese Vorbereitungen liefen, ging Graham Nimmo etwas anderes durch den Kopf.

Nachdem ich mit diesen Jungen fünf Minuten zusammen war – und ich meine wirklich nur fünf Minuten – wußte ich, daß etwas nicht stimmte. Ich sprach mit beiden an ihrem ersten Tag der Rückkehr auf die Insel. Ich redete im Wohnzimmer mit ihnen, und ich wollte sie nacheinander sprechen. Roderick hielt sich in der Küche auf, brachte es aber nicht fertig, dort zu bleiben. Er wollte immer wieder zu uns kommen, um zu hören, was sein Bruder aussagte. Immer wieder unterbrach er uns. Er konnte einfach nicht allein in der Küche bleiben. Schließlich mußte ich ihn streng ermahnen. Ihre Geschichten stimmten überein, aber sie hatten ja auch genug Zeit, sie aufeinander abzustimmen. Über eine Woche. Ich sah die Schuld in ihren Augen, gleich, als ich sie das erste Mal traf. Jimmy Adamson war völlig meiner Meinung. Roderick war äußerst nervös. Seine Bauchmuskeln krampften sich so sehr zusammen, daß seine Halsadern anschwollen. Außerdem hatte er getrunken. Ich habe den beiden kein einziges Wort geglaubt. Natürlich konnte ich ihnen das nicht so direkt sagen. Zuerst begegneten wir ihnen sehr freundlich und mitfühlend. Schließlich waren sie es, die uns mitgeteilt hatten, daß sie ihre Eltern vermißten. Es war eine Art Schachspiel, das wir mit ihnen austrugen. Ob man es nun Intuition nennt oder was auch immer – meine Spürnase sagte mir, daß mit den zwei Jungen etwas nicht stimmte.

Chief Inspector Paul Marks stand im Wohnzimmer der Newalls – die Detektive hatten ihn um eine gründliche Durchsuchung des Bungalows gebeten –, als er jemanden zur Tür hereinkommen sah, und gleich fiel ihm ein Stein vom Herzen.

»Oh, Sie sind wieder da!« sagte er, und in die Erleichterung mischte sich eine gewisse Verlegenheit, im Wohnzimmer eines fremden Hauses ertappt worden zu sein. Aber jetzt würde der Fall bald geklärt sein. Marks hatte sich die Fotos der Newalls genau angeschaut, deshalb wußte er, daß der Mann, der gerade ins Haus gekommen war, Nicholas Newall sein mußte.

»Nein«, sagte der Mann. »Ich bin Stephen, der Zwillingsbruder von Nicholas. Wir sehen uns sehr ähnlich.«

Stephen Newall war aus Schottland angereist, um zu sehen, ob er irgendwie helfen könnte. Er hatte ein Zimmer im Vier-Sterne-Hotel Atlantic in La Moye gebucht, nur ein paar hundert Schritte vom Bungalow der Newalls entfernt. Später bezogen auch Roderick und Mark dort Zimmer; Nan Clark und ihr Mann Alister wohnten ebenfalls schon dort.

Dann flog Granny Nelson aus Schottland ein. Sie war bedrückt und voller Sorge um ihre Tochter und deren Mann, aber sie wollte in der Nähe sein, im Kreis der anderen Familienangehörigen. Nur Stephen Newall machte einen relativ entspannten Eindruck; er war bester Stimmung und scherzte mit seinen beiden Neffen, zu denen er stets ein lockeres Verhältnis gehabt hatte. Er war zuversichtlich, daß die ganze Sache in wenigen Tagen geklärt sein würde.

Nan Clark erinnert sich an die Ankunft einer anderen Besucherin:

> Eine Freundin aus Paris, ein sehr großes und auffallend hübsches Mädchen, stieß zu unserer Gruppe im Atlantic Hotel. Sie arbeitete mit Mark zusammen. Ich wußte nicht genau, wessen Freundin sie war. Mit der Polizei war es ein ständiges Kommen und Gehen. Immer wieder wollte sie von dem einen oder anderen Antworten auf bestimmte Fragen haben. Das war schon eine bunte Gruppe: Zwei stattliche junge Männer, eine schöne junge Frau, Großmutter, Tante und Onkel. Dann stieg ein Fernsehteam im Hotel ab; es wurde eine Szene für eine Folge der Krimiserie *Bergerac* in der Bar gefilmt, während wir dort saßen. Zur gleichen Zeit fand im Hotel eine Kunstausstellung statt, so daß wir immer

> wieder Freunden von Elizabeth begegneten. Es war das erste Mal in meinem Leben, daß ich mich wie eine Gestalt aus einem Roman von Agatha Christie fühlte. Es war alles sehr unwirklich.

Angela Barnes gehörte zu den Freunden, die das Atlantic Hotel wegen der Kunstausstellung besuchten und dort auf die Familie trafen. Wie Graham Nimmo und Maureen Ellam mißtraute auch sie den beiden Jungen. Schließlich hatte sie seit vielen Jahren Streitigkeiten und Drohungen innerhalb der Newall-Familie mit anhören müssen. Mehr als jeder andere Mensch auf der Insel hatte sie kommen sehen, was geschehen war.

> Ich hatte eine klare Vorstellung von dem, was passiert sein könnte. In der Woche nach dem Verschwinden habe ich mit Mark im Atlantic Hotel nach einem Abendessen zusammen gesessen. Alles schien locker und heiter zu sein. Mark kam mit einem dicken Blumenstrauß für Granny Nelson herein. Er sagte mir, seine Eltern wären nur für ein paar Tage verreist. Ich fragte ihn, woher er das wüßte. Er antwortete, daß sie ein paar Kleidungsstücke mitgenommen hätten. Da fragte ich Mark: »Was ist mit dem dunklen Anzug, den Nicholas zum Essen im Sea Crest Hotel getragen hat? Hat er den auch mitgenommen?« Ich sah, daß Mark bleich wurde. Aber ich wollte nicht grob sein, weder zu Mark noch zu Roderick, deshalb habe ich sie meinen Verdacht nicht spüren lassen.

Die Suche nach Elizabeth und Nicholas Newall hatte begonnen. Die Polizei von Jersey wurde von der Freiwilligenpolizei in den einzelnen Gemeinden unterstützt, als sie die gründliche Suche entlang der Five Mile Road aufnahm. Ein Rettungsboot der Feuerwehr suchte die Küsten von St. Quen, St. Peter und St. Brelade ab, während Fußgruppen die jeweiligen Küstenstreifen durchkämmten. Die Auswirkungen des Sturms erschwerten die Suche und machten sie auch gefährlich.

Mehrere Polizeiteams befragten die Leute von Haus zu Haus, und es wurden Hunderte von Plakaten gedruckt, auf denen die vermißten Personen abgebildet waren. Ihre Kleidung wurde genau beschrieben. Man versprach sich viel von der Mithilfe der Bevölkerung. Im Hauptquartier stapelten sich die Informationen.

Aber der entscheidende Hinweis blieb aus: Niemand hatte das Paar gesehen. Der Polizei blieb nichts anderes übrig, als die Suche fortzusetzen. Ouaisné Bay, Sorrel Point und die Gegend von Grève de Lecq wurden durchkämmt. Die Polizei ließ sogar den Müllberg bei La Saline mit einem Bagger abtragen.

Die nächste Phase der Suche sah die Überprüfung von Faulbehältern und Jauchegruben vor. Trotz aller Bemühungen und trotz des großen Polizeieinsatzes brachte auch diese Suche keine neuen Erkenntnisse.

»Ich habe in dieser Zeit mehr Löcher gegraben und gebohrt als mein ganzes Leben im eigenen Garten«, erinnert sich Graham Nimmo.

In den ersten Wochen des Verschwindens seiner Eltern stellte Mark Newall sich ab und zu den Fragen von Reportern. Bei jedem Interview betonte er seine Verwirrung und Ratlosigkeit, als er zum Beispiel sagte:

> Wenn Sie sich die Fakten anschauen und logisch betrachten, passen sie in keine der üblichen Theorien von Unfall, Entführung, Selbstmord oder Mord. Deshalb gehe ich davon aus, daß meinen Eltern etwas sehr Seltsames zugestoßen ist, irgend etwas, worauf wir nicht kommen. Es paßt überhaupt nicht zu ihnen. So etwas ist noch nie geschehen. Das gibt es einfach nicht, daß sich meine Mutter fünf oder sechs Tage bei niemandem meldet. Nein, das alles ergibt keinen Sinn.

Weil nichts einen Sinn ergab, überschlugen sich auf der Insel die Gerüchte, was das Schicksal der Newalls betraf. Jeder Jerseyaner schien seine eigene Theorie zu haben. Man sprach von der Mafia und professionellen Killern. Ein pinkfarbener Mercedes, das Steuer links, ausländische Kennzeichen, wurde ins Spiel gebracht. Angeblich hatte man ihn vor dem Bungalow in der Clos de L'Atlantique gesehen, was sich nun aber nicht mehr überprüfen ließ. Andere spekulierten, daß die Newalls ihr Verschwinden sorgfältig geplant hatten, wie es Jahre vorher von Lord Lucan bekanntgeworden war, und wieder andere wußten von kriminellen Verbindungen in Spanien. Unvermeidlich wurde dann auch von illegalen Drogenschäften geredet.

Diejenigen, die davon überzeugt waren, die Newalls nicht mehr lebend wiederzusehen, stellten immer wieder neue Überlegungen an, wo man die Leichen finden würde. Ein angeblicher Fundort war origineller als der andere. Manche Leute glaubten, das Paar wäre auf dem Golfplatz von La Moye begraben worden, nur einen Steinwurf vom Bungalow entfernt. Andere nannten Portelet Common als wahrscheinlicher Platz. Viele favorisierten das Meer, während eine lautstarke Minderheit sich für die Müllverbrennungsanlage in Bellazone aussprach.

Überall gaben sich Menschen als Experten im Fall Newall zu erkennen, und jeden Tag meldeten sich mehr zu Wort. All das konnte nur geschehen, weil niemand etwas wußte.

In dieser Atmosphäre hektischer Spekulationen bat die Polizei von Jersey den Hellseher Brian Terris aus Guernsey um Mithilfe. Er wollte eine Technik anwenden, die als Radiästhesie bekannt ist, stattete sich mit Landkarten, Kompassen, Magneten und einem Pendel aus und ging, von zwei Polizisten begleitet, zur Portelet Common.

Terris gehört der Britischen Gesellschaft für Wünschelrutengänger an, und wenn diese Methode auch umstritten ist, hatte sie doch dazu geführt, daß Terris im vergangenen Sommer die Leiche einer vermißten Frau auf Guernsey gefunden hatte.

Aber diesmal schwang Terris' Pendel hin und her und zeigte eine verworrene Situation an.

»Mir ging es wie einem Bluthund, der zwar einen Geruch aufnimmt, dann aber in Verwirrung gerät«, sagte Terris später. »Vielleicht habe ich zu intensiv an diesem Fall gearbeitet. Ich stand unter großem Druck. Ich glaube, ich muß zu erschöpft gewesen sein, und dann verlor ich den Faden. Ich hoffe sehr, daß das Paar noch lebt.«

Dann kehrte der enttäuschte Wünschelrutengänger nach Guernsey zurück und zwang die Polizei, wieder konventionellere Nachforschungsmethoden anzuwenden.

Nan Clark ging mit einem pragmatischeren Ansatz an den Fall. Auch sie hatte sich die Insel genauer angesehen und nach Spuren Ausschau gehalten. Als erfahrene Geschäftsfrau mit klarem Auge fürs Detail, dachte sie über den Kaschmirpullover nach, den Roderick trug.

Ihre Schwester hatte im Sommer in Schottland mehrere dieser Kaschmirpullover gekauft, um sie mit nach Spanien zu nehmen, wo sie von den Briten, die dort leben, sehr geschätzt werden. Nan Clark erklärt:

> Elizabeth hatte mir die Pullover gezeigt, als sie mich ein paar Wochen vorher in London besucht hatte. Sie hatte sie für Freunde in Spanien gekauft. Ich war sehr überrascht, als ich Roderick in einem der Kaschmirpullover sah. Ich glaube, er hätte sich das nicht getraut, wenn er glaubte, daß Elizabeth zurückkommen würde. Dieser Gedanke löste Unbehagen in mir aus. Ich dachte, daß die Jungen mehr wissen mußten, als sie bisher gesagt hatten. Aber weiter gingen meine Gedanken nicht.

Ihr Unbehagen wuchs noch, als sie mit Detective Inspector Nimmo und Sergeant Adamson in den Bungalow zurückkehrte. Adamson, selbst ein Schotte, reichte seinem Vorgesetzten den Schürhaken, der neben dem Kamin hing. An der Spitze sah man einen dunkelroten Fleck, der durchaus geronnenes Blut sein konnte. Nimmo ließ den Schürhaken ins Labor schicken, wo er kriminaltechnisch untersucht werden sollte.

Graham Nimmo erinnert sich:

> Ich verdächtigte die Söhne, aber wir hatten nicht viel, woran wir uns halten konnten. Wir haben viele Erkundigungen über sie eingezo-

gen, denn niemand war zufrieden mit dem, was sie bisher ausgesagt hatten. Bald schon waren dreißig oder vierzig Polizisten mit dem Fall beschäftigt. Wir flogen nach Schottland, stellten Nachforschungen auf Sark an, in Spanien. Wir haben alles getan, was wir konnten. Aber Tatsache blieb, daß wir die Leichen nicht fanden. In meinem Kopf hatte sich der Gedanke festgesetzt,daß wir in einem Doppelmordfall ermittelten. Aber es ist eine Sache, einen Mord zu vermuten, und eine ganz andere, ihn zu beweisen. Und wir hatten keine Beweise.

Eine Schlagzeile in der *Jersey Evening Post* faßt die Situation zusammen: ›Polizei gibt Ratlosigkeit zu‹, hieß es dort. Das traf den Nagel auf den Kopf. Falls es sich um einen Doppelmord handelte, wie immer mehr Menschen glaubten, dann waren sie bisher keinen Schritt weiter gekommen. Es gab kein Motiv. Es gab keine Leichen. Und es gab erst recht keine Festnahme. Nein, es war alles andere als ein Erfolg für Graham Nimmo und seine Mannschaft. Hilflosigkeit machte sich breit.

Maureen Ellam gibt zu:

Ich bin wütend, daß die Polizei sie nicht finden kann, wenn sie ermordet wurden. Es ist eine so kleine Insel. Man kann nicht zwei Menschen begraben, ohne eine Spur zu hinterlassen, oder? Sie hatten keine Feinde. Elizabeth war eine wunderbare Frau. Sich vorzustellen, daß sie in irgendeiner Ecke verrottet, macht mich zornig und betroffen. Das haben sie nicht verdient. Dieser Fall muß aufgeklärt werden.

Das Wort ›Mord‹ kam den Newall-Söhnen nie über die Lippen, jedenfalls nicht in Verbindung mit dem mysteriösen Verschwinden ihrer Eltern, doch während die Wochen und Monate verstrichen, schienen Roderick und Mark sich mit dem Gedanken abzufinden, daß ihre Eltern wahrscheinlich nicht mehr zurückkehrten.

Mark, der Sprecher der beiden von Kindesbeinen an, ließ bei einem Fernsehinterview erkennen, daß er nun auch nicht mehr viel Hoffnung hatte. »Es gibt absolut keinen Grund für meine Eltern, ohne ein Wort irgendwohin zu gehen. Menschen verschwinden nicht einfach und kommen ein paar Wochen später durch die Tür und sagen: ›Hallo, Leute.‹ Wenn wir den Fall realistisch betrachten, ist die Chance, sie lebend zu finden, sehr gering.«

6

Der perfekte Elternmord?

Mark Newall hatte recht: Die Chance, seine Eltern lebend zu finden, war tatsächlich gering. Dr. David Northcott, ein Wissenschaftler des Innenministeriums, wurde vom Festland auf die Insel gebeten, um bei den Ermittlungen zu helfen. Er fand Blutspuren im Bungalow, die von der einheimischen Polizei nicht entdeckt worden waren.

Es war so viel Blut, daß er keine Schwierigkeit hatte, daraus den Schluß zu ziehen, daß Elizabeth und Nicholas Newall zwischen dem 10. und 17. Oktober 1987 in ihrem Haus ermordet worden waren. Seine Entdeckung ließ auch nicht den Hauch eines Zweifels aufkommen: Im Bungalow war es zu extremen Gewaltakten gekommen.

Die Folge war, daß aus dem Vermißtenfall ein Doppelmord wurde, der zur längsten und umfangreichsten Mordermittlung in Jerseys Geschichte führte.

Die Reinigung des Bungalows war so gründlich gewesen, daß man mit dem bloßen Auge kaum noch Blut erkennen konnte. Doch für den Experten des Forensischen Labors in Aldermaston gab es mehr als genug Beweise für ein Verbrechen. Das Großreinemachen war gründlich gewesen, aber nicht gründlich genug.

Der Fleck, den Maureen Ellam neben der Schlafzimmertür bemerkt und den sie für verschütteten Tee oder Kaffee gehalten hatte, mochte zwar weggewischt worden sein, doch unter dem Teppich und auf der

Parkettunterlage gab es einen weiteren Fleck, zehn mal fünf Zentimeter groß.

Dieser Fleck stammte nun ganz gewiß weder von Kaffee noch von Tee. Der Experte wies nach, daß es sich um Blut handelte, das zu Elizabeth Newalls Blutgruppe gehörte. Rund um den Türrahmen gab es ebenfalls kleine Blutspritzer.

Alles deutete darauf hin, daß Elizabeth im Schlafzimmer gestorben war; sie hatte wahrscheinlich mehrere Schläge auf den Kopf erhalten, als sie versucht hatte, sich aus dem Zimmer zur Tür zu schleppen.

Im Wohnzimmer gab es Beweise für weitere Gewalttaten. Zwischen dem Barschrank und dem Fernsehgerät sowie rechts vom Kamin wurden zahlreiche kleine Blutspritzer entdeckt, die der Blutgruppe zugeordnet werden konnte, die Nicholas Newall besaß.

»Zu einem bestimmten Zeitpunkt muß jemand lange genug auf dem Teppich gelegen haben, daß er eine große Menge Blut verlieren konnte«, erläutert Dr. Northcott, »denn das Blut breitete sich auf dem Boden aus, und die Spritzer an der Wand reichen bis zur Decke.«

Wie im Schlafzimmer war das Blut auch im Wohnzimmer durch die Ritzen im Parkettfußboden gesickert. Vor dem Kamin war der sechsundfünfzigjährige schottische Lehrer gestorben.

Gewebeanalysen ergaben, daß ein grüner Schrubber zum Saubermachen benutzt worden war. Aber trotz intensiven Schrubbens wies fast jeder schwarze Gegenstand im Wohnzimmer winzige Blutspritzer auf. Auch am Schürhaken hatte Blut geklebt, wie Graham Nimmo und Jimmy Adamson zuvor schon vermutet hatten. Aber da es sich nur um wenig Blut an der Spitze handelte, ging man davon aus, daß der Schürhaken nicht die Mordwaffe gewesen war.

Im Badezimmer wurden weitere Blutspuren gefunden: im Handwaschbecken, in der Dusche, in der Wanne, am Schrubber selbst, der mit weiteren Reinigungsutensilien in einer Ecke stand, sowie am Regal mit den Handtüchern und auf den Shampooflaschen.

Es wurde deutlich, daß die Reinigung sich über mehrere Stunden hingezogen haben mußte. Das war als solches schon sehr verblüffend, denn nicht viele Killer vertreiben sich nach der Tat die Zeit mit Wischen und Polieren. Selbst die Tagesdecke im Elternschlafzimmer war gewaschen worden, wenn auch nicht sehr gründlich, und sie war noch feucht gewesen, als man sie wieder über die Betten gezogen hatte.

Blutflecken gab es auch an der Wand unter dem Küchentisch, was zu der Vermutung führte, daß der Tisch verschoben worden war, als man die Leichen hinausgebracht hatte.

Es fehlte nicht nur der Kaminvorleger, was Maureen Ellam bereits aufgefallen war, es waren auch mehrere Gegenstände vom Kaminsims verschwunden, darunter einige Bücher. Im Badezimmer fehlten Handtücher; offenbar hatte man sie zum Säubern benutzt.

Jetzt wußte man auch den Grund für die starke Hitze, die den ersten Besuchern im Bungalow aufgefallen war: Sie hatte dafür sorgen sollen, daß das Innere des Bungalows trocknete, der wenigstens ein paar Stunden lang voller Blut gewesen war.

Die Beweislage war erdrückend. Elizabeth und Nicholas Newall waren in ihrem eigenen Haus brutal ermordet worden. Das Paar, das einander mehr zugetan war als seinen Söhnen, hatte gemeinsam den Tod gefunden – ein paar Monate vor der Silberhochzeit.

Mit diesen übermächtigen Beweisen nahm die Polizei postwendend wieder Kontakt mit Roderick auf, der inzwischen zu seinem Regiment der Royal Green Jackets zurückgekehrt war, obwohl er immer noch den Wunsch hatte, die Armee zu verlassen.

Es konnte nicht verwundern, daß die Polizei eine neue Aussage von ihm wollte, doch Roderick lehnte dieses Ersuchen zunächst ab und gab dafür auch eine Begründung: Die Polizei hätte ihr Versprechen gebrochen, ihm Zugang zu vorherigen Aussagen zu verschaffen.

Sein Bruder dagegen verfuhr mit der neuen Situation ganz anders. Als Mark von der Polizei erfuhr, daß man eine Mordermittlung aufgenommen hatte, bestand seine erste Reaktion darin, eine Belohnung auszuloben. Binnen weniger Wochen bekannte er, daß er in der Lage war, 40 000 Pfund für Informationen zu zahlen, die zur Verhaftung und Verurteilung der Täter führten, die seine Eltern brutal erschlagen hatten.

Roderick Newall mochte zögern, mit Detective Inspector Graham Nimmo zusammenzuarbeiten, aber andere Zeugen meldeten sich, und eine wachsende Zahl von Indizien schien wie mit dem Finger auf die beiden Newall-Söhne zu zeigen.

Deren Version des Geschehens änderte sich jedoch nicht. Nach dem Familientreffen am 10. Oktober im Sea Crest Hotel hatten sie die Eltern in den frühen Morgenstunden verlassen und waren zusammen zu Marks neuer Wohnung bei Noirmont gefahren.

Gegen 8 Uhr 30 trafen sie wieder im Bungalow an der Clos de L'Atlantique ein, und nach einem typischen Sonntagsessen verabschiedeten sie sich am Nachmittag.

Es war eine Aussage, die nicht einfacher und plausibler hätte sein können.

Dann entstanden Risse in den Aussagen der Brüder. Sheila Cruickshank, die neben Marks neuer Wohnung lebte, erklärte, daß sie von ihrem Flurfenster einen roten Lieferwagen und einen weißen Toyota gesehen hatte. Kofferraum und Türen beider Fahrzeuge standen offen, und sie hatte beobachten können, daß die beiden jungen Männer sich Gegenstände reichten, obwohl Sheila Cruickshank nicht sagen konnte, von welchem Auto die Sachen in welches wechselten. Sie war sich allerdings über die Zeit sicher: Um sechs Uhr am Sonntagmorgen war sie durch das Zuschlagen von Autotüren geweckt worden, ein rüdes Erwachen, über das sie ziemlich erbost gewesen war.

Eine Mrs. Maureen Bickerton berichtete der Polizei, daß zwei junge Männer am Sonntagnachmittag an ihre Tür geklopft und gefragt hätten, wo sie ein bißchen Unrat verbrennen könnten. Sie fuhren einen roten Lieferwagen.

Die Behauptung der Brüder, sie hätten mit ihren Eltern zu Mittag gegessen, klang immer weniger wahrscheinlich. Noch etwas sprach gegen sie: Die Polizei brauchte zwar eine lange Zeit, ehe sie den roten Lieferwagen bei der Mietwagenfirma aufgespürt hatte, doch als er untersucht wurde, stellten die Experten auch dort Blutspuren sicher.

Es gab auch mehrere Zeugen, die an diesem Sonntagnachmittag einen roten Renault im Norden der Insel gesehen hatten.

Kein Wunder, daß die Newall-Söhne sich nicht danach drängten, Graham Nimmo und seiner Mannschaft wieder vor die Augen zu treten.

Obwohl Nan Clark ihre Neffen zunächst in Schutz genommen hatte, setzte nun ein langsamer und schmerzhafter Prozeß ein, in dessen Verlauf sie erkennen mußte, daß Roderick und Mark sehr wohl auf irgendeine Weise mit dem Doppelmord zu tun gehabt hatten. Ein Teil von ihr wandte sich dem Undenkbaren zu – daß die beiden kleinen Jungen, die sie zu feinen jungen Männern hatte heranwachsen sehen und die sie sehr liebte, möglicherweise ein dunkles Geheimnis teilten. Zugleich wehrte ein anderer Teil von ihr sich heftig gegen solche Gedanken und tat sie als lächerlich ab.

Aus ihren Tagebuchaufzeichnungen:

> 2. 2. 88. Nimmo zeigte uns Fotos vom Haus und Mitteilungen an die Presse. Die Jungen lehnen immer noch Blutproben ab. Le Breton verlor die Geduld mit ihnen. R + M halten Polizei immer noch hin und beschuldigen sie, ihre Zeit zu vergeuden. M sehr nervös. R ruhig, aber streitsüchtig. Staatsanwalt überprüft Aussagen. Später fängt sich M, ist aber sehr still. Traf Nimmo, Le Brocq und Adamson. Redeten über mehrere Verdächtige. Wir versprachen, beim nächsten Besuch Blutproben zu geben, um die Jungen zu ermuntern. Le Breton sagt, er muß Nachforschungen wegen Geldmangel einstellen, wenn die Jungen nicht mitspielen. Polizei erklärt, daß die Beweislage noch immer auf die Jungen als Täter hindeutet.

Auch Stephen Newall war enttäuscht vom Verhalten seiner Neffen. Er hatte nicht gezögert, der Polizei auf jede erdenkliche Weise zu helfen. Seine Bereitwilligkeit, sich eine Blutprobe nehmen zu lassen, hatte das Expertenteam in Aldermaston erst in die Lage versetzt, das Blut im Wohnzimmer seinem Bruder Nicholas zuzuordnen. Der Test war relativ einfach gewesen, denn Zwillinge haben stets dieselbe Blutgruppe.

Warum also sträubten sich Roderick und Mark, es dem Onkel gleichzutun und der Polizei bei ihren Ermittlungen zu helfen? Stephen wußte, daß es nur eine Antwort auf diese Frage gab: Sie hatten etwas zu verbergen.

Der Polizei war bewußt, wie wichtig es war, die Leichen zu finden, um den Fall abschließen zu können, deshalb wurden die Bemühungen in dieser Richtung verdoppelt. Man suchte in Abwasserkanälen und in dem verzweigten Netzwerk unterirdischer deutscher Bunker, die während der Besatzung angelegt worden waren.

Nach der Ausstrahlung einer Fernsehsendung in der Art von ›Aktenzeichen XY‹ erhielt die Polizei über zwanzig Anrufe. Aber die Anrufer bezogen sich fast alle darauf, daß sie die Newalls irgendwo gesehen haben wollten, woraus sich keine konkrete Spur ergab.

Dann konzentrierte sich die Suche auf den Garten der Newalls. Ein Experte wurde vom Festland eingeflogen, um den dreizehn Meter mal fünfzehn Meter großen Garten mit einer Radarausrüstung abzusuchen, die Veränderungen unter der Oberfläche sichtbar machte. Der technische Aufwand war beträchtlich, auch der Kostenaufwand, aber das Ergebnis war dürftig. Ein weiterer enttäuschender Tag für die Polizei, einer von vielen, die in den nächsten Wochen und Monaten noch folgen sollten.

Dann, im März 1988, wurde Roderick plötzlich festgenommen. Doch die Festnahme war kaum der Durchbruch, auf den die Polizei gehofft hatte.

Der gutaussehende Mann war kurz vorher aus der Armee ausgeschieden und nun Ex-Lieutenant der

Royal Green Jackets. Er befand sich auf einem Flug von Southampton nach Jersey. Nach der Landung wurden sämtliche Passagiere gebeten, in einer Lounge zu warten, während zwei Hunde, ausgebildet im Aufspüren von Rauschgift, das Handgepäck beschnüffelten. Es war das erste Mal, daß eine solche Aktion auf Jersey durchgeführt wurde.

Bei Roderick fand man eine kleine Menge Cannabis. Er wurde festgenommen und zum Hauptquartier in die Rouge Bouillon gebracht.

Ein paar Wochen später leitete der Anwalt der Familie, David Le Quesne, die Information an die Polizei weiter, daß sein Mandant die Droge lediglich zur Entspannung konsumiere und setzte sich vehement für eine milde Beurteilung des Falles ein. Vor dem Magistrat argumentierte David Le Quesne, daß Roderick das Cannabis benutzte, um mit der überwältigenden Trauer fertig zu werden, unter der er nach dem Verschwinden seiner Eltern leide.

Doch Roderick hatte den Fehler begangen, sich weiterer Vergehen dieser Art schuldig zu machen, während er auf Kaution auf freiem Fuß gewesen war. So fand er sich bald im einzigen Gefängnis von Jersey wieder, das in La Moye steht, nur eine gute Meile vom Bungalow seiner Eltern entfernt.

Maureen Ellam beantragte bei der Gefängnisleitung, Roderick besuchen zu dürfen. »Zu dieser Zeit grübelte ich noch – hat er's getan oder nicht? Mein Mißtrauen kam und ging, es war eine ständige Wellenbewegung. Aber was auch immer er getan hatte oder auch nicht, ich sagte mir, daß er schließlich der Sohn meiner Freundin ist. Und man bestraft niemanden wegen einer Sache, von der man glaubt, daß der Betreffende sie getan haben *könnte*.«

Erzürnt darüber, daß sein Antrag auf Freilassung gegen Kaution abgelehnt worden war, beschloß Roderick, in der schärfsten ihm möglichen Form dagegen zu protestieren Er war ein Mensch, der sich nie mit halben Sachen abgab und kam zu dem Schluß, daß ein Hungerstreik die wirkungsvollste Methode sein könnte, auf seinen Zorn aufmerksam zu machen.

Aus dem Gefängnis Ihrer Majestät in La Moye beschrieb er den Clarks – Onkel und Tante – seine mißliche Lage. Er vertraute ihnen an, daß er beschlossen hätte, in den Hungerstreik zu treten, weil er der Überzeugung sei, in diesem Rechtsstreit ungerecht behandelt worden zu sein.

Nach nur vier Tagen gab er den Hungerstreik auf, wofür es eine Reihe von Motiven gab: Er hatte nicht bedacht, welche Wirkung sein Handeln auf die Clarks, auf seine Großmutter und auf Mark hatte. Außerdem machte er sich Sorgen um seine Gesundheit. Und schließlich, gab er zu, war er nicht stark genug, dem Verlangen nach Essen zu widerstehen, das die Wärter ihm in die Zelle stellten.

Trotzdem blieb er standhaft der Überzeugung, moralisch im Recht gewesen zu sein, seine Unzufriedenheit deutlich zu machen, indem er das Essen verweigerte. Verbittert fügte er ein Zitat über die Einsamkeit des einzelnen hinzu. In einem Nachsatz räumte er ein, daß das Gefängnisleben im allgemeinen nicht so schlecht war: Das Essen war gut, und die anderen Insassen und die Wärter waren zumeist freundlich.

Etwa um diese Zeit fand die Polizei eine neue Spur. Spürhunde entdeckten die Reste eines Feuers in der Nähe des alten Hauses der Newalls in Grève de Lecq. In der Asche fanden die Polizisten mehrere persönliche Gegenstände der Newalls und stellten sie sicher.

Es lag auf der Hand, daß diese Gegenstände von der Clos de L'Atlantique hergebracht worden waren, um sie zu vernichten. Aber nicht alles war ein Raub der Flammen geworden.

Fasern, die auf einer Bürste gefunden wurden, entsprachen den Fasern des Teppichs im Wohnzimmer. Andere Fasern stimmten mit dem Hirtenteppich im Schlafzimmer überein, wo Elizabeth Newall verblutet war. Auch andere Beweisgegenstände aus der Säuberungsaktion wurden sichergestellt, darunter Reste eines Handtuchs, das denen entsprach, die man im Bungalow gesehen hatte.

Aus den nicht völlig verbrannten Resten rekonstruierten die Techniker außerdem Elizabeths schwarze Handtasche – eine von denen, die sie im Sommer bei Harrods gekauft hatte. Ebenso wurden ein roter Sheaffer-Füllfederhalter, eine Puderdose und ein Lippenstift sichergestellt. Außerdem fand man eine Parfümflasche von Givenchy und die verkohlten Reste eines Kochbuchs.

Es war Nan Clark, die der Polizei half, diese Gegenstände zweifelsfrei als die ihrer Schwester zu identifizieren. Sie erkannte auch Nicholas' Pfeifenkopf wieder, und die Techniker wiesen nach, daß die geschwärzten Brillengläser, die man in der Asche fand, zu Nicholas' Brille gehörten.

Graham Nimmo war begeistert über den Fund. Es gab also doch eine neue Entwicklung in seinem Fall.

Die beiden Suchhunde, die ihre Führer auf die Spur gebracht hatten, hießen Butch und Winston und waren aus Lancashire ausgeliehen. Ihre Erfahrung aus dem neu aufgerollten Verfahren der Moor-Morde in den achtziger Jahren kam ihnen jetzt zugute. Aber Detective Inspector Nimmo wollte mehr. Wenn die

Hunde den Geruch der Kleider in der Nase hatten, überlegte er, müßten sie auch die Leichen entdecken können. Er wußte, daß die gesamte Mordermittlung mit dem Fund der Leichen stand oder fiel. Deshalb mußten der schwarze Labrador und der deutsche Schäferhund bei Laune gehalten werden. Sie waren so etwas wie Ehrengäste.

Graham Nimmo erinnert sich:

> Mit List und Tücke gelang es mir, totgeborene Ferkel aufzutreiben, denn Schweinefleisch kommt dem menschlichen Geruch am nächsten. Um die Hunde im Training zu halten, mußten wir zweimal die Woche hinausgehen und Ferkel in den Sanddünen vergraben. Das habe ich selbst getan. Die Hunde hatten überhaupt keine Schwierigkeiten, die Kadaver aufzuspüren. Ein freundlicher Bauer hat uns ausgeholfen. Es war gut, daß niemand gesehen hat, als die Hunde wie verrückt herumliefen, die toten Ferkel in den Mäulern. Danach haben wir die Kadaver natürlich anständig unter die Erde gebracht.

An mangelnden Versuchen hat es sicherlich gelegen, denn während ihrer Anwesenheit auf der Insel wurden die Hunde fast täglich eingesetzt. Aber auch ihnen gelang es nicht, Elizabeth und Nicholas Newall zu finden. Eine mögliche Erklärung wäre, daß das Paar gar nicht auf der Insel vergraben war. Das war jedenfalls die Meinung von Mark Newall, der glaubte, daß die Leichen seiner Eltern im Meer lagen.

Im Gegensatz zu den anderen, die der Familie nahestanden, war Angela Barnes stets der Überzeugung, daß Roderick mit dem Verschwinden seiner Eltern zu tun hatte, die Angela mehr als zwanzig Jahre zuvor auf der Insel begrüßt hatte. Trotz ihres Verdachts war Roderick ein regelmäßiger Besucher ihres luxuriösen Hauses. Abgesehen davon, daß er ihre Gesellschaft schätzte, wußte Roderick, daß Angela eine großzügige Gastgeberin war, die Zigaretten und Alkohol anbot.

Über den ältesten Newall-Sohn sagt Angela:

> Ich hatte keinen Zweifel, daß er sie umgebracht hat. Deshalb war ich immer sehr angespannt, wenn er mich besuchte. Ich achtete auf jedes seiner Worte. An einem Abend aber war ich mutiger als sonst und sagte: ›Weißt du, es müssen wenigstens drei Menschen gewesen sein, die deine Eltern getötet haben‹ – denn es mußte eine anstrengende Arbeit gewesen sein. Ich erinnerte ihn daran, daß seine Eltern ziemlich groß und schwer waren. ›Oh, nein‹, sagte er, »es ist leicht, man kann sie schultern.‹ Natürlich war das kein Geständnis, aber es lief mir kalt über den Rücken. Bei einer anderen Gelegenheit zeigte er seine Gefühle. ›Mark tut mir leid‹, sagte er mindestens dreimal. Ich versuchte, ihn dazu zu bringen, mehr zu sagen, zu erfahren, worauf er hinaus wollte. Aber mehr konnte ich nicht aus ihm herausholen.

Ab und zu nahm auch Mark mit Angela Barnes Verbindung auf. Während Roderick seine kurze Haftstrafe wegen des Besitzes von Cannabis verbüßte, rief

Mark aus London an. Ihm lag viel daran, daß die wohlhabende Erbin zu Roderick ging und ihm auftrug, seinen Bruder umgehend unter einer bestimmten Nummer anzurufen.

»Können Sie das so schnell wie möglich erledigen?«

Obwohl Marks Tonfall sie verblüffte – er hörte sich eher nach einem Befehl an als nach einer Bitte –, sagte Angela zu; schließlich war es kaum ein Aufwand für sie.

Dann fügte Mark noch einen Kommentar hinzu, den Angela nicht verstand, wie sie zuvor auch Rodericks rätselhafte Bemerkung über Mark nicht begriffen hatte. »Es ist Ihnen doch klar, daß ich absolute und vollständige Kontrolle über meinen Bruder habe?«

Detective Inspector Nimmo wußte, daß er auch mehr Kontrolle brauchte. Um Fortschritte bei der Ermittlung zu erzielen, mußte er Roderick und Mark noch einmal vernehmen. Er setzte sich mit ihrem Anwalt David Le Quesne zusammen, der auch der Rechtsbeistand ihrer Eltern gewesen war. Nimmo und Le Quesne kamen überein, die Brüder nicht zu beschuldigen. Der Zweck der Vernehmungen bestand einzig darin, eine Reihe noch offener Fragen zu klären.

Man wollte sie getrennt vernehmen, doch Graham Nimmo stimmte zu, mögliche Abweichungen in ihren Aussagen nicht zu werten. Wäre Nimmo nicht dazu bereit gewesen, hätten die Brüder darauf bestanden, daß ihr Anwalt bei den Vernehmungen anwesend wäre.

Nimmo stimmte also zu, denn er war der Meinung, daß jede Aussage besser war als keine. Außer Nimmo durfte nur noch Sergeant Adamson bei den Vernehmungen anwesend sein.

Der Detective Inspector erinnert sich:

> Es war ein schwieriges Spiel für mich – aber für sie war es noch schwieriger. Als ich den Raum betrat, um den zweiten zu vernehmen, wußte er nicht, was der erste ausgesagt hatte. Und da haben wir eine Menge widersprüchliche Aussagen bekommen. Diese Vernehmungen dauerten mehrere Stunden. Die Brüder wurden auch nach belanglosen Kleinigkeiten gefragt, die sie unmöglich vorher abgesprochen haben konnten. Fragen wie: ›Wer hat abgetrocknet?‹ ›Wer hat nach dem Essen gespült?‹ ›Wer hat was auf dem Teller gelassen?‹ Und so weiter. Es dauerte nicht lange, bis sie sich verhaspelten. Aber sobald sie das bemerkten, schwiegen sie. Wir hatte Schwierigkeiten, uns alle Einzelheiten zu merken, da wir keine Notizen machten; es lief ein Tonband. Sobald man die Newall-Brüder in eine Ecke gedrängt hatte, sagten sie: »Also, jetzt reicht's mir, ich sage nichts mehr.« Wir starrten uns dann an, bis der auf der anderen Seite fragte: »Das ist es dann, oder?« Sie waren arrogant und gereizt. Was mich am meisten nervte, war ihre Unfähigkeit, ein schlichtes ›ja‹ zu sagen. Bei ihnen hieß es immer nur ›absolut‹. Das wurde bei uns im Hauptquartier bald zum geflügelten Wort. Wir brachten durch diese beiden Vernehmungen viel in Erfahrung – offenbar zuviel, denn am anderen Morgen tauchte Mark auf und erklärte, Roderick sei betrunken gewesen. Ich sagte: »Nun, Sie haben ihn um acht Uhr

> zu uns gebracht, und als er hereinkam, war er nicht betrunken.« Offenbar hatten sie die abweichenden Antworten auf unsere Fragen besprochen. Jetzt baten sie um eine Kopie des Tonbands. Ich fand, daß die Vernehmungen gut gelaufen waren. Und daß wir genug Beweise zusammengetragen hatten, um die Newall-Brüder offiziell anzuklagen.

Mit diesen neuen Erkenntnissen und einem Berg von Indizienmaterial verfaßte Detective Inspector Nimmo einen zusammenfassenden Bericht über den Fall. Er würde seine Vorgesetzten drängen, den Oberstaatsanwalt der Insel zu veranlassen, Roderick und Mark Newall ohne weitere Verzögerung anzuklagen.

Es war eine deprimierende Zeit, nicht nur für die betroffenen Polizeikräfte. Denn auch diejenigen, die Elizabeth und Nicholas nahestanden, fanden es nervenaufreibend, daß Monat um Monat verstrich, ohne daß der Fall aufgeklärt wurde. Kein Wunder, daß jeder irgendwann seine Ohnmacht und Wut an der Polizei von Jersey ausließ.

»Sie haben die Sache in den ersten Tagen verpfuscht«, glaubt David Ellam noch heute. »Sie haben zu wenig getan, und das auch noch zu spät. Wieso ist ihnen das viele Blut an den Wänden nicht gleich aufgefallen? Nimmo wußte über die Jungen Bescheid. Sie haben ihn ganz schön auflaufen lassen.«

Diese Meinung wurde von Nan Clark geteilt, wie ihr Tagebuch wiedergibt:

> Wenig oder gar kein Interesse der oberen Polizeiränge. Während meines Besuchs habe ich keine großen Bemühungen feststellen können.

> Adamson sagt, er hätte Mühe, seine Vorgesetzten zu überreden, mehr Zeit zu bekommen und müßte sich für den Aufwand stets rechtfertigen. Noch keine Antwort von Polizeichef Parkinson auf meinen Brief. Ging ins Hauptquartier, aber es gelang mir nicht, Le Brocq oder Le Breton zu sprechen. Maureen Ellam rief an. Le Breton hat sie besucht. Hat ihr geraten, sich nicht aufzuregen. Vielleicht wird der Fall nie geklärt. Allmählich verzweifle ich.

Diesem Gefühl war auch Assistent Chief Officer Bob Le Breton nahe – so nahe sogar, daß er es für eine gute Idee hielt, einen erfahrenen Kollegen vom Festland anzufordern, der den Fall noch einmal durchging. Es war ein mutiger Schritt von Le Breton, der einiges Stirnrunzeln im Hauptquartier verursachte.

»Wir erkannten, daß wir es mit zwei hochintelligenten Jungs zu tun hatten«, erinnert er sich. »Wir wußten, daß der Fall stinkt. Es gab zwar einen Tatort, aber es gab keine Leichen. Deshalb kam ich auf die Idee, einen erfahrenen Kollegen vom Festland anzufordern. Es lohnt sich fast immer, in solchen Fällen noch einmal ganz von vorn anzufangen.«

Detective Chief Superintendent John Saunders, Chef der Kriminalpolizei von Suffolk, war in vieler Hinsicht die ideale Wahl. Seine bisherigen Leistungen waren beeindruckend. Allein 1987 hatte er nicht weniger als zehn Morduntersuchungen geleitet, und jede einzelne wurde mit einer Verhaftung abgeschlossen.

Aber nachdem Saunders sich mehrere Wochen durch die Dokumentation des Falles mit dem Indizienmaterial gearbeitet hatte, konnte er nicht erkennen, daß die Polizei von Jersey irgendeinen Fehler begangen, irgend etwas übersehen oder unterlassen hatte. Er gab zwar einige kleine Hinweise und Empfehlungen, unterstrich aber, daß die Polizei Jerseys mehr getan hatte als jede vergleichbare Polizeieinheit auf dem Festland.

»Wenn dieser Fall nicht aufgeklärt wird«, sagte er, »dann liegt es nicht an mangelnden Anstrengungen.«

Kurz nach seiner Abreise schienen die Anstrengungen doch noch belohnt zu werden, denn ein weiteres Teil des komplexen Newall-Puzzles konnte an die richtige Stelle gerückt werden. Während einer Suche auf den Klippen bei Noirmont wurde eine Schaufel gefunden. Nachforschungen ergaben, daß sie zu einem höchst bedeutungsvollen Paket gehörte.

Am Morgen des Samstag, 10. Oktober 1987, am Tag des Festessens im Sea Crest Hotel, hatte ein junger Mann ›mit arischem Aussehen‹ den großen Eisenwarenhandel Norman Ltd. bei den Docks in St. Helier betreten. Dort hatte er für genau 103 Pfund und 42 Pence eine Reihe von Gegenständen gekauft und bar bezahlt. Einzeln war keiner der Gegenstände ungewöhnlich, aber die Zusammenstellung schien der Polizei sehr brisant zu sein.

Denn, so folgerte die Polizei, wer anders als ein Mörder, der zwei Leichen verschwinden lassen muß, würde wohl zur gleichen Zeit eine Säge, eine Axt, Messer, Stricke, Schaufeln, Stablampen, Plastiksäcke und zwei vier Quadratmeter große geteerte Segeltuchplanen kaufen?

So wie Roderick plötzlich bei Angela Barnes auftauchte, so besuchte er auch immer wieder Crow's Nest. Er schien sich noch sehr zum Haus seiner Kindheit hingezogen zu fühlen. In den ersten sechs Monaten nach den Morden an seinen Eltern ließ er sich manchmal zwei- oder dreimal die Woche bei Maureen Ellam sehen. Es war, als müßte er mit jemandem sprechen, obwohl sie bei diesen Gelegenheiten stets um das Thema herumredeten.

Schließlich war Maureen des Schattenboxens müde und beschloß, Roderick zur Rede zu stellen. Damit verstieß sie gegen eine strikte Mahnung ihres Mannes, bis auf unbestimmte Zeit die Morde nicht zu erwähnen, wenn sie mit Roderick allein im Crow's Nest war. Aber Elizabeths Freundin war bis zum Äußersten entschlossen, der Sache auf den Grund zu gehen, und so ging sie ans Telefon und hinterließ, geradeheraus wie immer, eine knappe Nachricht auf dem Anrufbeantworter. »Ich will einen von euch Jungs heute noch sehen. Es ist dringend.«

Binnen einer halben Stunde rief Roderick zurück. Mark hatte Geschäfte in London zu erledigen. »Ich bin heute sehr beschäftigt, Mrs. Ellam«, sagte der ältere Bruder. Aber als Maureen darauf beharrte, er sollte sich Zeit nehmen, gehorchte er, und kurze Zeit später traf er im Crow's Nest ein.

Obwohl sie bei dem Plan, Roderick zur Rede zu stellen, Unbehagen spürte, ging Maureen direkt auf ihr Ziel los. »Du hast mich nie gefragt, was meiner Meinung nach deinen Eltern zugestoßen ist«, sagte sie.

Roderick reagierte nicht. Seine Blicke huschten von einem Punkt zum anderen, aber sie richteten sich nicht auf die Fragestellerin. Verzweifelt bemüht, das Thema zu wechseln, bat er um Zucker für seinen Kaffee. Aber Maureen ließ nicht locker. Es brannte ihr unter den Nägeln, ihm zu sagen, was sie sich vorgenommen hatte, ungeachtet der Mahnung ihres Mannes.

»Ich wiederhole«, sagte sie. »Ich sagte, du hast mich nie gefragt, was meiner Meinung nach deinen Eltern zugestoßen ist.«

»Dann sagen Sie's mir«, antwortete Roderick munter. Er wollte sich nicht anmerken lassen, daß er sich in eine Ecke gedrängt fühlte.

»Also gut. Setz dich hin, sage nichts und hör mir zu.«

Sie gingen von der Küche hinüber ins Wohnzimmer, beide mit ihren Kaffeetassen in den Händen. Der Blick aus dem Wohnzimmer war so spektakulär wie immer – an einem klaren Tag kann man bis nach Frankreich sehen. Roderick hatte sich – wie sein Vater – an diesem Blick nie satt sehen können. Wie bei seinem Vater waren das Meer und das Segeln seine Welt.

»Ich glaube, es war ein Familienstreit, der außer Kontrolle geriet.«

Roderick nickte. »Ja, ja, Mrs. Ellam. Wie es zuvor schon viele gegeben hatte.«

»Ich weiß, Junge. Aber unterbrich mich jetzt bitte nicht. Ich brauche Ruhe.«

Dann wurde Maureen sich ihrer verwundbaren Lage bewußt; schließlich war sie allein mit Roderick in dem einsam gelegenen Haus. Deshalb brachte sie eine Version vor, an die sie selbst nicht glaubte.

»Ich glaube, daß der zurückgezogene und schlecht behandelte Mark ausgeflippt ist«, sagte sie. »Und daß du gekommen bist, um zu helfen, die Spuren zu beseitigen.«

Wieder unterbrach Roderick sie. »Mark ist nicht so schlecht, wie Sie glauben, Mrs. Ellam.«

Zu diesem Zeitpunkt war Maureens Mut, der sie dazu getrieben hatte, Roderick zur Rede zu stellen, bereits verflogen, und sie fühlte sich zunehmend bedrückt und besorgt. Sie trug einen innerlichen Kampf mit sich aus, bis sie schließlich fortfuhr:

»Nach den Gesetzen dieser Insel wirst du vierzig Jahre bekommen, glaube ich. Das kann ich dir nicht antun. Wenn ich wüßte, daß du mit fünf oder zehn Jahren davonkämst, würde ich sagen: ›Komm, Junge, bringen wir es hinter uns. Laß uns sie anständig begraben.‹ Weiß Gott, es wird schwer genug sein, damit leben zu müssen. Und den Rest deines Lebens im Gefängnis zu sitzen, bringt keinem was. Deshalb weiß ich nicht, wie ich dir raten soll. Aber halte dich wenigstens an diesen Rat: Verschwinde von Jersey und komm niemals wieder zurück.«

Am folgenden Tag reiste Roderick Newall ab. Es sollte einige Zeit dauern, ehe er wieder einen Fuß auf die Insel setzte.

Graham Nimmo resümierte die Arbeit, die im vorigen Jahr im Fall Newall geleistet worden war. Es traf zu, daß man die Leichen nicht gefunden hatte, daran brauchte ihn niemand zu erinnern. Aber mehr als tausend Menschen waren vernommen, 350 Berichte geschrieben, 1200 Spuren verfolgt worden.

Diese Arbeit durfte nicht vergeblich gewesen sein, dachte er sich, während er an dem langen, detailreichen Bericht für seine Vorgesetzten saß. Der Detektiv empfand Genugtuung, daß es ihm gelungen war, nicht weniger als vierzig verschiedene Gründe für eine Klage gegen Roderick und Mark Newall anzuführen.

> Ich berichtete an Martyn Le Brocq, den Chief Inspector. Und dann an Bob Le Breton, den Assistant Chief, und schließlich natürlich an den Chief selbst. Dann fand das entscheidende Treffen statt. Ich brachte alle meine Punkte vor. Aber sie befanden, es war nicht genug. Auch der Staatsanwalt war dieser Meinung. Für mich war das eine herbe Enttäuschung. Ich konnte nicht glauben, daß er nicht für bare Münze nahm, was Jimmy Adamson und ich vorgetragen hatten. Dann erinnerte ich mich an das, was mein Vater mir oft gesagt hat. ›Wenn der Bericht geschrieben ist und der Fall vor Gericht kommt, liegen die Beweise auf dem Tisch, und damit ist deine Arbeit erledigt. Was danach mit dem Burschen geschieht, ist nicht deine Sache.‹ Aber ich muß zugeben, daß diese Zurückweisung immer noch sehr schmerzt.

Fünfzehn Monate waren seit den Morden vergangen, und nun wurden die Ermittlungen zurückgefahren. Graham Nimmo konnte seine Enttäuschung nicht verbergen. Es war sein erster Mordfall, den er nicht zu einem erfolgreiche Ende hatte bringen können.

In einem Brief an Nan Clark, die sich mit vielen Schreiben an die Polizei gewandt hatte, um die Nachforschungen anzutreiben, schrieb er:

> Fast alle Ermittlungsmöglichkeiten sind erschöpft. Aber der Fall bleibt offen, und es wird auch weitere Ermittlungen geben. Ich kann Ihre Besorgnis gut verstehen, bin aber nicht in der Lage, Ihnen zu sagen, ob und wann der Fall aufgeklärt wird. Doch ich weiß, daß

> Ihnen bestimmte Umstände bewußt sind, über die wir bei Ihren früheren Besuchen gesprochen haben, und die den Fortgang der Ermittlungen sehr erschwerten.

Wie sein Bruder, beschloß auch Mark, die Insel zu verlassen. Als Fondsberater pendelte er ohnehin zwischen London, Paris und New York hin und her. Aber im Gegensatz zu Roderick, der ab und zu über seine Eltern sprach, auch wenn seine Bemerkungen manchmal ziemlich rätselhaft klangen, schwieg Mark zu diesem Thema. Selbst unmittelbar nach dem Verschwinden der Eltern reagierte er nicht, als eine Freundin der Familie ihm ihr Entsetzen und Mitgefühl aussprach. Er war immer schon ein in sich gekehrter und einsamer Mensch gewesen, aber nun schien er sich noch mehr in sein Schneckenhaus zurückzuziehen.

Sein früherer Freund und Joggingpartner Nicholas Symonds erinnert sich:

> Ich sah Mark nur einmal nach dem Verschwinden seiner Eltern, als er in die Ausstellungshalle meiner Autos kam. Wir hatten uns ein wenig entfremdet, denn ich stand kurz vor der Hochzeit. Er kam mir äußerst abwesend vor. Ich wußte, daß wir nicht darüber sprechen konnten, was geschehen war. Aber er war mir plötzlich so fremd, als wäre eine völlig andere Person zu mir gekommen.

In Paris konnte sich Mark entspannen. Er wohnte in einem modernen Appartement in der Rue Paul Valéry im gediegenen sechzehnten Bezirk und widmete seine ganze Zeit, Energie und sein beträchtliches Geschick der Arbeit. Er war jetzt bei der Banque Arabe et Internationale d'Investissement beschäftigt und dort verantwortlich für Geldanlagen in Fonds. Er reiste viel, stets in der Business Class, legte Wert auf tadellose Garderobe und stieg in den besten Hotels ab. Geld schien keine Rolle zu spielen. Nein, ein schlechtes Leben war das nicht.

Die *Jersey Evening Post* ließ den Fall Newall nicht ruhen und frischte auch dann das Gedächtnis der Leser auf, wenn nichts wirklich Neues zu berichten war. ›Die Newalls: Zwei Jahre und immer noch keine Klärung‹ verkündete die Zeitung im Oktober 1989.

Der Fall blieb ein ungelöstes Rätsel und inspirierte viele Artikel und zwei Fernsehdokumentationen, die unabhängig voneinander entstanden. Selbst der Star der *Bergerac*-Serie, John Nettles, versuchte sich vorübergehend als Detektiv im wahren Leben und befragte Menschen auf eigene Faust, um zu versuchen, den Fall aufzuklären.

»Kritiker werfen unserer Serie vor, die Geschichten seien zu weit hergeholt«, sagte er den Journalisten, »aber wir haben noch kein Drehbuch gehabt, das sich mit diesem wahren Fall vergleichen könnte.«

Aber auch Bergerac konnte den Fall Newall nicht knacken. Niemand schien dazu imstande zu sein. Die Akte wurde zwar nicht geschlossen, aber die Detektive, die sich mit dem Fall beschäftigt hatten, erhielten andere Aufgaben. Die Kosten der Ermittlungen waren schon sehr hoch, und es mußte ein vernünftiges Verhältnis hergestellt werden zwischen den Ausgaben öffentlicher Gelder und der Wahrscheinlichkeit einer Aufklärung des Falles. Deshalb ließ man die Untersuchungen ruhen. Falls keine neuen Beweise auftauchten, konnte die Polizei von Jersey nichts mehr tun.

Besonders für Graham Nimmo war das eine bittere Pille.

> Der Fall hat mich mitgenommen. Schließlich mußte ich die Polizei aus gesundheitlichen Gründen verlassen. Streß und Bluthochdruck hatten dazu geführt. Es begann am letzten Tag des Jahres 1989, als ich mein Herz plötzlich in Armen und Beinen schlagen spürte. Der Arzt maß meinen Blutdruck und sagte: »Das reicht, Sie gehen nach Hause.« Nicht, daß der Fall Newall allein mich geschafft hätte; es war eine Kombination mehrerer Faktoren. Ich hatte damals einen jungen Constable, zweiundzwanzig Jahre alt, ein phantastischer Junge, der Sohn des Ex-Chiefs. Er starb unter tragischen Umständen. Ich mußte auch diesen Todesfall untersuchen. Es war also eine Verbindung von Dingen und Geschehnissen, und der Fall Newall gehörte natürlich auch dazu. Ich glaube, es waren all die Morde, mit denen ich im Lauf der Jahre zu tun hatte, all die Leichen, die ich mir anschauen mußte – da muß sich in mir was aufgestaut haben. Ich habe viele Stunden mit einer Psychologin gesprochen und viele Tränen mit ihr gemeinsam vergossen, denn zum erstenmal kam alles heraus. Man stellt plötzlich fest, daß man nicht acht oder zehn Jahre lang sechzehn oder siebzehn Stunden am Tag arbeiten kann. Das bleibt nicht in den Kleidern hängen. Ich hatte kaum noch Kontakt zu meinen beiden Jungen. Sie lebten nicht mehr zu Hause und studierten. Wo waren all die Jahre geblieben? Man sagte mir, daß ich meinen Lebensrhythmus

> komplett umstellen müßte. Ich wußte, daß mir das niemals gelingen würde, wenn ich wieder zurück ging; dann hätten sich rasch wieder die alten Gewohnheiten eingeschlichen. Aber es hat mir das Herz gebrochen, daß ich auf diese Weise bei der Polizei ausschied. Das hatte ich mir ganz anders vorgestellt.

Roderick Newall dagegen schien die beste Zeit seines Lebens zu genießen. Er segelte mit der Familienjacht, *Chanson de Lecq*, von einem Teil der Welt in den anderen.

›Roderick rief um 11 Uhr aus Tanger an‹, notierte Nan Clark in ihrem Tagebuch. ›Sagt, daß er vielleicht nach Casablanca will. Stürme hindern ihn immer noch an der Atlantiküberquerung, und für Spanien sind die Winde nicht günstig.‹

Innerhalb von zwei Monaten schaffte Roderick es bis in die Karibik. Neuseeland und Australien standen auch auf seinem Plan. Er war froh und erleichtert, daß er die Armee verlassen hatte, und er lebte so, wie er es sich immer gewünscht hatte: Als betuchter Gentleman auf hoher See.

Er ließ es sich an nichts fehlen, wie aus dem Tagebuch seiner Tante hervorgeht: ›Roderick hat Mutter aus Barbados angerufen, sagt mir Gay (Newall) am Telefon. Sie sagt auch, daß Roderick in Barbados kräftig auf den Putz haut. Morgen will er weiter nach Venezuela.‹

Es war ein Leben voller Spannung und Abenteuer. Seine nächste Station waren die Falkland-Inseln. Dort heuerte er auf der *Forest* an, einem Schlepper, der regelmäßig als Versorgungsschiff zwischen Chile und den Falklands verkehrte. Bald hatte er sich als eifriger Arbeiter bewiesen, der an Bord sehr beliebt war.

Captain George Betts konnte nicht verstehen, warum Roderick es so lange hinauszögerte, seine nächsten Angehörigen anzugeben – eine unumgängliche Notwendigkeit, allein schon wegen der Versicherungsvorschriften. Erst Monate später, als Captain Betts zufällig einen Zeitungsausschnitt über den Fall Newall zu Gesicht bekam, begriff er, warum Roderick sich so verhielt.

Auch bei den Einheimischen auf den Falkland-Inseln war Roderick beliebt. Und erst recht bei den Mädchen. Sandy Emandas erinnert sich gut an ihn.

> Ich kannte Rod zwei Jahre lang. Wir waren eng befreundet. Er war sehr gesellig, immer freundlich und voller Tatendrang. Er ging auf die Leute zu, sprach sie an. Er selbst war interessant, und er war an anderen Menschen interessiert. Rod hat mir von dem Fall erzählt, obwohl wir nicht viel miteinander gesprochen haben. Er war bei uns sehr beliebt, und er hat immer Leute zum Segeln eingeladen.

Seine sportliche Tüchtigkeit hatte er sich ebenfalls erhalten. Einmal tauchte er mit seiner Jacht vor Pebble Island auf, nördlich des Falkland Sounds, wo ein Querfeldeinlauf stattfand und dem Sieger eine Medaille winkte. Der frühere Offizier der Armee hatte sich nicht vorbereitet, aber das scherte ihn nicht. Er zog seine Jacke aus, krempelte die Hosenbeine hoch und überraschte alle, als er den Lauf mit großem Vorsprung gewann, wobei er den Vorjahressieger und einige andere gute Läufer hinter sich ließ.

Die Jahre vergingen, und Roderick schien sich auf den Falkland-Inseln zunehmend wohler zu fühlen.

Die entlegenen Inseln im Südatlantik waren so etwas wie sein neues Zuhause geworden. Er wurde von Bekannten als Brautführer ausgewählt, gründete mit einem Franzosen einen Frachtdienst und freundete sich mit einem Mann namens Jérôme Poncet an, ein Forscher, dem Beaver Island gehörte, und der die meiste Zeit mit seiner Jacht *Damion* durch die Antarktis kreuzte. Eines Tages, wünschte sich Roderick, wollte er auch so leben.

Unabhängig davon, was bei seinen geschäftlichen Unternehmungen heraussprang – für Roderick Newall war die Zeit auf den Falklands ein gesundes Leben in der freien Natur, und er genoß jede Minute, wie er in einem seiner vielen Briefe an die Tante schrieb. Er ließ sich voller Begeisterung über die Menschen aus, die er in einem Teil der Welt kennengelernt hatte, der noch nicht von Touristen überschwemmt wurde.

Nebenbei erwähnte er auch eine Entfremdung zwischen Onkel Stephen und Mark, die er sich nicht erklären konnte. Er vertraute der Tante an, daß er seinem Vater viele Fragen hätte stellen wollen, und er bedauerte nun, daß es nie dazu gekommen war, entweder aus Zeitmangel oder Vergeßlichkeit.

Es hörte sich so an, als hätte er Jersey für immer hinter sich gelassen. Und auch das Geheimnis um den Mord an seinen Eltern.

Aber sein heißblütiges Temperament begleitete ihn überall hin, ganz egal, wie weit entfernt er von zu Hause war. Schon in Radley war er in Schlägereien verwickelt gewesen, und auch auf den Falklands konnte er sich nicht bremsen, als es einen Streit mit einer Neuseeländerin gab. Die Fäuste flogen, und

Roderick verletzte die junge Frau so schwer, daß sie ins Krankenhaus gebracht werden mußte. Er hatte Glück, daß nicht Anzeige gegen ihn erstattet wurde.

Trotzdem erfuhr Kenneth Greenland davon, Chief Constable der Polizei der Falkland Inseln, und seine Beamten überwachten nun Rodericks Schritte, besonders, wenn er sich in der Gegend von Port Stanley aufhielt. Denn trotz der riesigen Entfernung hatten Jersey und die Falkland-Inseln etwas gemeinsam: Gerüchte und Klatsch machten schnell die Runde. Und so sprach sich auch der Fall Newall rasch herum, und es gab genügend Einheimische, die ihre Zungen wetzten.

Da Mark viel unterwegs war und von einem Kontinent zum anderen düste, war es schwierig, die Verbindung mit Roderick am anderen Ende der Welt aufrechtzuerhalten. Trotzdem war beiden bewußt, wie wichtig es war, in Kontakt zu bleiben. Deshalb kam es immer wieder vor, daß Verwandte eingeschaltet wurden, um die Verbindung herzustellen.

Diese Kontakte waren alles andere als konventionell, wie ein Eintrag in Nan Clarks Tagebuch enthüllt: »R wieder auf den Falklands. Hat M gebeten, ihn zu bestimmter Zeit in bestimmter Telefonzelle anzurufen. Mutter hat die Nachricht an M weitergeleitet.«

Im Januar 1991, mehr als dreieinhalb Jahre nach ihrem Verschwinden, wurden Elizabeth und Nicholas Newall offiziell für tot erklärt. David Le Quesne hatte den Antrag beim Royal Court von Jersey gestellt und sich dabei auf den Artikel 8 des Nachlaßgesetzes der Insel berufen. Es dauerte nicht lange, bis er den Richter, Sir Peter Crill, von der Richtigkeit überzeugt hatte, die beiden für tot zu erklären, denn die Beweise für ihr Ableben waren erdrückend.

Der Experte des Innenministeriums, Dr. David Northcott, wurde geladen, um das Gericht an das Blutbad zu erinnern, das er im Herbst 1987 in der Clos de L'Atlantique vorgefunden hatte. Auch die Polizei war anwesend und bezeugte, daß es durchaus eine legitime Schlußfolgerung wäre, die beiden Newalls für tot zu halten. Man bedauerte nur, daß es nicht gelungen war, die Täter ausfindig zu machen.

Mark flog aus London ein und buchte ein Zimmer im Vier-Sterne-Hotel L'Horizont in St. Brelade. Er sagte vor Gericht, alles spräche dafür, daß seine Eltern tot seien. Das war schon seit längerer Zeit seine Überzeugung.

> Es gibt drei Gründe dafür, daß ich sie für tot halte. Ich habe sie seit drei Jahre nicht gesehen, habe drei Jahre lang nichts von ihnen gehört. Ich habe keine Beweise erhalten, daß sie in diesen drei Jahren auf ihre finanziellen Rücklagen zurückgegriffen hätten. Und schließlich deuteten auch die Informationen, die mir die Polizei gegeben hat, auf den Tod meiner Eltern hin. Die Polizei hat mir deutlich erklärt, daß sie eine Mordermittlung durchführt.

Mark hatte sich gut vorbereitet. Am folgenden Tag berichtete die *Jersey Evening Post* über das Urteil des Royal Court: ›Fall Newall: Brüder erben alles.‹ Tatsächlich führte der Richter nur aus, was sowohl Elizabeth und auch Nicholas Newall in ihren Testamenten verfügt hatten.

»Das war's also«, sagte Maureen Ellam im Sommer

1992. Bald würden fünf Jahre vergangen sein, daß ihre Freunde von einem Tag auf den nächsten verschwunden waren.

> »Es ist alles vorbei. Das Schreckliche ist:
> Ich weiß, sie sind irgendwo auf dieser Insel vergraben, und ich nehme sogar an, gar nicht so weit von mir. Es ist frustrierend – man ist so nah, und doch so weit weg. Sie hätten ein anständiges Begräbnis verdient. Es müßte einen Ort geben, an den ich mit den wunderschönen Blumen gehen kann, die Elizabeth im Garten des Crow's Nest gepflanzt hat, um sie auf ihr Grab zu legen. Nein, ich werde die Newalls nicht vergessen, genausowenig wie die Verwandten und Freunde, die sie geliebt haben, sie jemals vergessen werden. Für die Mörder ist es vorbei. Sie haben ihr Schäfchen im Trockenen.

Ein paar Meilen entfernt griff Angela Barnes zum Telefon und wählte 69996, die Nummer des Hauptquartiers in der Rouge Bouillon. Sie wollte Jimmy Adamson sprechen, denn sie hatte neue Informationen, die ihn interessieren würden. Auch sie hatte ihre Freunde nicht vergessen.

7

Abgehört

Er hatte es als besondere Geburtstagsüberraschung geplant. Stephen Newall, Zwillingsbruder von Nicholas, fuhr mit seiner Frau quer durch Schottland, von ihrem Haus in Dumbarton zum Dunkeld House Resort Hotel in Perthshire.

Das Hotel liegt mitten auf einem dreihundert Hektar großen Stück Land, das auf einer Länge von zwei Meilen vom River Tay durchschnitten wurde und berühmt war für seinen Reichtum an Lachsen und Forellen. Stephen Newall wollte das Hotel als Stützpunkt benutzen und von dort aus das schottische Hochland erforschen. Der sechzigste Geburtstag seiner Frau Gay sollte ihnen noch lange in Erinnerung bleiben.

Es war etwa um diese Zeit, Mitte Juli 1992, daß Nan Clark in ihrer Londoner Wohnung angerufen wurde. Es war Roderick. Nan Clark glaubte, es handelte sich um ein Ferngespräch und fragte, ob er aus dem Südatlantik anriefe.

Nein, antwortete Roderick, er wäre in Fulham, nicht weit entfernt von ihrer Londoner Wohnung.

Obwohl sie verblüfft war, Roderick so nahe zu wissen, freute sich Nan, daß er sich bei ihr gemeldet hatte, und sie lud ihn spontan zum Abendessen ein. Seit sie sich das letzte Mal gesehen hatten, waren drei Jahre vergangen.

Als Roderick in der Wohnung der Clarks am Hurlingham Square eintraf, sprach er begeistert von seinen jüngsten Projekten. Er sah durchtrainiert und gesund aus, obwohl er ein wenig Gewicht verloren hatte. Er saß unter einem großen Porträt seiner Mutter Elizabeth, das gemalt worden war, als sie achtzehn gewesen war, und erzählte, daß er die Familienjacht *Chanson de Lecq* verkauft hatte.

Der Erlös hatte zum Erwerb der sechzig Fuß langen *Austral Soma* beigesteuert. Er hatte sich schon seit einiger Zeit nach einem geeigneten Schiff umgesehen und glaubte nun, das richtige gefunden zu haben. Obwohl die Jacht schon zehn Jahre alt war, verfügte sie über alle vorstellbaren modernen Einrichtungen. Zusätzlich wollte er sie noch mit einem Zentralheizungssystem ausstatten, eine sehr vernünftige Idee, da er mit seiner Mannschaft eine Fährverbindung von den Falkland-Inseln in die Antarktis eröffnen wollte. Mit der *Austral Soma* wollte Roderick sein Geschäft gründen, sobald er mit dem Schiff zu den Falklands zurückgekehrt war. Die Aussichten waren bestens.

Mark hatte das Schiff ebenfalls gesehen und war genauso beeindruckt gewesen wie Roderick. Obwohl er nicht das finanzielle Geschick seines jüngeren Bruders besaß, schien Roderick erfolgreich seinen Weg zu gehen, und stolz präsentierte er seiner Tante eine bebilderte Broschüre, die eindrucksvoll die Ausflüge beschrieb, die man mit der Jacht im Südatlantik unternehmen konnte.

Nach ein paar Gin und Tonic setzten sich die Clarks und ihr Neffe zum Essen. Doch Alister, einen Arzt, war das Essen an diesem Samstagabend nicht vergönnt; er wurde zu einem Patienten gerufen und ließ Roderick allein bei seiner Tante zurück.

Der Gesprächsstoff ging ihnen nicht aus. Roderick tat seine Ansichten zu Greenpeace, der Ozonschicht, den Galapagos-Inseln, zur Drogensucht und anderen aktuellen Themen kund. Während er in Radley und in der Armee war, hatte er es nie gesagt, doch Roderick war überzeugt davon, daß Drogen eine positive Wirkung haben konnten, wenn es darum ging, Menschen eine tiefere Perspektive zu geben – eine Behauptung, der seine Tante heftig widersprach.

Welche Argumente es auch immer für die Inhaftierung von Drogenkonsumenten geben mag, bei Roderick wurde deutlich, daß sein kurzer Aufenthalt im Gefängnis von La Moye nicht zu Reue und Besserung geführt hatte.

Doch Nan Clark erfuhr an diesem Abend noch mehr von den Drogenexperimenten ihres Neffen: Nicht immer, erklärte Roderick, hätten die Drogen tiefe und bedeutungsvolle Perspektiven eröffnet; er gab zu, nach einem ›besonders schlechten Trip‹ seine gesamte Kleidung verbrannt zu haben.

Ein anderes Thema waren Medien, Mittelspersonen im Spiritismus. Nan Clark erzählte, daß ein Medium ihr einmal über eine Freundin eine Nachricht von Elizabeth hätte zukommen lassen. Roderick, der für neue Erfahrungen stets aufgeschlossen war, fragte sie, ob seine Mutter ihr schon mal erschienen wäre.

»Ja«, antwortete die Tante, »in der Nacht, in der sie starb.«

»Und was hat sie gesagt?«

Nan Clark beschrieb den Alptraum, in dem sie Elizabeths Tod gesehen hatte. Sie wiederholte, was ihre Schwester ihr im Traum mitgeteilt hatte: »Ich habe dir doch gesagt, daß er es ernst meinte, als er drohte, mich umzubringen. Ich habe dir gesagt, daß es passieren würde – aber laß die Sache ruhen.«

Roderick war fasziniert. Er hatte sich immer schon

für übersinnliche Phänomene interessiert. Aber es fiel Nan Clark sehr schwer, Elizabeths Bitte zu erfüllen. Denn wie konnte sie die Sache auf sich beruhen lassen, solange die Mörder irgendwo im Geheimnisvollen blieben?

»Obwohl sie mir gesagt hat, nichts zu unternehmen«, fuhr Nan fort, »möchte ich gern wissen, was geschehen ist.«

»Selbst wenn du genau wüßtest, was passiert ist«, antwortete Roderick, »würdest du es nicht verstehen.«

Was wollte der Neffe ihr damit sagen? Aus seiner Bemerkung ging hervor, daß er irgend etwas wußte, das Nan Clark noch nicht bekannt war. Was konnte das sein?

War es vielleicht ein Geständnis, daß er bei der Ermordung eine Rolle gespielt hatte?

Was auch immer Roderick hatte andeuten wollen, es war jetzt unumgänglich, daß Nan mehr aus ihm herausholen mußte. Nicht, um Informationen an die Polizei weiterzugeben, sondern weil sie fühlte, daß die Wahrheit ihr schon zu lange vorenthalten worden war.

»Warum sollte ich es nicht verstehen?« fragte sie. »Probier's doch mal.«

»Weil ich es selbst nicht verstehe.«

Nan spürte, daß Roderick nicht bereit war, mehr zu enthüllen. Sie wandten sich anderen Themen zu, kamen aber immer wieder auf das Verschwinden der Newalls zurück. Nan war bemüht herauszufinden, wo die Leichen vergraben sein könnten – das war für sie wichtiger als Fragen nach Schuld oder Erklärungen. Denn wenn die Leichen von Elizabeth und Nicholas nicht gefunden würden, konnte es nie ein anständiges, würdiges Begräbnis geben – ein für Nan Clark beinahe unerträglicher Gedanke.

Sie schilderte ihrem Neffen, wie die Polizei Hubschrauber eingesetzt hatte, um die Insel abzusuchen, weil ihr klar war, daß Roderick vielleicht etwas Nützliches dazu beitragen konnte.

»Hast du irgendeine Idee?« fragte sie.

Diesmal schwieg er. Da er schon mehr gesagt hatte, als gut für ihn war, zog Roderick es vor – ganz im Gegensatz zu seinem Naturell – seine Zunge im Zaum zu halten. Oder lag es nur daran, daß er wirklich nichts zu dieser Frage beisteuern konnte?

Eine halbe Stunde nach Mitternacht, als Alister wieder zurückgekehrt war, verabschiedete sich Roderick von Tante und Onkel und erklärte, daß er vielleicht Zeit fände, nach Schottland zu reisen, um seine Verwandten zu besuchen, ehe er sich wieder auf hohe See begab.

Zu keinem Zeitpunkt der Unterhaltung hatte Nan Clark den Gedanken gehabt, daß Roderick etwas gesagt hätte, das die Polizei interessieren könnte. Es lag nicht daran, daß sie ihren Neffen unbedingt schützen wollte; der Grund war eher, daß sie alle Hoffnung aufgegeben hatte, was die Polizei von Jersey betraf.

Außerdem hatte man ihr sehr deutlich gemacht, daß die Ermittlungsarbeiten im Fall Newall für die Polizei erledigt waren. Das hatte auch Detective Inspector Graham Nimmo vor kurzem erfahren müssen. Deshalb war es durchaus verständlich, daß Nan Clark davon ausging, der Fall wäre zu den Akten gelegt worden. Schließlich waren fast fünf Jahre vergangen, seit Elizabeth und Nicholas vermißt gemeldet worden waren.

Angela Barnes legte sich solche Zurückhaltung nicht auf. Nachdem Nan Clark ihr einen Bericht über das Gespräch in London gegeben hatte – die beiden Frauen standen in regelmäßiger telefonischer Verbindung –, wußte sie, daß es gewisse Leute im Hauptquartier der Polizei gab, die sehr aufmerksam zuhören würden. Am meisten sicherlich Jimmy Adamson, der kürzlich zum Detective Inspector befördert worden war.

Er hatte den Fall Newall nie aus seinen Gedanken verdrängen können, unabhängig vom offiziellen Status der Morduntersuchung. Er hatte auch den Kontakt mit den Schlüsselfiguren gehalten, Stephen Newall in Schottland, Nan Clark in London und Spanien, Maureen Ellam und Angela Barnes auf Jersey.

Deshalb war der Anruf von Angela Barnes auch keine Überraschung für ihn; sie rief ihn regelmäßig an, um sich zu erkundigen, ob es eine neue Entwicklung gab. Diesmal aber war es Angela Barnes, die neue Informationen hatte. Nach dem Gespräch rannte Jimmy Adamson die Treppen hinauf zu seinen Vorgesetzten auf der oberen Etage.

Man konnte sich zwar nicht sicher sein, doch wenn er Angela richtig verstanden hatte, war Roderick vielleicht willens, ein Geständnis abzulegen – wenn er es nicht schon getan hatte.

Adamson klopfte an die Tür des Detective Superintendents Paul Marks, der neue Chef der Kriminalabteilung auf der Insel, und als solcher verantwortlich für den Fall Newall. Adamson berichtete ihm, was Roderick in London gesagt hatte und daß er wahrscheinlich auf dem Weg nach Schottland wäre, um Onkel und Tante zu besuchen.

Paul Marks erinnert sich:

Die Entscheidung, die Gelegenheit beim Schopf zu packen, fiel spontan. Aber ich wußte, daß es keinen Sinn machte, nach Schottland zu gehen, wenn die zuständige schottische Abteilung nicht voll und ganz mit uns zusammenarbeiten wollte. Wir konnten natürlich nicht die gesamte technische Ausrüstung mitnehmen, die wir benötigten, um alles aufzunehmen, was gesprochen wurde. Und noch wußten wir auch nicht, ob Stephen Newall mit uns kooperieren wollte, obwohl Jimmy das Gefühl hatte. Ich sagte ihm, was ich vorhatte, und wies ihn an, Stephen Newall zu suchen und einzuweihen.

Das letzte Mal, daß Stephen Newall und Roderick sich gesehen hatten, war bei der Einäscherung von Kenneth Newall auf Guernsey gewesen, sieben Wochen nach dem Verschwinden von Elizabeth und Nicholas. Es war sicher nicht der ideale Augenblick gewesen, doch Stephen hatte die Gelegenheit genutzt, seinen beiden Neffen vorzuwerfen, sie hätten nicht vorbehaltlos mit der Polizei zusammengearbeitet. Er selbst hatte sich stets auf die Seite der Polizei gestellt; ein anderes Verhalten hätte er sich gar nicht vorstellen können. Deshalb konnte es kaum verwundern, daß Stephen Newalls Beziehung zu Roderick und Mark seither ein wenig gespannt war.

Für jemanden, für den die Polizeilaufbahn nur zweite Wahl gewesen war, hatte der auf Jersey geborene und aufgewachsene Paul Marks eine rasche Karriere bei der Polizei der Insel gemacht. Als er dreißig wurde, stand er bereits im Rang eines Inspektors.

Dabei hatte er einmal ganz andere Ambitionen gehabt.

> Eigentlich wollte ich Künstler werden. Ich hatte eine ordentliche Mustermappe mit meinen Bildern und war auf der Kunstakademie angenommen worden. Mein Herz gehörte der Kunst; oft malte ich bis drei oder vier Uhr morgens. Aber gleichzeitig war ich Realist. Deshalb schloß ich mich nach meiner achtzehnmonatigen Kadettenzeit der Polizei an. In England absolvierte ich meine Ausbildung zum Constable. Ich war stolz darauf, die Uniform zu tragen, obwohl es damals oft schlampig zuging. Wenn man mit achtzehn Jahren auf Streife geht, lernt man viel über die menschliche Natur, besonders über ihre dunkle Seite. Interessant war die Arbeit in der Sonderabteilung, deren Leiter ich schließlich wurde, denn sie brachte mich mit den Nachrichtendiensten in Verbindung. Das war aufregend und eine echte Herausforderung für mich. Diese Erfahrung lehrt einen, nicht nach dem Nächstliegenden zu greifen, sondern sich für alles offen zu halten. Es gibt nicht nur Schwarz und Weiß. Diese Maxime habe ich bei meiner Polizeiarbeit bis heute beibehalten.

Bevor er die endgültige Entscheidung traf, wann er nach Schottland gehen würde, schickte Paul Marks ein Fax an die regionale schottische Kriminalabteilung und bat formell um Unterstützung. Er wußte genau, was benötigt wurde. Es war abzusehen, daß eine aufwendige und kostspielige Operation bevorstand, bei der ausgeklügelte Überwachungstechniken und elektronisches Gerät eingesetzt werden mußten. Man brauchte die Techniker zum Bedienen der Geräte, und man brauchte viele Detektive, um die Sicherheit der betroffenen Personen zu gewährleisten. Schließlich hatten sie es mit einem potentiellen Mörder zu tun.

Die Operation war so umfangreich, daß die Polizei von Jersey sie ohne Hilfe und Unterstützung gar nicht hätte durchführen können. Die Polizei der Insel war personell zu schwach. Aber sie war sich ihrer eigenen Beschränkung bewußt, deshalb waren die wenigen Kräfte gut ausgebildet, und man wußte, wie solche Operationen vorzunehmen sind.

Die schottischen Kollegen riefen umgehend zurück und teilten mit, daß alle Genehmigungen erteilt worden seien. Sie waren bereit und warteten nun auf die Mitteilung, wann es wo losging. Doch es sollte noch zehn Stunden dauern, ehe man den Schotten sagen konnte, was sie wissen mußten.

Adamson war es noch nicht gelungen, Verbindung mit Stephen Newall aufzunehmen, der Schlüsselfigur des ganzen Unternehmens. Er war weder zu Hause noch im Büro seines Betriebs in Helensburgh. Schließlich vertraute seine Privatsekretärin einem Detektiv der Kriminalabteilung an, daß Stephen mit seiner Frau für einige Tage ins Dunkeld House Resort Hotel gefahren sei.

Das bedeutete, daß die Polizeiarbeit nicht in Rhu im Westen Schottlands stattfinden würde, wovon Detective Superintendent Paul Marks und Detective Inspector Adamson ausgegangen waren, sondern irgendwo anders – und dort brauchte man neue Genehmigungen.

Stephen Newall wußte, daß sein Neffe auf dem Weg

zu ihm war, denn Nan Clark hatte ihn angerufen. Als Jimmy Adamson mit ihm über die geplante Operation sprach, entnahm er den Worten des Detektivs, daß dieser davon ausging, er, Stephen, würde auch weiterhin mit der Polizei kooperieren.

Es war eine schwierige Position für Stephen Newall. Er wollte der Polizei helfen; so war es von Anfang an gewesen. Bei dem Fall ging es nicht nur um die Ermordung seines Zwillingsbruders, sondern auch um den Tod seiner Schwägerin. Und er sehnte den Tag herbei, an dem die schreckliche Geschichte endlich ein Ende hatte.

Zugleich aber mißfiel ihm der Gedanke, dabei zu helfen, seinen Neffen in die Falle zu locken. Was war, wenn Roderick völlig unschuldig war? Wie konnte er dann später seine Bereitschaft rechtfertigen?

Zuerst war es Jimmy Adamson, der Stephen anrief, dann auch noch Paul Marks. Beide setzten ihn unter Druck und bedrängten ihn, den Plan der Polizei zu unterstützen. Sie waren davon überzeugt, daß es ihre letzte Gelegenheit war, den Fall aufzuklären, sofern er überhaupt gelöst werden konnte.

Die beiden Polizisten nahmen einen anderen moralischen Standpunkt ein als Stephen Newall und erinnerten ihn daran, daß es seine Pflicht war, dabei zu helfen, den Fall zu lösen. Nach einer Weile schien Stephen Newall zu schwanken. Was genau wurde von ihm verlangt?

Als sie begannen, Stephen die Einzelheiten der Operation zu erklären, wußten Marks und Adamson, daß sie höchstwahrscheinlich mit seiner Unterstützung rechnen konnten, wie Adamson von Beginn an gemutmaßt hatte. Rasch und professionell trugen sie Stephen vor, wie die Operation ablaufen sollte; sie wußten, daß es Stephen und Gay unmöglich sein würde, sich dem Plan in diesem Stadium noch zu verweigern.

Paul Marks wußte, daß die Zulässigkeit von Tonbandaufnahmen bei einem späteren Gerichtsverfahren umstritten sein würde, deshalb instruierte er Stephen Newall, wie er sich während des Treffens mit Roderick verhalten sollte. Ausdrücklich wies er ihn darauf hin, wie wichtig es war, Roderick nicht zum Thema hinzuführen; seine Äußerungen mußten ganz natürlich sein, ohne jedes Bohren und Drängen. Das Geständnis mußte überzeugend freiwillig klingen; es durfte sich nicht um eine Reaktion auf Fragen handeln, die den Eindruck erwecken könnten, daß Stephen Newall sie auf Geheiß der Polizei stellte. Es war eine Wanderung auf schmalem Grat.

»Und was ist, wenn er gar nichts sagt?« fragte Rodericks Onkel. »Kann ich dann selbst Fragen stellen?«

Stephen Newall wußte, daß Roderick zuerst seine Großmutter, Granny Nelson, in ihrem Haus in North Berwick besuchen wollte, deshalb rief er ihn dort an.

Roderick freute sich über den Anruf, denn ihm war es nicht anders gegangen als der Polizei: Er hatte Schwierigkeiten, seinen Onkel aufzutreiben. Stephen schlug vor, sie könnten sich im Hotel treffen. Roderick war einverstanden, und Stephen gab ihm die Nummer seiner Suite durch, 138. Nachmittags um drei sollte Roderick dort eintreffen.

Roderick verabschiedete sich von seiner Großmutter und fuhr mit dem Auto Richtung Edinburgh, überquerte die Forth Bridge und hielt dann auf Dunkeld zu.

Paul Marks, der Polizeibeamte, der die Operation leiten und überwachen sollte, saß zusammen mit Jimmy Adamson auf dem Londoner Flughafen Heathrow fest. Als sie erfahren hatten, daß die Operation anlaufen konnte, hatten sie sich ihre Übernachtungstaschen geschnappt und waren zum Flughafen gerast. Bis zur Verabredung um 15 Uhr blieben ihnen fünf Stunden. Sie konnten sich keine Verspätung erlauben.

Aber den Flug nach Edinburgh hatten sie knapp verpaßt, jetzt mußten sie nach Glasgow fliegen. Ohne das Handy, mit dem Paul Marks fast ständig mit der schottischen Polizei in Verbindung stand, wäre die Operation wahrscheinlich gar nicht möglich gewesen. Am Flughafen wartete ein Mietwagen auf sie.

Paul Marks erinnert sich an die Gedanken, die ihn beschäftigten, während er quer durch Schottland fuhr.

> Glücklicherweise hatte ich an meinen Führerschein gedacht. Ich fuhr, und Jimmy hatte auf dem Beifahrersitz die Karte auf den Knien und dirigierte mich wie bei einer Rallye. Wir fuhren schnell. Das Flugzeug war erst um halb zwölf gestartet, und vor drei Uhr mußten wir im tiefsten Perthshire sein. Es war eine aufregende Situation, eine Art Kampf der Gehirne, und ich versuchte die ganze Zeit, mich in die Gedanken eines potentiellen Killers hineinzuversetzen. Wir wußten, daß wir ausgezeichnete technische Geräte hatten, und wir wußten auch, daß die schottischen Kollegen uns großzügig Personal zur Verfügung gestellt hatten. Auch ihnen blieb nicht viel Zeit für die Vorbereitungen. Wir alle standen unter Druck. Hoffentlich waren die

elektronischen Überwachungsgeräte pünktlich eingetroffen. War man in dem Zimmer sicher? Waren die Zimmer richtig miteinander verkabelt? Je länger ich grübelte, desto mehr wurde mir bewußt, daß all diese Arbeiten von anderen Personen erledigt wurden – man kann also sagen, daß wir selbst nichts unter Kontrolle hatten.

Die beiden Polizisten aus Jersey kamen gut voran. Paul Marks fuhr oft mit mehr als 130 Stundenkilometern, und das ohne Genehmigung auf ihnen unbekannten schottischen Landstraßen. Über das Handy nahm Jimmy Adamson Verbindung mit Chief Inspector Jim Smith auf, Leiter des Überwachungsteams von der schottischen Kriminalabteilung. Die Polizisten aus Jersey wollten wissen, wo sie vor dem Hotel anhalten konnten.

Man einigte sich auf einen Kreisverkehr kurz vor Dunkeld, aber dann drohte Unheil: Straßenarbeiten. Sie gerieten in einen Stau und mußten warten. Wertvolle Zeit verstrich. Als sie endlich wieder zügig fahren konnten, drückte Paul Marks das Gaspedal noch tiefer durch. Bald schon näherten sie sich den ersten Häusern von Dunkeld.

Was Paul Marks nicht wissen konnte – auch Roderick näherte sich zu dieser Zeit demselben Kreisverkehr. Es war von Vorteil, daß ihre Zielperson, die einen schwarzen VW Golf GTi fuhr, vom schottischen Überwachungsteam schon ins Visier genommen worden war.

Das Fahrzeug gehörte Emma-Jane Lonsdale, einer Porträtmalerin, befreundet mit einem Freund Rodericks. Emma-Jane hatte ihm ihr Auto und ihre Wohnung zur Verfügung gestellt, solange sie in Italien weilte.

Die schottische Polizei riet ihren Kollegen aus Jersey, die Straße für ein paar Minuten zu verlassen und sich vor das Tor einer Brauerei zu stellen, die nur ein paar hundert Schritte vor dem Kreisverkehr lag.

Fast augenblicklich tauchte ein Wachmann der Brauerei auf. Er wollte wissen, was die beiden Männer – keiner von ihnen ein Leichtgewicht – bei der Brauerei zu suchen hatten.

»Wir sind Polizeibeamte aus Jersey«, sagte Paul Marks.

Der Wachmann hatte in seinem Beruf viele Geschichten gehört, aber eine so dumme Ausrede war ihm noch nie so unverfroren ins Gesicht gesagt worden. Ohne weitere Diskussion rief er 999 an, denn er schien überzeugt davon zu sein, daß die Brauerei überfallen werden sollte – es wäre nicht das erste Mal gewesen.

Ein paar Minuten später erschien Chief Inspector Jim Smith, zeigte dem Wachmann seinen Ausweis und versicherte ihm, daß die beiden Männer ihm die Wahrheit gesagt hätten. Während der verblüffte Wachmann diese Erkenntnis noch zu verdauen hatte – denn warum versteckten sich zwei Polizisten aus Jersey in Zivil und in einem neutralen Auto vor einer schottischen Brauerei? –, stiegen Marks und Adamson in den Wagen des Chief Inspectors, weil sie dort mit dem gesamten Team in Funkverbindung stehen konnten. Alles war an seinem Platz.

Die beständige Gefahr war allerdings, daß Roderick bemerkte, daß er verfolgt wurde. Oder daß er Jimmy Adamson erkannte, den er seit den ersten Tagen der Ermittlungen kannte. Sie hatten zusammen viele

Stunden im Hauptquartier verbracht. Die Männer lösten das Problem, indem der Detective Inspector sich auf seinem Sitz duckte.

Paul Marks erinnert sich:

> Jimmy hatte also die wunderschöne Aussicht auf den Autoteppich, als wir uns dem Hotel näherten. Dann hörten wir, daß Roderick in die Auffahrt einbog und plötzlich anhielt. Wir glaubten alle, daß er irgendwie die Überwachung gerochen hatte, schließlich war er Militäroffizier und in solchen Dingen ausgebildet. Aber er hatte nichts bemerkt. Er hatte nur angehalten, um das Hemd zu wechseln, bevor er Onkel und Tante gegenübertrat.

Mit frischem Hemd und einigem Unbehagen, was das bevorstehende Wiedersehen anging, betrat Roderick das Hotel. Er konnte nicht ahnen, daß zwei Polizeibeamte aus Jersey es ihm wenige Augenblicke später gleichtaten, wenn auch durch einen Hintereingang.

Marks und Adamson folgten Roderick die Treppe hinauf in den ersten Stock. Sie schlichen über den knarrenden Holzboden des Flurs und gingen leise an der verwanzten Suite vorbei. Es war ihnen bewußt, daß die ganze Operation beendet gewesen wäre, hätte Roderick in diesem Augenblick die Tür geöffnet. Entsprechend angespannt waren ihre Nerven.

Drei Türen weiter befand sich der Raum, den die Polizei für ihre Zwecke angemietet hatte. Die Polizisten standen dicht gedrängt, und man sah auf den ersten Blick, daß Experten das elektronische Gerät angeschlossen hatten. Überall lagen Kabel und Drähte herum, auf Tischen standen Antennen, liefen Tonbandgeräte.

»Setz diese Dinger auf«, sagte Marks zu Adamson und deutete auf ein Paar Kopfhörer, »und nimm sie nicht wieder ab, bis alles vorbei ist.«

Adamson setzte sich in eine Ecke und begann, die wichtigsten Dinge festzuhalten, die sich nebenan in Zimmer 138 getan hatten – eine Routinemaßnahme bei Polizeieinsätzen. Ein hochempfindliches Aufzeichnungsgerät war unter einem der Sessel in der Suite versteckt worden, und das Band mit einer Laufzeit von drei Stunden drehte sich bereits.

Die Unterhaltung begann harmlos mit einem Vortrag des Onkels über den Herzog von Atholl, der Dunkeld House 1899 hatte erbauen lassen.

Rodericks Leidenschaft war die See, deshalb konnte er nicht viel zur Architektur beitragen. Er spulte eine beeindruckende Liste der Orte ab, die er besucht hatte: die Cook-Inseln, Neuseeland, Australien, die Falkland-Inseln – und viele weitere. Er zeigte Onkel und Tante auch stolz die Broschüre seiner *Austral Soma,* wie vor drei Tagen in London bei Nan Clark.

Stephen und Gay Newall waren freundlich und gaben sich interessiert. Doch sie durften sich nichts anmerken lassen, was die Überwachung betraf; deshalb mußten sie sich anstrengen, daß ihre Begeisterung über Rodericks Globetrotting möglichst echt wirkte.

Den Zuhörern schien es eine ganz normale Unterhaltung zu sein, wie sie zwischen Neffe, Tante und Onkel abläuft, wenn man sich lange Zeit nicht gesehen hat. Es war so normal, daß sich die schottischen Kollegen nach vierzig Minuten fragten, wozu sie diesen ganzen Aufwand betrieben hatten.

Auch Paul Marks kamen Zweifel. Ihm entgingen nicht die ratlosen Blicke der schottischen Kollegen. Hatte man sie in die Irre geführt? Denn bisher hatte das Gespräch nichts ergeben, was in einer Morduntersuchung von Belang gewesen wäre. Dabei hielt sich der Onkel der Newall-Brüder strikt daran, was man ihm aufgetragen hatte: Er widerstand der Versuchung, eine gezielte Frage zum Mordfall zu stellen.

Paul Marks sagt zu Stephen Newalls Rolle:

> Ich hatte Stephen vorgeschlagen, er könnte vielleicht beim Tee eine Frage zu Nans Anruf stellen. Denn Nan hatte ihm von den Andeutungen Rodericks erzählt. Ich ging davon aus, daß Rodericks Erziehung ihn daran hindern würde, einfach aufzustehen und Onkel und Tante zu verlassen. Ich bin ebenfalls auf eine Privatschule gegangen, und mein Vater war Lehrer, deshalb war ich mir sicher, daß Roderick stets gutes Benehmen an den Tag legen würde, auch wenn er mit einer schwierigen Frage konfrontiert würde.

Der Tee wurde serviert. Stephen Newall erkannte, daß nun die Zeit gekommen war, die Unterhaltung auf ein Thema zu lenken, das bisher bewußt vermieden worden war.

»Ich hatte einen ziemlich merkwürdigen Anruf von Tante Nan«, sagte er zu seinem Neffen.

»Ich habe zu Nan gesagt«, antwortete Roderick prompt, »daß ich immer noch keine Ahnung hätte, warum es geschehen ist oder was die Ursache dafür war.«

Das war genau die Aussage, die Nan gemacht hatte;

der Unterschied bestand jetzt aber darin, daß sie auf Tonband festgehalten war. Roderick fügte hinzu, daß es nichts gab, was seine Eltern zurückbringen könnte, deshalb hätte er sich mit der Situation abgefunden.

Jetzt war Roderick nicht mehr zu bremsen. Er hatte sich immer schon vor der Begegnung mit Stephen gefürchtet; er hatte Angst, er könnte sein Schweigen nicht beibehalten und würde plötzlich mit der Wahrheit herausplatzen. Denn wenn er in die Augen seines Onkels schaute, Nicholas Newalls Zwillingsbruder, dann war es so, als würde er in die Augen seines Vaters schauen.

Er hätte absolut keine Lust, fünfundzwanzig Jahre im Gefängnis zu schmachten, sagte Roderick, und teilte Onkel und Tante mit, daß er Selbstmord begehen würde, falls die Polizei ihn schnappte. Er trüge die Schuld an diesem Verbrechen, und es gäbe keine mildernden Umstände.

Ein Stück den Korridor hinunter stellten sich die Ohren jener schottischen Polizisten auf, die sich bis eben noch bei der ganzen Operation gelangweilt hatten. Jetzt wurden keine Blicke mehr getauscht, alle lauschten gespannt.

»Man hätte die Luft mit einem Messer schneiden können«, erinnerte Paul Marks sich später. »Das ganze Zimmer schien elektrisch geladen zu sein, die Spannung war fühlbar. Ich blendete mich immer nur kurze Zeit ein, aber es war klar, daß alle von der Unterhaltung vollkommen gefesselt waren.«

Wie Nan Clark war auch Stephen Newall verzweifelt bemüht, etwas über die Stelle zu erfahren, an der die Leichen vergraben waren. »Ich schätze, daß von den Leichen nicht mehr viel übriggeblieben ist«, meinte er.

Roderick erwiderte, die Leichen seiner Eltern wären in Plastik verpackt; dann fügte er noch hinzu, daß sie bestimmte Kleider trügen, an denen man erkennen könnte, daß es ›in jener Nacht‹ geschehen war.

Was Roderick damit aussagte, hatte man bei der Polizei von Jersey immer schon gemutmaßt. Die einzigen Kleider der Newalls, die man nicht gefunden hatte, waren jene Sachen gewesen, die sie zum Abendessen im Sea Crest Hotel am 10. Oktober 1987 getragen hatten. Mit anderen Worten: In diesen Kleidern waren Elizabeth und Nicholas noch in der Nacht ermordet worden.

Paul Marks erklärt:

> Ich überlegte die ganze Zeit, was ich mit diesen Informationen anfangen konnte. In Schottland hatte ich keine Befugnisse. Ich wollte herausfinden, ob Roderick genug gesagt hatte, um ihn an Ort und Stelle zu verhaften. Aber manchmal war es schwierig, die Worte zu verstehen, denn das Aufnahmegerät zeichnete alles auf – vom Geräusch des Kühlschranks, der sich automatisch einschaltete, bis zum tieffliegenden Militärflugzeug draußen. Dann war da noch das Problem, daß wir zu diesem Zeitpunkt nicht wissen konnten, ob auch das Aufzeichnungsgerät in der Suite funktionierte, denn nur das würde als Beweismittel zugelassen werden. Es war meine Aufgabe, den Fall wasserdicht abzuschließen. Ich wollte mehr hören.

Und es sollte noch mehr kommen. Denn Roderick berichtete freimütig, daß er gezwungen sei, mit seiner Schuld zu leben. Wenn er Katholik wäre, sagte er, würde er um Absolution ersuchen. Ja, er freute sich sogar darauf, seine Eltern ›auf der anderen Seite‹ wiederzusehen.

»Um dich bei ihnen zu entschuldigen?« fragte Stephen Newall.

»Nein.«

Obwohl es Roderick bewußt war, daß er dringend einen Anwalt brauchte, schien er den Konsequenzen seiner Situation beinahe gleichgültig gegenüber zu stehen. »Ich glaube, es macht mir nicht viel aus, den Preis zu bezahlen.«

Was auch immer sich daraus ergeben wird, sagte sich Stephen Newall. Er hoffte und betete, daß sein Neffe einen Weg fand, die Behörden zu den Leichen zu führen.

Paul Marks berichtet:

> Ich bewundere es sehr, wie Stephen und Gay Newall sich verhielten. Irgendwie gelang es Stephen, seine Gefühle im Zaum zu halten. Natürlich war ihm bewußt, daß das Tonband mitlief, aber die Wucht des Augenblicks überwältigte ihn und seine Frau. Ich muß zugeben, sie überwältigte uns beinahe auch. Und er unterdrückte die Fragen, die er natürlich gerne gestellt hätte. Fragen wie: »Was habt ihr mit ihnen gemacht?« »Wie ist es passiert?« Und ganz besonders die Frage: »Haben sie gelitten?«

Vier Stunden waren vergangen. Zwischendurch hatte es eine Pause gegeben, in der Roderick und sein Onkel sich draußen die Füße vertraten. Die Techniker nutzten die Gelegenheit, ein weiteres Drei-Stunden-Band einzulegen.

Dann wurde es für Roderick Zeit, Onkel und Tante zu verlassen. Kurz bevor er sich zur Tür wandte, bedankte seine Tante sich für das Geburtstagsgeschenk: Er hatte ihr teure Taschentücher mitgebracht und sie ihr bei seiner Ankunft gegeben.

»Es tut mir leid wegen des anderen Geschenks«, sagte Roderick. Es war der letzte Satz, den er zu den Newalls sagte.

Paul Marks erinnert sich:

> Natürlich war ich zufrieden mit dem, was ich gehört hatte. Es war, als hätte ich bei ihnen im Zimmer gesessen. Aber ich sorgte mich um ihre und um aller Sicherheit. Ich wollte auch Jimmys Ansicht hören, ob wir genug für eine Verurteilung hätten. »Nicht ohne Leichen«, sagte er, und das setzte einige Zweifel in meinem Kopf frei. Hinzu kam, daß Jim Smith, der Leiter der schottischen Kollegen, mir sagte, wenn wir Roderick ohne Haftbefehl festnähmen, müßten sie ihn nach sechs Stunden wieder auf freien Fuß setzen. Ich fragte ihn, was er unter diesen Umständen tun würde. Er antwortete: »Nehmen Sie ihn nicht hier fest.« Ich rief den Staatsanwalt auf Jersey an. Er wollte sich das Band zuerst selbst anhören.
>
> Ich war wegen der Sache nicht beunruhigt, denn ich wußte, daß wir fünf Überwachungsautos dabei hatten, so daß mir also einige Zeit blieb, um zu überlegen, was am besten zu tun wäre. Irgendwann sagte ich, eine Möglichkeit wäre, ihn an der Ausfahrt zu schnappen. Die Bemerkung war über Funk mitgehört worden, und die Kollegen wollten sich auf ihn stürzen.

Ich hörte es und rief schnell: »Nein, nein, das war nur eine flüchtige Überlegung!« Dann fuhr Roderick davon, und ich sagte: »Bleibt an ihm dran.«

Stephen und Gay Newall hatten ihre Aufgaben mit Mut und Würde bewältigt. Das Thema ihrer Unterhaltung hätte nicht gruseliger sein können: Mord in der Familie. Sie hatten über Leichen und deren Beseitigung gesprochen, über den gewaltsamen Tod geliebter Menschen. Und doch hatten sie die meiste Zeit ihre Gefühle beherrschen können.

Aber sobald Roderick ihre Suite verlassen hatte, konnten sie ihre Emotionen nicht mehr im Zaum halten. Sie waren entsetzt und wie erschlagen von dem, was sie hatten hören müssen.

Jerseys Staatsanwalt und die Polizei würden zu gegebener Zeit zu eigenen Schlußfolgerungen gelangen.

Doch Stephen und Gay Newall wußten ganz genau, was sie gehört hatten: Ihr sechsundzwanzig Jahre alter Neffe Roderick Innes Nelson Newall, an dessen Geburt sie sich noch gut erinnern konnten, hatte gestanden, für die Ermordung seiner Eltern verantwortlich zu sein. Nicht Vatermord oder Muttermord, nein, beides.

Das Aufnahmegerät lief noch und zeichnete jetzt den Kummer der Newalls auf. Die Polizisten ließen das Paar für eine Weile allein. Es war ein Tag gewesen, der ihnen noch lange in Erinnerung bleiben würde, aber es war ganz und gar nicht die gelungene Geburtstagsüberraschung gewesen, die Stephen Newall für seine Frau vorgesehen hatte.

Erst sechs Wochen zuvor war Roderick wegen zu schnellen Fahrens bestraft worden, doch nun fuhr er schon wieder bis zu 175 Stundenkilometer schnell. Auf der A 9 raste er Richtung Edinburgh, ehe er plötzlich ein seltsames Verhalten an den Tag legte. Zweimal parkte er für weniger als eine Minute auf dem Seitenstreifen, und er fuhr fast jede Tankstelle an und führte von den Telefonzellen aus verschiedene Gespräche.

So seltsam war sein Verhalten gar nicht. Er hatte offenbar bemerkt, daß er verfolgt wurde, und nun wandte er ein paar Tricks an, um die Verfolger abzuschütteln. Mit Überwachungen kannte er sich als Ex-Offizier gut aus. Unter anderem notierte er sich die Kennzeichen der Autos hinter ihm, und tatsächlich befand sich ein neutrales Fahrzeug der schottischen Kriminalabteilung darunter. Als die Dämmerung einsetzte und der Verkehrsstrom dünner wurde, mußte es für Roderick durch die Scheinwerfer hinter seinem Wagen noch offensichtlicher gewesen sein, daß jeder seiner Schritte genau überwacht wurde.

Dann, kurz nach Mitternacht, als das schottische Team gerade an die englischen Kollegen übergeben wollten, drückte Roderick wieder das Gaspedal durch, und sein Golf GTi verschwand in die Nacht hinein.

Er wurde zuletzt an Kreuzung 21 auf der A 57 gesehen. Kurz dahinter befindet sich ein doppelter Kreisverkehr, der viele Möglichkeiten bietet, sich rasch abzusetzen.

Die Suche wurde nach zwei Stunden abgebrochen. Roderick war verschwunden.

»Ich wußte, daß die Kollegen seit zwanzig Stunden für mich gearbeitet haben, und ich muß mich bei ihnen für die großartige und unkomplizierte Unterstützung bedanken. Durch sie haben wir den Fall wieder neu öffnen können«, sagt Paul Marks. »Als ich erfuhr, daß Roderick entwischt war, habe ich deshalb nur gesagt: ›Okay, ist in Ordnung.‹«

Aber nichts war in Ordnung.

8

›Junge, wir haben eine Überraschung für dich!‹

Etwa um zwei Uhr am Nachmittag des Mittwoch, 25. Juli 1992, klingelte das Telefon in der Wohnung der Clarks am Hurlington Square. Roderick war in der Leitung, er rief aus Frankreich an. Er beschwerte sich darüber, daß die Polizei ihn verfolgt hätte, nachdem er das Dunkeld House Resort Hotel verlassen hatte. Bei jeder Raststätte hatte er versucht, Onkel und Tante anzurufen, aber jedesmal hätten auch seine Verfolger angehalten.

Er hatte sich die Nummer des hartnäckigsten Verfolgers notiert: G411 SHA. Das schottische Überwachungsteam war selbst überwacht worden.

»Stephen hat eine Schwäche«, klagte Roderick, »er kann schlafende Hunde nicht ruhen lassen.«

Aus Nan Clarks Tagebuchaufzeichnungen:

> Er hörte sich wirklich besorgt an und wußte nicht, was er tun sollte. Deshalb hatte er mich gestern abend besuchen wollen. Er wußte nicht, was am besten war. Wenn er zur Polizei ginge, würden Grandma und ihre Familie die Qualen eines Prozesses erleiden müssen. Ich sagte, er müßte das entscheiden. Es wäre sein Leben, und er wüßte am besten, was für ein Leben das sei. Er könnte sein Leben nicht nach einer achtzigjährigen Frau ausrichten. Wohin er unterwegs sei? Ob er zurückkommen wolle? Nein, wie geplant würde er am Wochenende in den Süden fahren. Ich sagte: Paß gut auf dich auf.

Während Roderick Vorbereitungen traf, von Boulogne aus mit der *Austral Soma* in See zu stechen, um in den Südatlantik aufzubrechen, trafen sich Detective Superintendent Paul Marks und Kronanwalt Philip Bailhache, Jerseys Oberster Staatsanwalt, auf dem Londoner Flughafen Heathrow. Bailhache wollte unbedingt das Tonband abhören.

Nachdem er sich das Band angehört hatte, hielt er sich bedeckt. Man könnte keine ausgewogene Entscheidung treffen, sagte er, dafür wäre die Aufnahmequalität zu schlecht. Daraufhin wurde das Tonband überspielt, wobei die meisten Hintergrundgeräusche herausgefiltert werden konnten. Danach hatte der Staatsanwalt keinen Zweifel mehr.

Am Freitag, 17. Juli, drei Tage nach der heimlichen Aufzeichnung, verfügte er einen Haftbefehl für Roderick. Das Dokument, unterzeichnet von Lieutenant-Bailiff Jurat John Coutanche, war deutlich: Roderick Innes Nelson Newall wurde wegen Mordes an seinen Eltern am oder um den 10. Oktober 1987 gesucht.

Als alle erforderlichen rechtlichen Schritte unternommen waren, befand sich der Mann, der nun per Haftbefehl gesucht wurde, bereits auf See. Unterstützt wurde er von seiner Ein-Mann-Crew Stephen Beldham.

Der Assistant Chief Officer der Polizei von Jersey, Bob Le Breton, hatte beschlossen, ein kalkuliertes Risiko einzugehen, überzeugt davon, daß auch für die Polizei von Jersey die Zeit für ein bißchen *Glasnost* reif war. Er rief den Redakteur der *Jersey Evening Post* und andere Vertreter der lokalen Medien an und informierte sie über die bedeutenden Entwicklungen im Fall gegen Roderick Newall.

Le Breton hoffte, daß die Reporter eine geheime

Information eher für sich behielten, wenn er sie ins Vertrauen zog. Jedenfalls hielt er diesen Schritt für besser, als das Risiko einzugehen, daß durch ein Leck in den eigenen Reihen irgend etwas durchsickerte, was dann veröffentlicht würde – mit möglicherweise katastrophalen Folgen für die ganze Operation. Es war ein Schritt, der sich für Le Breton auszahlte.

Der Ermittlungsraum, der zur Aufklärung des Falles im Hauptquartier eingerichtet worden war und längst nicht mehr existierte, wurde wiederhergestellt. Seit über drei Jahren ruhte der Fall bereits. Zeugenaussagen und Vorladungen waren zusammen mit Tausenden von anderen Dokumenten in den Schränken archiviert worden und hatten Staub angesetzt.

Plötzlich war alles anders. Im Ermittlungsraum herrschte wieder geschäftiges Treiben, denn bis zu einem Dutzend Polizisten waren für die Weiterbearbeitung des Falles abgestellt worden. Gleich zu Anfang hatten sie ihren wichtigsten Auftrag bekommen, der deutlicher nicht hätte sein können: Sucht Roderick Newall. Die Jagd war eröffnet.

Detective Sergeant Charles MacDowall erinnert sich:

> Wir sprachen von den Kronjuwelen, wenn wir die Tonbänder meinten. Im Ermittlungsraum ging es wirklich hoch her. Wir fingen morgens früh an und arbeiteten bis elf Uhr abends, und selbst dann wollte keiner nach Hause gehen. Wir dachten, Roderick könnte es dem Posträuber Ronnie Biggs nachmachen und nach Brasilien gehen. Andere glaubten, daß er eher zu den Falklands zurückkehrte, wo er ein Geschäft gründen wollte. Tatsache war, daß wir keine Ahnung hatten, wohin er sich wenden würde.

Wie die meisten Polizisten auf Jersey war auch Charles MacDowall seit Jahren mit den Ermittlungen im Fall Newall beschäftigt. Er arbeitete damals im Betrugsdezernat, und seine Aufgabe hatte darin bestanden, sich die finanzielle Situation der Newalls anzuschauen und sie genauer auszuleuchten. Was er herausgefunden hatte, war für den Fall insofern von Bedeutung, als er ein mögliches Motiv für die Morde lieferte, für das die Polizei sonst keine Anhaltspunkte hatte.

1985 war Nicholas Newall informiert worden, daß seine Anlage bei Lloyds, das Outhwaite Syndikat Nr. 317/661, in den USA vor gewaltigen Regreßansprüchen stand, die sich aus dem Umweltschutz ergaben und mit der Verwendung von Asbest zusammenhingen. Zwei Jahre später – und nur ein paar Monate vor dem Verschwinden der Newalls – hatte die *Financial Times* berichtet, daß diese Ansprüche wahrscheinlich bei über zweihundertfünfzig Millionen Dollar lägen.

Charles MacDowall erklärt:

> Diese Verluste müssen die Newalls sehr beunruhigt haben, denn sie hätten gewaltigen Einfluß auf ihr Vermögen gehabt – es handelt es sich um mindestens 30 000 Pfund jährlich, und das über wenigstens zwanzig Jahre hinweg, denn so lange würde es dauern, bis sämtliche Ansprüche abgewickelt wären. Aber Nicholas Newall hatte die Voraussicht gehabt – obwohl ›Voraussicht‹ in diesem Fall wohl nicht das angemessene Wort ist –, eine Besitzstandsversicherung abzuschließen, die vorsah, daß beide Söhne im Falle seines Todes nicht für solche Verluste her-

angezogen werden konnten, wenn sie das Erbe antraten. Daraus ersehen Sie, daß dies ein wichtiger Aspekt in diesem Fall war.

Im Sommer 1992 standen finanzielle Betrachtungen jedoch nicht im Mittelpunkt des Geschehens. Interpol, die internationale Polizeibehörde mit Sitz in Paris, wurde von London aus eingeschaltet, um bei der Suche nach Roderick Newall zu helfen. Solche Fälle gehören zu den Spezialitäten von Interpol; diesmal jedoch waren die Bemühungen nicht erfolgreich.

Dann wurde die europäische Zollunion um Mithilfe gebeten. Sie verfügt über Flugzeuge mit hoch aufgerüsteten Überwachungsgeräten, die auch eine Funküberwachung einschließen. London erhoffte sich dadurch eine Mitteilung über die genaue Position der *Austral Soma*. Aber auch aus dieser Richtung kam keine Hilfe.

Ebenso erfolglos war Seaclaim, eine private Firma, die sich darauf spezialisiert hatte, gestohlene Jachten wieder aufzutreiben. Seaclaim wurde nicht fündig, obwohl man ihnen ein Foto der *Austral Soma*, eine Broschüre und sämtliche Einzelheiten des Schiffs zur Verfügung stellte.

Für alle, die an den neuen Ermittlungen arbeiteten und sich täglich im Hauptquartier zusammenfanden, war es eine frustrierende Zeit. Wo, zum Teufel, war ihr Mann?

Die Polizei beschloß, sich auf die Aktivitäten von Mark Newall zu konzentrieren, denn man ging davon aus, daß die Brüder sich über kurz oder lang in Verbindung setzen würden. Zwei Fakten konnte man mühelos in Erfahrung bringen: Mark hatte eine Postadresse in London, und die *Austral Soma* war eine in Großbritannien registrierte Jacht, deren Papiere erst an diese Adresse geschickt worden waren, nachdem Roderick sich so überstürzt aus England verabschiedet hatte.

Die Firma, bei denen man die Postadressen mieten konnte, gab ihre Politik der Vertraulichkeit auf, als die Polizei von Jersey sich nach den Einzelheiten erkundigte. Alle eintreffende Post, erklärte die Firma, würde einmal im Monat an Marks Wohnung in Paris geschickt.

Andere Ermittlungen ergaben, daß Mark häufig in Blake's Hotel im Süden von Kensington abstieg, einem der exklusivsten Hotels in London. Dort ist jedes Zimmer in einem anderen Dekor gehalten. Die individuelle Einrichtung muß Mark sehr gefallen haben, denn in einem Jahr übernachtete er dort vierundfünfzigmal.

Diese Spur wurde von einer der Polizistinnen im Team von Jersey verfolgt, Sandra Genee. Es gelang ihr, Detective Constable Stephen Kibble von der Kriminalpolizei Kensington für weitere Ermittlungen zu gewinnen.

Charles MacDowall erläutert:

> Das war ein bedeutender Kontakt, denn wir erfuhren, daß Mark bald wieder dort absteigen würde. Er hatte sogar ein Fax geschickt und gebeten, einen Kurier zu der Postadresse zu schicken, um dort lagernde Post für ihn bis zu seiner Ankunft im Hotel aufzubewahren. Mark blieb nur eine Nacht in Blake's Hotel, und dort erfuhren wir, daß er eine Nummer in New York

> angerufen hatte, als es dort halb elf Uhr abends Ortszeit war. Sandra rief beim FBI an und bat die Kollegen, die Nummer herauszufinden – sie gehörte der New Yorker Niederlassung der Air France. Wir fanden es seltsam, daß er um diese Uhrzeit dort angerufen hatte. Wir erfuhren auch, daß Mark eine Reihe von Flügen gebucht hatte. Er flog von London nach Paris, von Paris nach Madrid und von Madrid nach Tanger. Jetzt waren wir überzeugt, daß er die Papiere der *Austral Soma* bei sich hatte und sie Roderick in Tanger übergeben wollte.

Es war eine scharfsinnige Folgerung, die kurz darauf noch erhärtet wurde.

Detective Inspector Martin Fitzgerald, der von Anbeginn mit dem Fall Newall beschäftigt war, erhielt einen Anruf von Emma-Jane Lonsdale, deren Auto und Wohnung Roderick während seines Aufenthalts in Großbritannien benutzt hatte. Sie berichtete, daß Roderick, der im Umgang mit dem anderen Geschlecht nie schüchtern war, sie eingeladen hatte, zu ihm nach Tanger zu kommen.

Die Polizisten aus Jersey fühlten sich bestätigt. Tanger, nur fünfunddreißig Kilometer von der Südspitze Spaniens entfernt, war Roderick gut bekannt; er hatte den Hafen schon öfter angelaufen.

Für die Polizei war es der Durchbruch auf der Suche nach Roderick, seit er dem schottischen Überwachungsteam vor neunzehn Tagen entwischt war.

Man kam überein, daß ein Vertreter der Polizei von Jersey so nahe wie möglich bei dem Verdächtigen sein sollte, deshalb wurde Detective Sergeant Charles MacDowall nach Gibraltar geschickt, um dort mit der

Royal Gibraltar Police mit dem Ziel zusammenzuarbeiten, Roderick in Marokko aufzuspüren.

Charles MacDowall:

> Meiner Meinung nach war es sinnlos, die Royal Navy um Hilfe zu bitten. Aber Assistant Chief Officer Barry Simpson hatte die Vorbereitungen schon getroffen und sich sowohl mit dem Büro des stellvertretenden Gouverneurs von Jersey wie auch mit dem Verteidigungsministerium in London in Verbindung gesetzt. Als ich in Gibraltar eintraf, wurde ich von Detective Inspector Louis Wink in Empfang genommen. Er sagte mir, wenn wir nicht die Unterstützung der Navy erhielten, müßten wir uns selbst ein Boot beschaffen, und wenn es ein Ruderboot wäre. Ich malte mir aus, wie wir beide über den Atlantik ruderten, den verhafteten Roderick an Bord.

Die beiden Polizeibeamten stimmten überein, daß es ideal wäre, wenn sie einen Beobachtungsposten in Tanger hätten. Zwei Mitglieder des Drogendezernats von Gibraltar meldeten sich freiwillig. Sie wollten verdeckt in der marokkanischen Hafenstadt ermitteln, ohne Wissen und Unterstützung der marokkanischen Behörden. Sie sollten als Touristen auftreten und hatten die Aufgabe, im alten Hafen die *Austral Soma* ausfindig zu machen und den jungen Eigentümer zu identifizieren.

Sie bestachen einen Wachmann an der Einfahrt zum Hafen und entdeckten Rodericks Jacht sofort. Danach suchten sie sich ein Hotel aus, von dem sie freien Blick auf den Hafen und die Jacht hatten.

Aber ganz so leicht wurde ihnen die Zimmersuche dann doch nicht gemacht: Das Zimmer, für das sie sich entschieden, genehmigte man ihnen nicht: Es hatte ein Doppelbett, was dem Hotelmanager für zwei Männer nicht angemessen schien. Er wies ihnen statt dessen ein Zimmer mit zwei Einzelbetten zu.

Sie ließen sich das Essen aufs Zimmer bringen und legten sich abwechselnd zum Schlafen hin, während der wachhabende Beamte die *Austral Soma* und mögliche Aktivitäten an Bord mit dem Fernglas im Auge behielt.

In der Zwischenzeit kam die formelle Bestätigung aus London: Die Royal Navy war zur Unterstützung bereit. Die Mannschaft des Patrouillenboots HMS *Ranger* stand bereit und wartete auf Instruktionen. Falls erforderlich, so verlautete aus London, hätte man auch die HMS *Argonaut* einsetzen können, eine mit Exocet-Raketen ausgerüstete Fregatte, die Gibraltar zu einem Besuch angelaufen hatte. Im Hafen wurden kleinere Reparaturen an dem Schiff vorgenommen.

Auch die Scharfschützenabteilung der Polizei von Gibraltar war informiert und zur Hilfe bereit. Diese Elitetruppe war in der besten Tradition der SAS in Hereford ausgebildet worden.

Charles MacDowall erinnert sich:

> Gerade als wir erfuhren, daß sich an Bord der *Austral Soma* etwas tat, brach unser Verbindungssystem zusammen, und wir verloren den Kontakt zu unseren Leuten in Tanger. Ich nehme an, daß die Leute im Hotel mißtrauisch geworden waren. Einer der Kollegen hing ständig in der Halle am Telefon, wenn er uns über den neuesten Stand der Aktivitäten berichtete.

> Eine Stunde lang war der Kontakt abgebrochen, und wir dachten, unsere Leute wären verhaftet worden. Wir diskutierten schon großartige Befreiungspläne, wie wir andere Mitarbeiter mit einem Flieger ins Land bringen konnten. Aber während wir noch Pläne schmiedeten, wurde die Verbindung wiederhergestellt, und wir erfuhren, daß die *Austral Soma* sich mit Brennstoff versorgte und sich offenbar auf die Abreise vorbereitete.

Es wurde Zeit, daß auch die Royal Navy sich auf ihren Einsatz vorbereitete. Commander Tim Appelyard begrüßte Charles MacDowall und fünf Angehörige der Scharfschützenabteilung an Bord der HMS *Ranger*.

Als MacDowall auf den Radarschirm blickte und das Gewimmel der Schiffe sah, die sich im Mittelmeer tummelten, hatte der Polizist aus Jersey keine große Hoffnung, daß sie Roderick auf See stellen könnten, zumal die Ermittler aus Tanger keine Hinweise hatten geben können, wohin die *Austral Soma* unterwegs war.

Die letzte Nachricht, die sie aus Tanger geschickt hatten, nachdem sie den Kurs der *Austral Soma* an der Küste verfolgten, konnte kaum unbestimmter sein: »Links, links, links«, hatten sie die Kollegen in Gibraltar wissen lassen, »und dann weiter in den Atlantik.«

Als die *Ranger* bereit war, mit der Überprüfung von Schiffen zu beginnen, setzte Dunkelheit ein. Dann, gegen ein Uhr dreißig in der Nacht, wurde ein kräftiger Lichtstrahl auf die Brücke der *Ranger* gerichtet, der die Scharfschützen zwang, rasch in Deckung zu gehen, damit man sie nicht sehen konnte. Ein paar Sekunden lang waren alle geblendet, denn die Lichtquelle befand sich in einer Entfernung von höchstens zweihundert Metern.

Die Nachtsichtgeräte machten bald deutlich, daß es Roderick Newall war, der offenbar auch auf See genau wissen wollte, wer sich in seiner Nähe aufhielt. Um ihn nicht beunruhigen, teilte ihm der Commander mit, daß alle Schiffe in der Gegend routinemäßig überprüft wurden.

Währenddessen wurde das Polizeihauptquartier in Gibraltar über die Sichtung informiert, und von dort gab man die Nachricht postwendend nach Jersey weiter. In der Rouge Bouillon steigerte sich die Aufregung. Sie waren ihrem Mann auf den Fersen.

Charles MacDowall berichtet:

> Die *Argonaut* war inzwischen wieder startklar, und beim ersten Morgenlicht stiegen wir auf diese Fregatte um. Ich dachte, die Boote würden einfach anhalten, aber das geschah nicht. Sie fuhren ziemlich schnell, ein Beiboot wurde ins Wasser gelassen, und dann kletterten wir an einem Strick hoch. Dieses Erlebnis gab mir wirklich einen ungeheuren Aufwind. Mir war, als könnte ich über Wasser gehen.

Der Kapitän des Schiffs, Bob Stevens, erläuterte die Strategie, die er sich überlegt hatte. Er würde warten, bis sie internationales Gewässer erreicht hatten, sich dann neben die *Austral Soma* legen und Roderick Newall informieren, daß sie ihn wegen Mordes verhafteten.

Charles MacDowall war mit diesem Vorgehen nicht einverstanden. Im Gegensatz zu allen anderen an Bord wußte er, daß Roderick von einem Selbstmordplan gesprochen hatte, den er ausführen wollte, um sich einer Verhaftung zu entziehen. Auf dem Tonband war das deutlich zu hören gewesen.

MacDowall schlug vor, daß sie wieder mit der Vortäuschung einer routinemäßigen Überprüfung arbeiteten; man konnte Roderick vielleicht sagen, daß man nach Drogen suchte. Der Kapitän stimmte zu, und die Beteiligten besprachen den Ablaufplan in allen Einzelheiten.

Die Verhaftung würde sich am einfachsten am Heck vornehmen lassen, gleich hinter den Hubschrauberhangars, da sich dort eine glatte, freie Fläche anschloß, die einem genug Platz zum Handeln ließ. Während dieser Diskussionen näherte sich die *Argonaut* langsam der in Kanada gebauten Jacht Rodericks.

Auf der Kriegsfregatte herrschte Alarmstufe eins, die von der Mannschaft erhöhte Wachsamkeit verlangte. Über Funk versuchte man, mit der *Austral Soma* Kontakt aufzunehmen, aber dort antwortete niemand.

Das Nebelhorn der *Argonaut* mußte Roderick gestört haben, denn er meldete sich jetzt selbst über Funk. Er erfuhr, daß die *Argonaut* von höherer Stelle ermächtigt war, Schiffe in der Gegend anzuhalten und zu durchsuchen. Bis dahin entsprach die Aussage der Wahrheit: Das internationale Seerecht gestattet der Royal Navy, an Bord jedes Schiffes mit der roten Flagge zu gehen, die alle in Großbritannien registrierten Schiffe zeigen, und auch die *Austral Soma*.

»Wie lautet der Name Ihres Kapitäns?« fragte der Funker auf der *Argonaut*.

»Roderick Newall.«

Als Roderick gebeten wurde, zur *Argonaut* zu kommen, um seine Papiere vorzulegen, schlug er vor, daß ein Bevollmächtigter zu ihm geschickt würde.

Nun war es an der Zeit, ein wenig von der Wahrheit abzuweichen.

Das sei unmöglich, wurde Roderick informiert, die Fregatte der Royal Navy wäre durch Treibgut beschädigt worden, als man am Morgen andere Schiffe überprüft hätte. Die Geschichte klang zwar nicht überzeugend, aber sie erfüllte ihren Zweck.

Charles MacDowall berichtet:

> Es ging alles sehr höflich zu. Wir sahen Aktivitäten an Deck. Ein Ruderboot wurde zu Wasser gelassen, und dann fing der Mann an zu rudern. Als er etwas näher gekommen war, erkannte ich, daß es sich um Roderick handelte. Er hatte sich einen Bart wachsen lassen. Er brauchte etwa fünf Minuten bis zu unserem Schiff. Es war ein sehr schöner Tag, aber der Wind war doch stark. Sie ließen eine Leiter hinunter, damit er an Deck klettern konnte.

An Bord wurde Roderick von einem Offizier der Royal Navy begrüßt, der unter seinem Hemd eine kugelsichere Weste trug. Er geleitete den Besucher dem Deck entgegen und sagte dabei nur einen Satz, der gewiß nicht im Lehrbuch steht und auch vorher nicht geprobt war.

»Junge, wir haben eine Überraschung für dich!«

Das hatten sie in der Tat. Denn während dieser Satz gesprochen wurde, tauchten fünf Mitglieder der Polizei von Gibraltar auf und bildeten einen Halbkreis um Roderick Newall. Sie waren in Schwarz gekleidet, im Stil der Sondereinheit, und einer trug eine Heckler &

Koch-Neun-Millimeter-Maschinenpistole, während die anderen vier normale Revolver in der Hand hielten, und jede Mündung zeigte auf Roderick.

Angehörige der Royal Navy, ebenfalls bewaffnet, nahmen am Heck des Bootes ihre Positionen ein, um zusätzlichen Schutz zu gewähren. Es waren scharfe Exocet-Raketen an Bord, und man hatte den Männern gesagt, sie sollten nicht das geringste Risiko eingehen.

Man befahl Roderick, sich flach auf den Boden zu legen, aber er weigerte sich. Der Befehl wurde wiederholt, dann ein drittes Mal ausgesprochen. Doch Roderick weigerte sich immer noch und ging trotzig auf die bewaffneten Männer zu.

Einer der Scharfschützen wich blitzschnell zur Seite, holte kurz mit dem Fuß aus und trat Roderick die Beine weg. Er fiel aufs Gesicht, wurde durchsucht und in Handschellen gelegt, die Hände auf dem Rücken.

Dann trat Detective Sergeant Charles MacDowall vor, in seiner Hand den Haftbefehl. Er sagte im Namen der Polizei des Staates Jersey: »Roderick Newall, Sie sind wegen Mordes verhaftet. Sie sind nicht verpflichtet, irgend etwas zu sagen, wenn Sie nicht möchten. Aber alles, was Sie sagen, kann schriftlich festgehalten und als Beweis gegen Sie verwendet werden.«

Es traf zu, daß die Polizei von Jersey fast fünf Jahre lang gebraucht hatte, um ihren Mann zu verhaften, nun aber hatten sie ihn.

»Er war gewiß überrascht«, erinnert sich der Kapitän der *Argonaut*. »Sprachlos, würde ich sagen. Es war eine ungewöhnliche Operation für uns, aber wir waren froh, daß wir behilflich sein konnten.«

Roderick Newall wurde in einen Lagerraum geführt, und Charles MacDowall blieb bei ihm, während vor der Tür ein bewaffneter Mann der Navy Wache hielt. Jetzt, allein mit MacDowall, war Roderick nicht mehr sprachlos. Seine alte Tollkühnheit brach wieder durch: Wenn er gewußt hätte, sagte er, daß man ihn in eine Falle lockte, hätte er das Kriegsschiff mit seiner Jacht gerammt.

MacDowall wollte von Roderick wissen, warum er so herausfordernd auf die bewaffneten Männer zugeschritten war, nachdem er erkannt hatte, daß er in die Falle gegangen war.

Er hätte sich überlegt, antwortete Roderick, ob er riskieren sollte, einem der Männer die Waffe zu entwenden. Roderick Newall – ein Draufgänger bis zum Ende.

Charles MacDowall räumt ein:

> Ich sah schon Bilder vor mir, daß jemand von einer Kugel getroffen wird. Aber nachdem es vorbei war, machte er keinerlei Ärger. Er zeigte auch wenig Emotionen. Er saß nur da und guckte Löcher in die Luft, als ob er in eine eigene Welt eingetreten sei. Ich verbrachte die Zeit als eine Art Kindermädchen für ihn, holte ihm Decken, Tee und andere Dinge. Es entwickelte sich eine gewisse Beziehung zwischen uns, und er erzählte mir Dinge, die nicht in seinem Interesse liegen konnten.

Es war diese Unfähigkeit, seine Rolle bei den Morden zu verschweigen, die ihn erst in diese Lage gebracht und die Verhaftung ermöglicht hatte. Dann aber erinnerte er sich an seine eigene Ausbildung und an Verhörtechniken, und er zog sich wieder in sich selbst zurück. »Ich darf nicht vergessen«, sagte er, »daß ich mich nicht in die Hand verlieben darf, die mich füttert.«

Der Einsatzplan hatte sich von Anfang an nur darauf beschränkt, Roderick nach Gibraltar zu bringen, nicht nach Jersey, obwohl es den anklagenden Behörden lieber gewesen wäre, wenn es den Umweg über Gibraltar nicht gegeben hätte. Sobald sich Roderick auf dem kleinen britischen Fleck an der spanischen Mittelmeerküste befand, wurde er sofort wieder verhaftet, diesmal auf Grund eines Haftbefehls, den die Polizei von Gibraltar erwirkt hatte.

Der verwirrte Gefangene brauchte nicht darauf aufmerksam gemacht zu werden, daß es höchste Zeit war, seinen Anwalt auf Jersey anzurufen, David Le Quesne. Er erreichte ihn schließlich in seinem Haus in der Gemeinde von St. Clement.

Am Ende des Gesprächs wandte er sich an die Männer, die um ihn herum standen, und teilte mit, daß es in seinem Interesse wäre, so schnell wie möglich auf die Insel zurückzukehren.

Charles MacDowall erinnert sich:

> Als ich an diesem Abend ins Bett ging, hatte ich seit zwei Tagen nicht mehr geschlafen, aber ich konnte auch jetzt nicht schlafen. Es war eine gewaltige Erfahrung, auch auf der emotionalen Ebene. Denn beide Jungen waren stets sehr arrogant gewesen. Sie schienen zu glauben, daß alle Polizisten blöd wären, besonders die in Jersey, als hätten sie irgendwie Stroh zwischen den

Zähnen. Roderick wollte nicht glauben, daß die Polizei von Jersey sich die Mühe gemacht hatte, die Royal Navy zu mobilisieren, um ihn mitten auf dem Atlantischen Ozean zu verhaften. Und auf gewisse Weise ging es mir auch so. Eine solche Aktion erwartet man vielleicht von der Londoner Polizei, nicht aber von unserer kleinen Mannschaft in St. Helier. Und doch haben wir es gemeinsam durchgezogen.

In der Rouge Bouillon herrschte Hochstimmung. Natürlich waren im Laufe der fast fünf Jahre Fehler gemacht worden. Im nachhinein hätte man viele Dinge anders angefaßt, aber all das gehörte jetzt der Vergangenheit an.

Für die Polizei von Jersey hatten die Bemühungen zu einer dramatischen Verhaftung geführt, die in der Geschichte der Insel ihresgleichen sucht.

Roderick Newall war dem schottischen Überwachungsteam entwischt. Aber zweiundzwanzig Tage später hatte man ihn dazu gebracht, der Polizei von Jersey in die Arme zu rudern. Nur ein paar Minuten hatte seine Wachsamkeit nachgelassen, er hatte eine Situation falsch eingeschätzt, und dafür würde er teuer bezahlen müssen.

9

›Lieber lebend auf Jersey als tot in Gibraltar‹

Gibraltar – oder ›Gib‹, wie man es auch liebevoll nennt – ist ein kostbares Juwel. Es ragt in die tiefblaue Meeresstraße hinein, die auf hauchdünnen acht Meilen zwei ungeheuer unterschiedliche Kontinente voneinander trennt. Hier begegnen sich das warme Wasser des Mittelmeers und der Atlantik. Diese einmalige Lage hat Eindringlinge seit Jahrhunderten angelockt, und sie alle haben zur lebendigen Geschichte des Küstenstreifens beigetragen und ihm einen Charakter verliehen, in dem sich die verschiedenen Kulturen widerspiegeln, die Gibraltar im Laufe der Zeit beherrscht haben.

All das entspricht zweifellos der Wahrheit. Aber das Bild von Gibraltar, das die einheimische Touristenbehörde vermittelt, unterschied sich gewiß von den Eindrücken, die sich Roderick Newall aufdrängten. Denn er fand sich in einer Situation wieder, die kaum unfreundlicher und karger hätte sein können: Er war im Moorish Castle Prison inhaftiert.

Die maurische Burg wurde während der Eroberung der Iberischen Halbinsel gebaut und trägt die Narben von vierzehn Belagerungen, die sie über sich ergehen lassen mußte. In den Werbebroschüren des ›Felsens‹ wird sie selten erwähnt.

David Le Quesne war bewußt, daß Roderick einen tüchtigen einheimischen Anwalt benötigte, mit dem er zusammenarbeiten mußte, um die Auslieferungsprozedur aufeinander abzustimmen. Er setzte sich mit Chris Finch in Verbindung und bat ihn, die Interessen seines Mandanten zu vertreten.

Finch, ein früherer Offizier der Royal Air Force und Angehöriger der Polizei von Gibraltar, ehe er mit dem Jurastudium begann, hatte schon einen guten Ruf. Er hatte die Familien der drei Mitglieder der IRA vertreten, die britische Sicherheitsposten in der Kolonie erschossen hatten. Er war Feuer und Flamme für den neuen Auftrag und legte sich sofort ins Zeug.

Vor dem Gericht in Gibraltar klagte er: »Bei der Verhaftung Roderick Newalls gab es unnötige Brutalität. Der Akt grenzt an moderne Piraterie. War es wirklich erforderlich, ihn verschnürt wie eine Roulade hierher zurückzubringen?«

Finch war auch mit Rodericks Haftbedingungen nicht einverstanden, denn es wurde bald deutlich, daß man ihn als hohes Sicherheitsrisiko betrachtete: Er blieb in Einzelhaft, und sämtliche Telefongespräche wurden aufgezeichnet.

Rodericks Reaktion ließ nicht lange auf sich warten. Die Taktik mochte bei seinem Aufenthalt im Gefängnis La Moye auf Jersey nicht viel bewirkt haben, trotzdem beschloß der einstige Soldat, daß er in einen unbefristeten Hungerstreik trat. Er lehnte jede feste Nahrung ab.

Berufsrichter Felix Pizzarello fühlte sich im Mittelpunkt des öffentlichen Interesses nicht wohl, und nach fünf Tagen ordnete er eine Untersuchung der angeblich schlimmen Haftbedingungen an. Für Roderick war das ein kleiner Erfolg gegen die Strafvollzugsbeamten, von denen er sich absichtlich benachteiligt fühlte.

Der Erfolg brachte aber keine entscheidenden Verbesserungen mit sich, denn am Mittwoch, 9. September 1992, genau fünf Wochen nach seiner Verhaftung auf hoher See, schlitzte sich Roderick mit einer Rasierklinge, die ihm in die Zelle geschmuggelt worden war, die Handgelenke und die Lenden auf.

Als die Wärter ihn fanden, lag er seit anderthalb Stunden versteckt unter den Laken. Er hatte mehr als drei Liter Blut verloren. Wäre er nur wenige Minuten später gefunden worden, hätte er keine Überlebenschance mehr gehabt.

Er wurde auf die Intensivstation des St. Bernard's Hospital gebracht. Zur gleichen Zeit durchsuchten die Wärter seine Zelle und entdeckten eine kleine Menge Kokain.

Bei seinem Besuch im Dunkeld House Resort Hotel Mitte Juli hatte Roderick seinem Onkel gesagt, daß er nicht zögern würde, sich das Leben zu nehmen, statt die besten Jahre seines Lebens im Gefängnis zu verbringen. Um Haaresbreite hatte er sein Versprechen eingelöst.

Nan Clark hielt sich in ihrem Haus in Alicante in Südspanien auf, als sie vom Selbstmordversuch ihres Neffen hörte. Sie flog sofort von Valencia nach Malaga. Dort mietete sie ein Auto und fuhr die Küstenstraße entlang nach Gibraltar.

Sie erinnert sich:

> Als ich Roderick sah, wirkte er auf mich, als stünde er unter Drogen, und ich spreche nicht von medizinischen Drogen. Natürlich wußte ich zu diesem Zeitpunkt, daß er meine Schwester getötet hatte. Es gab nur eine Möglichkeit, damit fertigzuwerden: Ich mußte mir sagen,

daß ich meinen Neffen besuchte, daß er trotz allem Elizabeths Kind blieb, und daß sie gewollt hätte, daß ich mich auch jetzt nach besten Kräften um ihn kümmere.

Nan Clark buchte ein Zimmer im Holiday Inn in Gibraltar. Detective Sergeant Charles MacDowall, der Roderick auf der HMS *Argonaut* verhaftet hatte, begleitete sie zum Krankenhaus. Als sie dort eintrafen, liefen Offizielle, Wächter, Krankenschwestern und Rechtsanwälte aus allen Fluren zusammen – keine ideale Voraussetzung für einen Krankenbesuch, erst recht nicht für eine vertrauliche Aussprache.

Aus Nan Clarks Tagebuchaufzeichnungen:

> Roderick blaß, schockiert. Zwei Polizisten bewachen ihn im Zimmer, einer steht draußen im Flur. R schien zuerst entsetzt zu sein, dann freute er sich. Plötzlich tauchte Finch auf und blieb am Bettende stehen. Holte sich Anweisungen, ging dann wieder. R bat mich, mit Finch zu reden und ihn zu beurteilen. Fing an, über Haftbedingungen zu sprechen, wurde aber von einem Polizisten daran gehindert. Die Schwester bat mich zu gehen. Um halb sechs am Nachmittag besuchte ich ihn wieder. Vorher war ich bei Finch. Ich war nicht beeindruckt und sagte das R. Ich ließ ihm einige Bücher da. Später schrieb ich ihm ein paar Zeilen über das, was ich fühlte. Ich schrieb auch, daß er sofort nach Jersey gebracht werden könnte, obwohl Finch das Gegenteil sagt. Am anderen Tag wieder im Krankenhaus. Nicht ganz der Standard wie bei uns. Ameisen auf dem Boden etc. Sah tiefe

Wunde am linken Arm. Besorgt über Entzündung der Beinwunde, die bei der Transfusion ausgelöst wurde. Später schien R besser drauf zu sein, flog deshalb ein wenig zuversichtlicher nach London zurück.

Sprach mit Mark, der in den Staaten ist. Las ihm meine Notizen vor. Wie gewöhnlich widersprach Mark allem. Ich sagte ihm, er solle Detective Inspector Adamson anrufen. Er sagte, du siehst doch, was Roderick vom Reden hat. Er sagte, daß er mir nicht traut ...

Zwei Tage nach der Abreise seiner Tante nach London war Roderick wieder in seiner Zelle und schrieb ihr einen Brief. Er war bemüht, auf die verschiedenen Punkte zu reagieren, die sie angesprochen hatte. Zuerst entschuldigte er sich, daß er nicht sehr mitteilsam gewesen war und erklärte, daß er sich, ebenso wie sie, durch die Anwesenheit vieler Leute gehemmt fühlte.

Trotz der Bedenken seines Anwalts, schrieb er, hätte er einer psychiatrischen Behandlung zugestimmt. Aber er konnte nicht auf den Rat seiner Tante eingehen und seine Verlegung nach Jersey beantragen. Er hatte sich entschlossen, in Gibraltar zu bleiben und von hier aus seinen Kampf zu fechten. Seiner Meinung nach war das Rechtssystem in Gibraltar dem britischen ähnlicher als das in Jersey, und in Jersey rechnete er nicht mit einem fairen Prozeß.

Der Brief endete mit einem Satz über seine Sorge um Mark. Als er zuletzt mit ihm gesprochen hatte, schrieb Roderick, war der jüngere Bruder in den USA gewesen, und Roderick hatte den Eindruck erhalten, daß Mark angesichts der Geschehnisse nicht in der Lage war zu arbeiten.

Im Keller des Museums La Hougue Bie in Grouville auf Jersey herrschte eine aufgeregte und gleichzeitig besorgte Stimmung. Ein Angestellter hatte etwas entdeckt, was die Reste eines menschlichen Beins zu sein schienen. Da sich niemand vorstellen konnte, wie das Bein dorthin gekommen war, oder wo der Körper sein könnte, zu dem das Bein einmal gehört hatte, hielt man es für die beste Lösung, die Polizei zu benachrichtigen. Im Hauptquartier an der Rouge Bouillon wurde der Anruf zum Newall-Team durchgestellt.

Auf Bitten der Polizei nahm die pathologische Abteilung des Krankenhauses in St. Helier eine umfassende Untersuchung des Funds vor. Es handelte sich zweifelsfrei um ein menschliches Bein, aber die Mediziner wollten sich nicht festlegen, ob die Knochen zu Elizabeth oder Nicholas Newall gehörten.

Sie schlugen vor, daß die einzelnen Knochenteile mit der Radiokarbonmethode untersucht würden, um ihr Alter feststellen zu können. An der Oxford University führte man solche Untersuchungen durch.

Ohne weitere Verzögerung wurden die Knochen in Polystyren gepackt. Da Detective Inspector Martin Fitzgerald und Detective Constable Charles Canham in anderer Mission im Fall Newall auf dem Weg zum Stützpunkt der Royal Air Force in Brize Norton in Oxfordshire waren, hoffte man, daß sie das kleine Päckchen noch mitnehmen und einen kleinen Umweg zur Universität machen würden.

Die beiden Detektive hatten eine weit längere Reise vor sich. Ihr Ziel waren die Falkland-Inseln, wo sie unbedingt mit Jérôme Poncet sprechen wollten, dem Forscher, mit dem Roderick sich so gut verstanden hatte.

Die Polizei von Jersey hatte es sich zur Aufgabe gemacht, die Beweisführung gegen Roderick Newall zu erhärten. Ihr war bewußt, daß sie keine Einzelheiten über Rodericks Jahre auf den Falklands kannten. Vielleicht gab es dort unten im Südatlantik jemanden, dem er sein Geheimnis anvertraut hatte.

Das war mehr als nur billige Spekulation, denn Roderick hatte in dem aufgezeichneten Gespräch mit Stephen und Gay Newall erklärt, daß noch eine Person außerhalb der engen Familie von seiner Schuld wußte, aber er hatte diese Person nicht benannt. Vielleicht hatte er Poncet damit gemeint.

Eine solche Aussage wäre für die Staatsanwalt im späteren Prozeß von großer Bedeutung, denn die Verteidigung hatte schon erklärt, daß sie gegen die Verwendung von Tonbändern Einspruch einlegen werde.

Während Roderick sich von seinem Selbstmordversuch erholte, flogen die beiden Polizisten aus Jersey mit der RAF via Ascension Island nach Port Stanley auf den Falkland-Inseln, wohin sie von Tornado-Kampffliegern begleitet wurden.

Gleich zu Beginn ihrer Nachforschungen stellten sie fest, daß Roderick bei der einheimischen Bevölkerung sehr beliebt gewesen war. Sie stellten ebenfalls fest, daß viele Menschen zögerten, mit der Polizei zusammenzuarbeiten. Die Ankunft der beiden Detektive war im Vorfeld bekannt geworden.

Es gab gewisse Parallelen zwischen Jersey und den Falklands: Die Reihen der Inselbewohner schließen sich eng zusammen, wenn Außenstehende den Eindruck vermitteln, sich hineindrängen zu wollen. Die Mund-zu-Mund-Propaganda wirkte rasch. Detektiv Canham erinnert sich:

Als Jérôme Poncet erfuhr, daß wir unterwegs waren, setzte er sich gleich mit seinem Anwalt in Verbindung. Andere Personen taten das auch. Zuerst erklärte sich Poncet bereit, mit uns zu sprechen, aber dann änderte er seine Meinung. Wir wollten zu ihm auf Beaver Island, eine Insel, die ihm gehört, aber dann sagte er uns, er würde dem Hubschrauber keine Landeerlaubnis geben. Obwohl wir viel über Rodericks Leben da unten erfuhren und eine bedeutende Lücke in seiner Biographie füllen konnten, war es doch so, daß wir mit leeren Händen nach Hause flogen. Ich muß schon sagen, es war ein langer Weg, um jemanden zu befragen. Und dann stellte sich auch noch heraus, daß unser geheimnisvolles Bein nichts mit unserem Fall zu tun hatte. Die Tests ergaben, daß die Knochen nicht fünf Jahre, sondern mehrere tausend Jahre alt waren und wahrscheinlich aus ägyptischer Zeit stammten.

Vor dem Magistrat in Gibraltar sollte bald die juristische Auseinandersetzung beginnen. Wer das Geschehen von außen betrachtete, der mußte durch die erhöhten Sicherheitsvorkehrungen den Eindruck gewinnen, als ginge es um eine Schlacht.

Nach Informationen, daß man mit einem Versuch rechnete, Roderick zur Flucht zu verhelfen, wurde die gesamte Scharfschützentruppe von Gibraltar eingesetzt, um Roderick Newall vom Moorish Castle Prison zum Gericht an der Main Street zu begleiten. Sie trugen paramilitärische Kluft und waren mit Maschinenpistolen bewaffnet, die sechshundert Schüsse in der Minute abfeuern konnten.

Die Kolonne fuhr mit hoher Geschwindigkeit zum Gericht, vor dem man hastig Stacheldrahtbarrieren erreichtet hatte. Es waren höchst ungewöhnliche Vorkehrungen, wenn man bedachte, daß es nur um ein Auslieferungsverfahren ging.

Auch im Gerichtssaal war die Atmosphäre gespannt. Staatsanwalt Desmond de Silva führte aus, daß es überwältigende Beweise gegen Roderick Newall gäbe, die ganz sicher ausreichten, um ihn von Gibraltar an Jersey auszuliefern. De Silva wußte natürlich, daß seine Trumpfkarte die Tonbandaufzeichnungen aus dem Dunkeld House Resort Hotel waren, während alle anderen Beweise gegen Roderick lediglich Indizien waren.

Der wortgewaltige Staatsanwalt in seinem Seidentalar fuhr fort:

> Die Staatsanwaltschaft geht davon aus, daß Roderick Newall seine Eltern getötet hat. Die Staatsanwaltschaft geht weiter davon aus, daß fast fünf Jahre später, als der Angeklagte in das Gesicht des identischen Zwillings seines Vaters blickte, die lange angestauten Schuldgefühle über seine Lippen sprudelten und zu einer Reihe von Geständnissen führten, die unzweifelhaft den Schluß zulassen, daß er verantwortlich ist für Vatermord und Muttermord. Diese Aussagen beinhalten das deutlichste Eingeständnis, in einen Mord verwickelt zu sein, ohne direkt zu sagen: »Ja, ich habe es getan.«

Die Verteidigung hielt dagegen. Was auch immer der Inhalt der Tonbänder sei, sie dürften nicht zugelassen werden. Da er bereits unter Mordverdacht stand, hätte Roderick Newall gewarnt werden müssen, ehe er sich an einem Gespräch beteiligte, das zustande gekommen war, um Beweise gegen ihn zu erlangen. Eine solche Warnung, so führte die Verteidigung aus, hätte Roderick ja auch erhalten, wenn die Polizei eine offizielle Vernehmung durchgeführt hätte.

Chris Finch sagte weiter, daß Stephen und Gay Newall als verlängerter Arm der Polizei agiert hätten, als sie sich mit ihrem Neffen im Hotel in Pertshire getroffen hatten. Darüber hinaus wiesen die Aussagen seines Mandanten nicht auf ihn als Mörder, sie enthielten lediglich den Hinweis, daß der Angeklagte gern etwas vertuschen wollte, um einen anderen zu schützen. Mit einem Geständnis hätte das nichts zu tun.

Finch sagte auch, daß die Worte von Onkel und Tante, so süß sie auch klingen mochten, doch verabscheuenswürdig seien, weil sie darauf abzielten, ein unüberlegtes Geständnis herauszulocken. Es war Teil einer groß angelegten arglistigen Täuschung, eine Mißachtung der Rechte seines Mandanten, eine Verschwörung der Polizei und von Stephen Newall, etwas zu erreichen, das sie nicht erreicht hätten, wären die Rechte des Angeklagten gewürdigt worden.

Es war ein beeindruckendes Plädoyer. Der Richter zog sich zur Entscheidungsfindung zurück.

So wichtig die rechtliche Auseinandersetzung auch war, so wenig war sie für die allgemeine Öffentlichkeit von Interesse. Dafür gab es eine Vielzahl von Frauen, die sich ausschließlich für Roderick zu interessieren schienen. Detective Inspector Jimmy Adamson, der von außen den Fall verfolgte, konnte die Verehrung für den Angeklagten nicht begreifen:

> Er hat von britischen Verehrerinnen Dutzende von Briefen erhalten, und mit der Zeit wurden es immer mehr. Ich weiß nicht, woran es liegt, aber wann immer sein Bild in den Zeitungen gedruckt wurde, in Handschellen und von Polizisten begleitet, hat das irgendeine weibliche Saite zum Schwingen gebracht. Viele Damen betonen, daß er gut aussieht und jungenhaften Charme ausstrahlt.

Außerdem war Roderick vom Glück begünstigt. Denn trotz der starken Beweislage gegen ihn entschied der Richter, daß die Tonbandaufzeichnungen nicht zugelassen werden könnten, weil sie, wie er es formulierte, ›auf hinterlistige Art‹ zustande gekommen wären und deshalb Rodericks Recht auf Schweigen ›umgangen‹ worden sei.

Es war ein erstaunlicher Sieg für die Verteidigung. Und für ein paar Stunden sah es so aus, als würde der gutaussehende Gefangene im Hochsicherheitstrakt bald wieder ein freier Mann sein, zweifellos von seiner stetig wachsenden Gemeinde weiblicher Fans als Held gefeiert. Er sah sich schon wieder mit der *Austral Soma* auf hoher See, und von neuem schmiedete er Pläne für den beabsichtigten Fährdienst in die Antarktis.

Dann schaltete sich Gibraltars Oberstes Gericht ein, und Rodericks Pläne erhielten einen Dämpfer. Es ließ eine Berufungsverhandlung gegen das Urteil der ersten Instanz zu.

Paul Marks hatte im Zuhörerraum des Gerichts gesessen, als Felix Pizzarello sein Urteil über die Zulässigkeit der Tonbandaufzeichnungen verkündet hatte.

»Ich fühlte mich physisch krank«, erinnert Marks sich. »Die englische Presse füllte den Gerichtssaal, und einzelne Vertreter jubelten Roderick zu, nachdem der Richter den Saal verlassen hatte. Ich wußte sofort, daß wir nun eine Karte ziehen mußten, von der ich gehofft hatte, daß wir sie nicht ins Spiel bringen mußten. Aber vor der nächsten gerichtlichen Auseinandersetzung hatten wir andere Beweise vorzulegen.«

Es war ein Glück, daß Detective Inspector Jimmy Adamson in der Zwischenzeit nicht müßig gewesen war. Weder er noch irgendein anderes Mitglied der Polizei von Jersey wünschte sich eine längere juristische Schlacht. Der Fall hatte schon viel zuviel ihrer Zeit gekostet. Es war ihnen von Anfang an klar gewesen, daß es einen hitzigen Streit über die Auslieferung geben würde, falls die Tonbänder nicht als Beweismittel zugelassen würden.

Sie wußten, wo ihr Mann war, und sie wußten, daß er nicht flüchten konnte. Das bot ihnen eine günstige Gelegenheit, nicht nur alle gesammelten Beweismaterialien gegen Roderick Newall noch einmal zu sichten, sondern auch weitere Indizien zusammenzutragen.

Aus diesem Grund hatte Jimmy Adamson in den Wochen vor dem unerwarteten Urteil in Gibraltar immer wieder die Tonbänder abgehört. Und je öfter er die bestimmte Stelle hörte, desto sicherer war er, daß die andere Person, bei der Roderick seine Schuldgefühle abgeladen hatte, eine Frau war.

Nach Rodericks Verhaftung auf See war die *Austral Soma* gründlich durchsucht worden. Unter den Gegenständen, die man auf der Jacht gefunden hatte, befand sich auch ein Fax, auf dem Rodericks sämtliche Kontakte aufgelistet waren. (Eine der ersten Auseinandersetzungen im Gericht von Gibraltar ging um Chris Finchs Antrag, das Gericht möge die Herausgabe dieser Liste verfügen.)

Jimmy Adamson ging die Namen und Telefonnummern sorgsam durch. Weil er seit so vielen Jahren an dem Fall arbeitete, waren ihm viele Namen schon vertraut; Schulfreunde, Freunde aus der Armeezeit, Freundinnen. Schließlich konzentrierte er sich auf einen besonderen Eintrag. Helena Pedo. Ein Name, den er bisher noch nicht gehört hatte. Daneben stand eine Telefonnummer, von der sich später herausstellte, daß es ein Anschluß in Brasilien war. Dreimal bekam Anderson keine Verbindung, dann aber konnte er eine andere Vorwahl auftreiben und hatte schließlich Erfolg.

Roderick hatte Helena Pedo im Sommer 1991 kennengelernt, als er allein über den Atlantik gesegelt war und schließlich in Pôrto Alegre anlegte, eine Stadt an der Kreuzung von fünf Flüssen, Hauptstadt des Bundesstaates Rio Grande do Sul im Süden von Brasilien.

Helena, eine attraktive geschiedene Frau mit drei Kindern, arbeitete als Englischlehrerin und Übersetzerin. Ihre Affäre mit Roderick hatte sich rasch entwickelt, denn nach nur wenigen Wochen wurde der Mann aus Jersey eingeladen, in ihre Wohnung zu ziehen.

Das mußte die Frau sein, über die Roderick so begeistert an Nan Clark geschrieben hatte.

Wußte sie, fragte Adamson, daß Roderick vor kurzem verhaftet worden war, weil er im Verdacht stand, seine Eltern umgebracht zu haben?

Nein, antwortete Helena, das hatte sie nicht gewußt. Aber an ihrem Tonfall meinte Adamson herauszuhören, daß diese Nachricht keine große Überraschung für sie war, und bald schon erfuhr er den Grund dafür.

Roderick hatte Helena zunächst erzählt, daß seine Eltern plötzlich verschwunden seien, aber nachdem sich die Beziehung gefestigt hatte, hatte er ihr gestanden, für ihren Tod verantwortlich zu sein.

Helena berichtete in präzisen Einzelheiten, was Roderick ihr darüber erzählt hatte. Adamson, dessen Tonband im Ermittlungszimmer in der Rouge Bouillon mitlief, konnte kaum seinen Ohren trauen.

Er war in Hochstimmung über diesen Durchbruch und überzeugt, daß er nun einen neuen Schlüssel in der Hand hielt, um den Fall auch gerichtlich klären zu können. Er klopfte an die Tür des Detective Superintendents Paul Marks. Der Chef der Kriminalpolizei von Jersey hörte sich das Tonband an und zweifelte ebenfalls nicht an der Bedeutung dieser Aussage. Dann schloß sich auch der Staatsanwalt dieser Meinung an, wenngleich er bezweifelte, daß Helena Pedo bereit war, als Zeugin der Anklage aufzutreten.

Paul Marks erklärt:

> Ich ermutigte Jimmy, eine Beziehung zu Helena Pedo aufzubauen, und danach sprachen sie ein paarmal am Telefon miteinander. Das war ein ziemlich kostspieliges Vergnügen, denn Junge, konnte sie reden! Aber sie war besorgt. Wenn sie bedroht würde, fragte sie, könnten wir sie dann beschützen? Ja, aber nur, wenn sie tat, was wir von ihr verlangten. Wir wollten sie natürlich keiner Gefahr aussetzen, aber wir wußten auch, daß wir rasch handeln mußten, denn wir

waren überzeugt, daß Roderick ahnte, welche Gefahr diese Frau für ihn darstellte. Es dauerte lange, bis wir sie überzeugt hatten. Wir sagten, daß wir ihren Flug nach London und zurück bezahlen würden. Aber sie bestand darauf, daß wir nach Brasilien kommen müßten, wenn wir sie sehen wollten. Wir machten uns auch Gedanken über Rodericks Bemühungen, die Adressenliste zurückzubekommen. Wen wollte er so dringend anrufen?

Anders als bei der Reise der Polizei zu den Falklands, der vorab der Presse mitgeteilt worden war, wurden diesmal sorgfältige Schritte eingeleitet, um den Besuch in Brasilien geheimzuhalten. Helena Pedo selbst hatte darauf bestanden. Die Flüge wurden mit der privaten Kreditkarte bezahlt, die Kosten für die erforderlichen Impfungen in bar beglichen und nicht der Polizei in Rechnung gestellt, und falls die Kollegen fragen sollten, lautete die offizielle Lesart, daß Marks und Adamson auf dem Festland ermittelten. An der Rouge Bouillon waren die Zeiten des *Glasnost* vorbei.

In den frühen Morgenstunden des Dienstag, 13. Oktober 1992, trafen die beiden Polizeibeamten in São Paulo ein. Helena Pedo hatte sich bereiterklärt, am Abend von Pôrto Alegre einzufliegen und die Besucher im Cad'oro zu treffen, einem Hotel, das im portugiesischen Kolonialstil erbaut war und am Rand des Rotlichtbezirks der Stadt lag. Die beiden Detektive waren müde von der langen Reise und froh, sich ein paar Stunden aufs Ohr legen zu können.

Paul Marks erinnert sich:

Ich fürchte mich beinahe krankhaft davor, mich mit Malaria anzustecken. Deshalb hatte ich ein großes Moskitonetz mitgebracht, das ich übers Bett spannte, dann auch noch einige elektrische Geräte und ein Spray. Ich sprühte mich ein, legte mich hin und fühlte mich einigermaßen sicher. Dann aber dann brach das Zelt aus dem Moskitonetz über mir zusammen. Jimmy Adamson war sauer, weil er kein Netz mitgebracht hatte, und seine elektrische Insektenabwehr funktionierte nicht, weil er keinen Adapter für die Steckdose hatte. Ich sagte: »Du brauchst gar nicht so bittend zu schauen, in meinem Bett schläfst du nicht.« Nach ein paar Stunden Schlaf klopfte das Zimmermädchen, und als es mich unter dem Moskitonetz sah, lachte es laut. Offenbar hatte es in São Paulo den letzten Malariafall vor zwanzig Jahren gegeben.

Am Abend machten es sich Marks und Adamson in der Lobby des Hotels gemütlich und warteten auf die Ankunft ihrer wichtigsten Zeugin.

»Wann immer eine Frau im passenden Alter hereinkam, schaute einer von uns ihr über die Schulter, um zu sehen, mit welchem Namen sie sich eintrug«, erinnert sich Marks. »Hätte jemand uns beobachtet, mußte er uns für ziemlich pervers halten. Wir warteten und warteten, aber sie kam nicht. Schließlich glaubte ich, daß wir unsere Zeit vergeudeten, und sagte das auch zu Jimmy. Sechstausend Meilen für nichts. Ich war wütend.«

Am anderen Morgen rief Adamson seine Zeugin Helena vom Konsulat aus an. Ihre Erklärung war entwaffnend einfach. Sie hatte ihre Meinung geändert: Sie wollte sich nicht von der Polizei vernehmen lassen.

»Also gut«, sagte der Detective Inspector. »Dann kommen wir eben zu Ihnen. Wir werden an Ihre Tür klopfen.«

Bevor Helena etwas erwidern konnte, hatte Adamson die Verbindung unterbrochen. Erst jetzt fiel ihm ein, daß er zuvor nicht die Zustimmung seines Vorgesetzten eingeholt hatte, der neben ihm stand. Außerdem hatte er keine Ahnung, wo im riesigen Brasilien Helenas Tür war, an die er klopfen wollte.

Marks beriet sich mit dem Vizekonsul und stimmte dann zu, daß sie versuchen sollten, Helena Pedo in ihrem Zuhause umzustimmen. Ein Fahrer des britischen Hochkommissars brachte sie zum Flughafen von São Paulo, und der Hochkommissar arrangierte überdies, daß die beiden Detektive in Pôrto Alegre vom dortigen Honorarvizekonsul abgeholt würden. Der Flug dauerte zwei Stunden.

Paul Marks erinnert sich:

> Ich erkannte den Mann sofort. Über eins achtzig groß, ein typischer Brite wie aus einem Roman von Graham Greene, Viehbaron und so. Er hielt uns einen knappen Vortrag über das Wesen der brasilianischen Frau. Er sagte, sie wollten höflich und zuvorkommend behandelt werden, und sie zierten sich gern. Wir müßten ihr den Eindruck vermitteln, daß sie für uns von Bedeutung wäre. Sie mußte sich wichtig vorkommen. Es war eine Lehrstunde in Sachen Verführung. Wir erzählten ihm über unseren Fall, denn wir waren der Meinung, wir könnten uns das erlauben. Schließlich waren wir sechstausend Meilen

von Jersey entfernt. Dann erwähnte er nebenbei, daß er den Vorsitzenden des Nationalen Vieh-Büros für Rinder aus Jersey kannte, der ein Freund von ihm war – und den auch ich kannte. Ich sah ein, daß ich leichtsinnig gewesen war, ihm soviel über den Fall zu erzählen …

Nachdem sie sich ein Zimmer in einem Hotel in Pôrto Alegre gemietet hatten, rief Jimmy Adamson erneut Helena Pedo an. Er wiederholte seine Ankündigung, daß sie in Kürze vor ihrer Tür stehen würden.

»Nein, nein, tun Sie das nicht«, antwortete sie hastig. »Ich komme zu Ihnen ins Hotel.«

Helenas Vater, ein einheimischer Rechtsanwalt, brachte sie bis vors Hotel und fuhr dann weiter. Nach der Begrüßung sagte Marks: »Wir sind einen weiten Weg gekommen, jetzt möchten wir Sie gern zum Essen einladen.«

Obwohl sie keine sehr hohe Meinung von Polizisten im allgemeinen hatte, erkannte Helena, daß Marks und Adamson es ernst mit ihr meinten. Schließlich hatten sie tatsächlich eine lange Reise zurückgelegt, um sie zu treffen. Sie nahm die Einladung zum Essen an.

Während die Detektive sich umzogen, stimmten sie ihre Strategie für die ›Verführung‹ ab. Adamson würde das Gespräch übernehmen und sich an Mineralwasser halten, während Marks Wein trinken und Helena ermuntern würde, es ihm gleichzutun. Diese Strategie erwies sich als Fehlschlag: Ihr Gast lehnte jeden Alkohol ab.

Adamson, ein glänzender Redner, trug den Fall mit großer Überzeugungskraft vor. Auch wenn Helena nicht bereit wäre, vor Gericht aufzutreten, erklärte er, würde ihnen schon eine schriftliche Bestätigung helfen. Was immer sie zu der Sache beitragen könnte, versicherte er ihr, würde nur im äußersten Notfall dem Gericht vorgelegt, sozusagen als letzte Möglichkeit, wenn andere Beweise nicht griffen.

Schließlich akzeptierte Helena ein Glas Wein, bevor Paul Marks die Flasche allein leeren konnte. Man sah ihr an, daß sie sich allmählich entspannte. Sie stellte ein paar Fragen zu dem Fall, und die beiden Detektive erkannten, daß sie das Vertrauen der Frau gewonnen hatten. Paul Marks bestellte noch eine Flasche Wein. Nach einem zögerlichen Beginn entwickelte der Abend sich doch noch zu ihrer Zufriedenheit. Als der Nachtisch serviert wurde, redeten alle drei angeregt über den Fall; es wurde offensichtlich, daß Helena zu einer Entscheidung gefunden hatte.

Ja, sagte sie, sie wäre jetzt bereit, eine schriftliche Erklärung abzugeben.

Paul Marks räumt ein:

> Ich erkannte erst später, daß sie den ganzen Abend mit uns gespielt und sich zum Schein gesträubt hatte, genau, wie der Vizekonsul uns gesagt hatte. Die ganze Zeit hatte sie gewußt, daß sie mit uns zusammenarbeiten würde. Sie hatte sogar mit einem Anwalt über den Fall gesprochen, und der hatte ihr geraten, ihrem Gewissen zu folgen. Und ihr Gewissen hatte ihr gesagt, daß sie auf unserer Seite stehen sollte.

Am folgenden Morgen kehrte Helena ins Hotel zurück, um ihre offizielle Aussage schriftlich festzuhalten. Was für eine Geschichte sie zu erzählen hatte!

Sie hatte vor etwas mehr als einem Jahr begonnen,

an einem kalten Julitag 1991. Helena und Roderick hatten am Kamin gesessen, und Roderick hatte sie gebeten, ein Buch aus dem Schlafzimmer zu holen, wo er dieses Buch gesehen hatte: Das *Glasperlenspiel* von Hermann Hesse. Das Leitmotiv des Romans ist der Ausbruch eines Mannes aus der Enge der Gesellschaft und seine Suche nach der wesentlichen Geistigkeit.

Als Helena ihm das Buch reichte, schlug Roderick sofort Seite 395 auf. Er wußte genau, was er ihr vorlesen wollte.

> *O weh, dachte er entsetzt, nun bin ich an seinem Tode schuldig! Und erst jetzt, wo kein Stolz zu wahren und kein Widerstand mehr zu leisten war, spürte er im Weh seines erschrockenen Herzens, wie lieb er diesen Mann schon gehabt hatte. Und indem er sich, trotz allen Einwänden, an des Meisters Tode mitschuldig fühlte, überkam ihn mit heiligem Schauer die Ahnung, daß diese Schuld ihn und sein Leben umgestalten und viel Größeres von ihm fordern werde, als er bisher je von sich verlangt hatte.*

Roderick hatte das Buch dann beiseite gelegt, und während ihm die Tränen übers Gesicht liefen, hatte er seine Freundin an den Schultern gepackt und immer wieder diesen einen Satz gesagt: »Ich bin ein Mörder. Ich bin ein Mörder. Ich bin ein Mörder.«

»Wir sind bei der schriftlichen Aussage so vorgegangen«, erklärt Paul Marks, »daß Jimmy alles niederschrieb und Helena Seite für Seite unterzeichnete. Ich hatte nur einen Gedanken im Kopf: Unterschreibe fleißig weiter, ändere bloß nicht deine Meinung.«

Sie änderte ihre Meinung nicht. Und es folgten noch viele Einzelheiten. Zum Beispiel, als sie schilderte, wie

Roderick ihr gesagt hatte, er wäre nicht nur verantwortlich für den Tod seiner Eltern, sondern empfinde auch tiefe Reue über die Tat.

Erst nach dem Tod der Eltern hatte er begriffen, wie sehr sie sich geliebt hatten. Er sprach von seinem Schmerz und der Bürde seiner Schuld. Und daß er sich gezwungen fühlte, Helena gegenüber sein Herz zu öffnen, weil sie sich so nahe gekommen waren.

Er hatte auch davon gesprochen, wie sehr er sich fürchtete, seinen Onkel Stephen in Schottland wiederzusehen, denn Roderick war überzeugt davon, daß er in der Gegenwart des eineiigen Zwillings seines Vaters sein Schweigen nicht würde aufrechterhalten können.

Paul Marks berichtet:

> Ich habe keinen Zweifel, daß Helena in Roderick verliebt war. Und daß Roderick gesagt hatte, er wolle sie heiraten. Aber bevor sie sich dazu entschlösse, gäbe es noch bestimmte Dinge, die sie wissen müßte. Obwohl sie darüber sehr beunruhigt war, wollte sie doch mehr herausfinden. Sie hatte Roderick im März 1992 auf eine Reise nach Miami begleitet.

Dort hatten sie sich einen gewalttätigen, aber populären Film angesehen, *Cape Fear*, in dem ein Psychopath, der von Robert De Niro gespielt wird, dem Staatsanwalt auflauert, der die Klage gegen ihn erfolgreich vertreten hatte.

Helena, deren Interessen Sprachen und Literatur sind, fand den Film entsetzlich. Roderick fand ihn sehr gut. Er vertraute ihr später an, daß es gut sei, in Furcht zu leben.

Ungefähr zu diesem Zeitpunkt erkannte Helena,

daß ihre Beziehung keine Zukunft hatte und überdies gefährlich war. Sie schlug Roderick vor, einen Psychiater zu konsultieren. Er antwortete, daß er sich nicht dazu in der Lage sähe, aber er bat sie, ihm dabei zu helfen, mit den Morden und seinem Schuldgefühl fertigzuwerden. Es war eine Aufgabe, die Helena nicht mit Freude übernahm.

Jimmy Adamson legte seinen Füllfederhalter hin. Helena leistete ihre letzte Unterschrift, und Paul Marks stieß einen gewaltigen Seufzer der Erleichterung aus. Was sie zu Papier gebracht hatten, war starkes, erstklassiges Beweismaterial.

Paul Marks erinnert sich:

> Als die schriftliche Aussage in der Aktentasche verstaut war, konnten wir alle entspannt durchatmen. Wir gingen wieder zum Essen. Später holte Helena uns ab und zeigte uns die Stadt, auf die sie sehr stolz war. Sie nahm uns auch mit in einen der Slums, die ich sehr furchterregend empfand. Ich sagte zu Jimmy: »Laß bloß nicht deine Aktentasche aus den Augen.«

Die Reise war ein Erfolg. Die Doppelstrategie der Detektive hatte sich ausgezahlt. Es war an der Zeit, nach Jersey zurückzukehren.

»Wir hatten gehofft, Helena Pedo nie in den Zeugenstand rufen zu müssen, aber die Niederlage in der Frage der Zulässigkeit der Tonbänder brachte uns in einen Notstand, wie vorübergehend er auch sein mochte«, berichtet Marks. »Ich habe mich lange mit Philip Bailhache unterhalten, unserem Staatsanwalt – wir saßen auf einem Kinderspielplatz in der Nähe der RAF-Basis am Flughafen von Gibraltar –, und er stimmte zu, daß wir Helena Pedo den Flug und die Spesen vergüten. Sie sollte nach Jersey kommen, um vor einem Richter die schriftliche Aussage zu beeiden.«

Ein paar Tage später, als die Polizei im Auslieferungsverfahren die schriftliche Aussage Helena Pedos als Beweismittel vorlegte, war die Verteidigung völlig überrascht, oder – wie Marks es später beschrieb – sie war ›mundtot‹.

Die Aussage seiner früheren Freundin war nicht die einzige schlechte Nachricht, die auf Roderick wartete. Denn in derselben Woche, in der zweiten Hälfte des Dezember 1992, verfügte Gibraltars Oberster Richter Alister Kneller, daß Richter Felix Pizzarello sich geirrt hatte, als er die Tonbandaufzeichnungen nicht als Beweismittel zuließ. Nachdem Roderick zugegeben hatte, das Geständnis aus freien Stücken abgelegt zu haben, befand Kneller, hatte Pizzarello keinen Ermessensspielraum mehr, die Tonbänder als Beweismittel abzulehnen. Mit der Ablehnung, so der Oberste Richter, habe Pizzarello seine Machtbefugnis überschritten und in die Gerichtshoheit des Royal Court von Jersey eingegriffen.

Die Tonbandaufzeichnungen waren also zulässig. Aber das bedeutete noch nicht, daß die rechtliche Auseinandersetzung um diese Frage nun beendet war – weit gefehlt. Chris Finch legte sofort Einspruch gegen das Urteil ein und wandte sich an den Justizausschuß des Staatsrats, die höchste Berufungsinstanz.

Roderick selbst war kein Jurist, aber auch er sah, daß die Beweise gegen ihn immer erdrückender wurden. Er unternahm einen zweiten Selbstmordversuch, indem er eine Überdosis Schlaftabletten nahm, die jemand in seine Zelle geschmuggelt hatte.

Als man ihn fand, lag er im Koma. Wieder wurde er ins St. Bernard's Hospital gebracht, wo er längere Zeit ohne Bewußtsein lag. Doch nach achtundvierzig Stunden, am späten Abend des ersten Weihnachtstages, kehrte das Bewußtsein allmählich zurück. Falls es ein ernst gemeinter Versuch war, sich das Leben zu nehmen, war Roderick erneut gescheitert.

Es schien, daß man fast alles an den Wachen vorbei ins Moorish Castle Prison schmuggeln konnte, trotz einer Reihe von Überprüfungen und der ständigen Verstärkung der Sicherheitsbestimmungen. Drogen und Rasierklingen fanden auch weiterhin den Weg in Rodericks Zelle. Die Tatsache, daß er sich in Einzelhaft befand, schien nichts auszumachen. Zehn Wochen nach seinem zweiten Selbstmordversuch fand man eine Spritze in Rodericks Zelle, versteckt in einer Apfelsine. Wahrscheinlich war sie für Selbstmordversuch Nummer drei gedacht.

Für Verwandte wie Nan Clark, die Roderick trotz seiner Sünden liebte, war es ein schmerzlicher und äußerst frustrierender Prozeß, seinen körperlichen Verfall mitzuerleben, wie sie in ihrem Tagebuch festhält:

> Wer versorgt Roderick eigentlich mit all diesen Drogen? Einige von ihnen sind in Europa gar nicht auf dem Markt. R wird allmählich zerstört, und wenn er in Gibraltar bleibt, wird er nur noch eine Hülle sein. Das normale Leben zerrinnt ihm unter den Fingern. Bald wird nichts mehr vom alten R übrig sein, das Beste wird verschwinden. Finch bestärkt R darin, den Behörden gegenüber feindselig aufzutreten, womit er etwas zerstört, was R bisher geholfen

hat zu überleben – jedermanns Freund zu sein. R sieht jetzt wie ein Rauschgiftsüchtiger aus. Habe ihn aufzubauen versucht, bezweifle aber, ob es hilft. Ganz egal, welche Folgen es hat, überall wäre er besser aufgehoben als dort. Ich habe R gesagt: »Lieber lebend auf Jersey als tot in Gibraltar.«

Kurz vor neun Uhr am Mittwoch, 17. März 1993, hielt Mark Newall sich in seiner Wohnung in Paris auf. In spätestens einer Stunde würde er hinter seinem Schreibtisch in der Banque Arabe et Internationale d'Investissement sitzen. Sein Job als Fondsmanager florierte, und in seiner ganzen Umgebung genoß er hohes Ansehen, wie zuvor schon bei Sheppards in St. Helier. Aber an diesem Tag sollte er gar nicht erst bis zu seinem Arbeitsplatz kommen.

Paul Marks war die Erlaubnis erteilt worden, einen Haftbefehl gegen Mark Newall zu beantragen. Marks interessierte sich nicht für die Beweggründe des Staatsanwalts, gerade jetzt zu handeln; dem Chef der Kriminalpolizei ging es vor allem darum, rasch zu handeln, bevor jemand etwas erfuhr und Schwierigkeiten machte. Wieder Heimlichkeiten, Dokumente, diplomatisches Geschick – und wieder Flüge. Marks, Adamson und MacDowall sollten die Verhaftung vornehmen.

Am Morgen wurden die drei Detektive aus Jersey von ihren französischen Kollegen am Flughafen abgeholt und durch den frühen Morgenverkehr in die Stadt gebracht. Sie parkten gegenüber dem Eingang des eleganten Wohnhauses, in dem Mark Newall sein Apartment hatte.

Die französischen Beamten betraten die Wohnung

mit der Hilfe des Hausmeisters. Augenblicke später traten auch die Gäste aus Jersey ein. Da saß Mark schon blaß und still auf einem Stuhl, die Hände gefesselt.

Das Wohnzimmer seines Apartments, das zwei Etagen umfaßte, war geschmackvoll eingerichtet; mitten im Zimmer standen zwei Bäume. Eine Wand war von oben bis unten verspiegelt, und an der Seite führte eine Wendeltreppe hinauf zu einem kleinen Dachgarten und zwei Schlafzimmern, die je über ein eigenes Bad verfügten. Trübes Licht fiel durch die hohen Fenster.

Mark brauchte nicht lange, bis er seine legendäre Selbstbeherrschung wiedergefunden hatte.

Paul Marks erklärte später:

> Ich hatte ihn noch nicht kennengelernt, und mich kannte er auch nicht. Ich sah keinen Grund, warum ich mich ihm vorstellen sollte. Später saßen wir zusammen in einem der Büros der Brigade Criminelle; ich an einem Ende des Zimmers, er am anderen Ende, mit den Handschellen an einen Stuhl gefesselt. Er fragte mich, wer ich sei. Ich nannte ihm meinen Rang und meinen Namen und sagte, daß ich die Ermittlungen gegen ihn leite. Darauf erwiderte er: »Ich dachte, Sie seien der Kerl von der Botschaft, der meine Interessen wahrnimmt.« Ich weiß noch, daß ich dachte: Er nimmt sich verdammt wichtig.

Mark wollte es dann genauer wissen. »Ich nehme an, Sie sind aus England – ich habe Ihren Namen noch nie gehört.« Es war deutlich herauszuhören, daß es wohl mehr brauchte als einen Polizisten aus Jersey, um einen Mann wie Mark Newall in Paris verhaften zu lassen.

»Mit einigem Vergnügen versicherte ich ihm, daß ich ein Mann aus Jersey bin«, berichtet Marks, »und es schien ihm merklich zuzusetzen, daß er von einem Jersey-Bullen verhaftet wurde, und dann auch noch von einem dicken.«

Mark leistete zwar keinen Widerstand, aber man merkte ihm an, daß er innerlich kochte. Er hatte nie versucht, sich vor der Polizei zu verstecken. Im Gegenteil, er hatte sich oft die Mühe gemacht, sie zu informieren, wann er wo zu erreichen war. War es wirklich erforderlich gewesen, in einer so dramatischen Aktion gegen ihn vorzugehen? Welche neuen Informationen konnte die Polizei haben, die ihn derart belasteten?

Die Antwort lag in den Tonbandaufzeichnungen. Jeder, der sie abgehört hatte, vom Staatsanwalt von Jersey bis zum Obersten Richter von Gibraltar, stimmte überein: Was immer Roderick auch über seine eigene Schuld gesagt hatte – er gab sich allergrößte Mühe, einen anderen zu decken. Und dieser andere, glaubte die Polizei, war sein jüngerer Bruder Mark.

Marks Wohnung wurde genauestens durchsucht, und mehrere Gegenstände wurden mit nach Jersey genommen, wo sie eingehender überprüft werden sollten.

Auf dem Kaminsims fiel der Blick der Detektive von der Insel auf ein Papier, das keine genaue Untersuchung erforderte: Es war die Rechnung für das Abendessen im Sea Crest Hotel, Elizabeth und Nicholas Newalls letztes Mahl, eingenommen vor etwa fünfeinhalb Jahren. Was, um alles in der Welt, hatte die Rechnung hier zu suchen?

Ein paar Minuten später traten zwei wuchtige Gendarmen, die durch ihre Pillenschachtelhüte noch größer wirkten, in das Büro, legten Mark Handschellen an und führten ihn hinaus. Paul Marks folgte dem Trio zum Erdgeschoß. Später sah der Detective Superintendent den Verhafteten noch einmal, flankiert von den strammen Polizisten, wie er über das Kopfsteinpflaster des Innenhofs vor dem Pariser Justizpalast zum berüchtigten Stadtgefängnis La Santé abgeführt wurde. Was für ein Kontrast zu seinem gewohnten Leben in der Business Class.

Die Voraussetzungen für einen gemeinsamen Auftritt der Brüder Roderick und Mark Newall vor dem Gericht auf Jersey waren geschaffen.

Im Unterschied zu den Rechtsstreitigkeiten in Gibraltar ging das Auslieferungsverfahren in Frankreich schnell über die Bühne, denn schon sechs Wochen später betrat Mark Newall wieder die Insel Jersey, auf der er seine prägenden Jahre verlebt hatte, ehe er zuerst zur Vorbereitungsschule und dann nach Radley geschickt worden war.

Aber die Polizei bemerkte schon bald, daß Mark nicht viel zu sagen bereit war, wie aus Nan Clarks Tagebuch hervorgeht:

> 30. April 1993: Adamson rief um 16 Uhr 30 an und sagte, daß Mark vor zwanzig Minuten auf Jersey eingetroffen sei. Hat mit Le Quesne gesprochen, der sagt, daß Mark nicht reden wird. Adamson sagt, Le Q würde mit Rod sprechen, um ihn zu bewegen, keine weiteren Einsprüche einzulegen.

Vier Tage später brach Mark sein selbst auferlegtes Schweigen. »Nicht schuldig«, antwortete er, als er offiziell des Mordes an seinen Eltern angeklagt wurde. Er würde kämpfen, um seinen Namen reinzuwaschen, kämpfen um alles, was er bisher erreicht hatte. Es traf zwar zu, daß er nicht so zäh und körperlich nicht so fit war wie sein Bruder, aber Mark Newall sollte sich als starker Gegner erweisen.

Vierzehn Monate nachdem er Rodericks Interessen in Gibraltar vertreten hatte, stand Chris Finch erneut dem Richter Felix Pizzarello gegenüber. »Die Verteidigung bringt keine Einwände gegen die Auslieferung unseres Mandanten vor, weder was die Fakten angeht, noch was rechtliche Fragen betrifft. Seine Verteidigung beginnt zu dem Zeitpunkt, an dem er vor ein Gericht auf Jersey gestellt wird.«

Die *Jersey Evening Post* brachte es mit deutlichen Worten in die Schlagzeilen der Titelseite: ›Auslieferung – Newall gibt Kampf auf‹. Das entsprach der Wahrheit. Nach all den rechtlichen Winkelzügen, einem Hungerstreik, vier Selbstmordversuchen, vielen Monaten in Einzelhaft, einem Vermögen an Anwaltskosten und einer erhöhten Sicherheitsstufe, wie es sie in rechtlichen Angelegenheiten bisher noch nie in Gibraltar gegeben hatte, stimmte Roderick Newall schließlich einer Auslieferung zu.

Es war genau das, was Nan Clark ihm wenige Wochen nach seiner Ankunft in der kleinen britischen Kolonie geraten hatte. Am 5. November 1993 wurde es offiziell. Field Marshal Sir John Chapple, Commander in Chief der Stadt Gibraltar, ließ dem Leiter des Moorish Castle Prison eine Verfügung zukommen, daß Roderick Innes Nelson Newall umgehend auf die Insel Jersey zurückgebracht werden sollte. Da er selbst schon von Roderick angegriffen worden war, kam der Gefängnisleiter der Verfügung mit Freuden nach. Er konnte sich nicht erinnern, wann er über die Abreise eines Gefangenen schon einmal so erleichtert war.

In der Rouge Bouillon breitete sich das Gefühl des Sieges aus. Paul Marks, vor kurzem zum Assistant Chief Officer befördert, hatte mehr als einmal gespürt, daß dieser Fall sein ganzes Leben in Anspruch nahm, und er wußte, daß es ein paar Jahre zuvor Graham Nimmo ebenso ergangen war. Marks hatte die Aufgabe, die Arbeit der gesamten Kriminalabteilung zu leiten, und nicht, alle Zeit und Energie in die Ermittlungen des Falles Newall zu stecken. Doch der Fall nahm ihn voll in Anspruch. Über einhundert Flüge hatte er im Zuge der Ermittlungen bereits unternommen. Die Kosten waren ins Unermeßliche gestiegen. Sie hatten Nachtragsetats aufstellen müssen.

Aber für einen allerletzten Flug würden sie gewiß auch noch Zeit, Kraft und Geld haben – nämlich um Roderick Newall zurück nach Jersey zu begleiten. Zu diesem Zweck wurde eigens ein Citation Jet der Aviation Beauport Ltd. gechartert. Detective Inspector Martin Fitzgerald würde ebenso mitfliegen wie der Rechtsbeistand der Brüder, David Le Quesne. Bald schon würden Roderick und Mark Newall im Gefängnis Ihrer Majestät in La Moye vereint sein – nur einen Steinwurf vom Geschehen der Morde entfernt.

Paul Marks flog ein paar Tage vor dem Ablauf der Frist nach Gibraltar. Einige seltsame Geschehnisse hatten ihn zu besonderer Vorsicht gemahnt. Unter anderem hatte man in der Hotelsuite von Desmond de Silva eine Abhörvorrichtung entdeckt.

Martin Fitzgerald war auf eine ganz andere Schwierigkeit gestoßen. Was sollte Roderick daran hindern, an Bord des Flugzeugs seinen fünften Selbstmordversuch zu unternehmen? Fitzgerald traf sich mit Kapitän Greg Graham, um gemeinsam zu überlegen, welche zusätzlichen Sicherheitsvorkehrungen man treffen könnte. Keinen der beiden Männer reizte die Aussicht, daß Roderick plötzlich zum Notausgang stürzte.

Sie erwogen, dem Gefangenen Handschellen anzulegen, aber das hätte nur zu weiteren Problemen geführt, was die Sicherheit eines in der Bewegungsfreiheit eingeschränkten Fluggastes anbetraf.

Schließlich beschlossen sie, Roderick im Heck des Flugzeugs unterzubringen, so weit wie möglich vom Notausgang entfernt, und Fitzgerald würde unmittelbar an diesem Ausgang sitzen.

In fünfundzwanzig Dienstjahren hatte Martin Fitzgerald bei der Polizei von Jersey schon eine Menge erlebt, aber noch nie hatte er sich Gedanken um einen Mann machen müssen, der möglicherweise bereit war, sich aus einem fliegenden Flugzeug zu stürzen.

Rodericks Ankunft in Gibraltar war das Ergebnis dramatischer Stunden gewesen, dafür hatte schon die *Argonaut* gesorgt. Auch Rodericks Abreise sollte ein wenig aus dem Rahmen fallen, wie Kapitän Graham bald erfuhr.

Die Behörden hatte geheime Informationen erhalten, daß es Drohungen gegen ihre Mission gab. Bevor das Flugzeug also nach Jersey zurückfliegen konnte, setzten sich die Polizei von Gibraltar und die militärischen Nachrichtendienste zusammen und berieten, wie sie auf eine so unbestimmte Drohung reagieren könnten. Dabei stand nicht einmal fest, ob die Drohungen überhaupt ernst zu nehmen oder nur aufgeschnapptes Gerede waren. Doch wie es auch sein mochte: Alle Anwesenden stimmten überein, daß man bei dieser Mission nichts dem Zufall überlassen durfte.

Der Citation Jet wurde über Nacht in einen Hangar gefahren, in dem es ein elektronisches Überwachungssystem gab. Vor dem Hangar patrouillierten Wächter mit Hunden.

Um halb sechs am Samstag, 6. November 1993, trafen Kapitän Graham und sein Ko-Pilot am Flughafen ein. Sie hatten nicht gut geschlafen, denn sie hatten bemerkt, daß auch ihr Hotel von Wächtern mit ihren Hunden umstellt gewesen war. Man hatte den Piloten am Vorabend eingeschärft, nur im Restaurant des Hotels zu essen, um die Möglichkeit einer Vergiftung auszuschließen.

Es war also nicht überraschend, daß die beiden Männer unter plötzlichem Appetitmangel litten und sich nichts sehnlicher wünschten, als wieder ihr ganz normales Chartergeschäft aufzunehmen und Geschäftsleute von Jersey nach Frankreich und retour zu fliegen.

Eine halbe Stunde später wurden die Tore des Hangars halb geöffnet, und ein langer Konvoi von Fahrzeugen schlüpfte hinein. Im letzten Wagen saß Roderick, mit Handschellen an Martin Fitzgerald gefesselt.

Um sieben Uhr wurden die Tore weit geöffnet, nachdem der Tower die Startbahn freigegeben hatte. Es gab keine Wartezeit für den Jet. Man hatte Kapitän Graham gesagt, niemand könnte den Anschlag eines Scharfschützen ausschließen, deshalb fuhr er im Zickzack zur Startbahn und legte einen Blitzstart hin. Der Jet hob ab, und während Roderick noch einen letzten Blick auf das Moorish Castle Prison warf, schaute der

Kapitän erleichtert hinunter auf den Felsen, der immer kleiner wurde.

In Jersey herrschte eine angespannte, aufgeregte Atmosphäre. Jede Stunde wurden neue Informationen an die Medien gegeben. Mit dem Flughafenleiter hatte die Polizei ganz bestimmte Absprachen getroffen: Der Citation Jet sollte auf ein abgetrenntes Gebiet rollen, damit der normale Flugverkehr nicht gestört wurde.

Für die Medien war es ein spektakuläres Ereignis. Journalisten, Fotoreporter und Kamerateams hatten die Erlaubnis erhalten, den Troß von der Landung bis zum Umstieg in die Polizeifahrzeuge zu verfolgen, und jetzt rangelten die Medienvertreter um die besten Plätze; jeder wollte die besten und deutlichsten Aufnahmen von Roderick schießen.

Die Polizeieskorte mit Roderick sollte anschließend über den Maschinenpark des Flughafens fahren, der von Unbefugten nicht betreten oder befahren werden durfte; und von dort ging es zum Hauptquartier in die Rouge Bouillon. Alles war bis ins kleinste Detail ausgearbeitet.

Es kam zu keinem Zwischenfall, es gab keinen Scharfschützen und keine Bombe. Trotzdem blieb die Atmosphäre an Bord der Maschine während des gesamten dreistündigen Flugs äußerst gespannt. Nicht etwa, weil der Gefangene die ganze Zeit zum Notausgang schielte – dafür war er viel zu beschäftigt.

Er saß neben David Le Quesne und verbrachte die meiste Zeit damit, eine Karte von Jersey zu studieren. So intensiv hatte er sich schon lange nicht mehr mit der Topographie der Insel befaßt. Sein Blick richtete sich auf Grève de Lecq, eine Gegend, die ihm seit Kindertagen vertraut war.

Er markierte dort einen Punkt auf der Karte, nur ein paar hundert Meter von Crow's Nest entfernt, dem früheren Zuhause der Familie Newall, das Mark im Auftrag seiner Eltern an die Ellams verkauft hatte. Diese Gegend liegt in der Gemeinde von St. Ouen und gehört zu den schönsten, zerklüfteten Flecken der Insel.

David Le Quesne reichte die Karte an Paul Marks weiter. Der Polizist betrachtete die Markierung, nickte und ging zum Heck des Flugzeugs. Es gab eine kurze Unterhaltung mit Roderick, dann reichte Marks ihm eine Karte der Gegend von Grève de Lecq in einem größeren Maßstab. Man konnte das historische Gasthaus erkennen, die Moulin de Lecq, und auch die bewaldete Gegend, in der Mark und Roderick als Kinder gespielt hatten.

Er verfolgte mit dem Finger die gewundene Straße, die zur St.-Michael's-Schule führte, zu der er morgens gebracht und von der er nachmittags abgeholt worden war. Er war zwar mehrere Jahre nicht mehr auf der Insel gewesen, aber ihm schien jede Wegbiegung, jeder Tümpel vertraut zu sein, als wären sie in seinem Gehirn eingebrannt.

Roderick markierte zwei Stellen auf dieser Karte, ein Landstreifen auf der einen Talseite. Dann nahmen alle wieder ihre Plätze ein.

Martin Fitzgerald setzte sich dem Gefangenen und seinem Rechtsbeistand gegenüber. Roderick starrte aus dem Fenster und sah aus zwölftausend Metern hinunter auf das nördliche Spanien, sein Gesicht ein Bild der Hoffnungslosigkeit.

»Es war ein sehr bewegender Augenblick für mich«, erinnert sich Paul Marks. »Denn mir war klar, daß diese beiden Markierungen die Stellen bezeichneten, wo die Leichen von Elizabeth und Nicholas Newall vergraben waren.«

10

Die Gräber in Grève de Lecq

Ich mache diese Aussage aus freiem Willen. Ich gebe zu, daß ich am 11. Oktober 1987 meine Eltern im Haus Clos de l'Atlantique Nr. 9 getötet habe. Nach so langer Zeit ist mein Erinnerungsvermögen nicht mehr so gut. Nachdem Mark gegangen war, hielten sich meine Eltern und ich allein im Haus auf, und wir haben im Wohnzimmer weiter getrunken und geredet. Es entstand ein hitziger Streit, in dem viele alte Wunden wieder aufgerissen wurden. Die Auseinandersetzung mit meinem Vater spitzte sich zu. Wir standen uns gegenüber. Ich sagte ihm, was ich von ihm hielt, und dabei sagte ich Dinge, die ich nie zuvor gesagt hatte. Er schob mich von sich weg, ich stolperte rückwärts und fiel mit dem Kopf gegen den Wohnzimmertisch. Ich lag auf dem Boden und sah neben meinem Kopf einen Karton mit Sachen stehen, die ich am Tag zuvor vom Speicher geholt hatte, weil ich sie mitnehmen wollte. Oben auf dem Karton lag ein Paar Reisflegel, die ich an mich nahm. Ich schlug meinen Vater damit. Ich weiß noch, daß er zu Boden fiel.
Als nächstes erinnere ich mich daran, daß ich im Flur auf dem Boden saß. Ich stand auf und ging zurück ins Wohnzimmer, wo ich meinen Vater auf dem Fußboden liegen sah. Ich konnte keinen Puls mehr fühlen. In völliger Panik

schaute ich in der Küche nach, dann im Schlafzimmer, wo ich meine Mutter entdeckte. Der Anblick löste bei mir die Erinnerung aus, daß ich sie ebenfalls angegriffen hatte. Auch bei ihr konnte ich keinen Puls mehr fühlen. Ich begriff, daß ich meine Eltern getötet hatte.
Einige Zeit später habe ich Mark angerufen und ihm gesagt, was ich getan hatte. Ich sagte, jetzt bliebe mir nur noch, mich selbst umzubringen. Doch er brachte mich davon ab und versprach, zum Haus zu kommen. Als Mark eintraf, glaube ich, saß ich auf der Couch im Wohnzimmer und hielt eine Schrotflinte. Es gelang Mark schließlich, mich zu beruhigen, und er redete mir endgültig aus, mich umzubringen.
Mark und ich brachten die Leichen in den gemieteten Lieferwagen und vergruben sie. Danach kehrten wir ins Haus zurück und versuchten, alle Spuren des Geschehens zu vernichten. Meine Gefühle der Schuld und des Bedauerns sind seit jener Nacht immer stärker geworden. Ich fand es zunehmend schwieriger, ein Leben mit dieser Lüge zu führen. Ich wollte meinem Onkel und meiner Tante helfen, ihre Ungewißheit zu beenden, aber ich sorgte mich um die Auswirkungen, die es auf meine Großmutter haben würde, wenn wir die Morde wieder zur Sprache brachten. Ich sorgte mich besonders auch um Mark, der sich wirklich um mich gekümmert hatte, bis er sicher war, daß ich mir nicht das Leben nehmen würde. Er hat mir geholfen, mit dem, was ich getan habe, leben zu können. Ich war überzeugt davon, daß

die Polizei die Wahrheit nicht glauben würde: daß Mark nichts mit den Morden zu tun hatte. Kurz nach meiner Ankunft in Gibraltar wies ich meine Anwälte an, der Polizei vorzuschlagen, daß ich nach Jersey kommen würde, wenn Mark nicht angeklagt würde. Aber sie machten mir klar, daß die Polizei nicht mit sich reden lassen würde.

Ich begreife immer noch nicht, wie ich diese entsetzlichen Verbrechen begehen konnte. Ich glaube, sie wurden durch die Erinnerungen an eine verbitterte Kindheit verursacht – Erinnerungen, die im Streit wieder heraufbeschworen wurden. Ich fühle mich erleichtert, daß jetzt alles heraus ist. Ich bin entsetzt und beschämt über das, was ich meinen Eltern angetan habe. Es tut mir leid, daß Mark darunter leiden muß, wo er doch nur insofern in das Geschehen verwickelt ist, als er mir zu helfen und mich zu beschützen versuchte.

Möglich, daß es die Wahrheit war. Aber es war ganz sicher nicht die volle Wahrheit. Nicht, daß die Polizisten sich von Jersey sich deshalb besonders aufregten. Denn nach Jahren der Enttäuschungen hatten sie nun, was sie wollten. Und das auch noch ziemlich schnell, denn Roderick war erst sechs Stunden auf der Insel, als er das förmliche Geständnis im Hauptquartier an der Rouge Bouillon unterschrieb.

Aber die Polizisten wollten noch mehr als das Geständnis: Sie wollten die Leichen von Elizabeth und Nicholas Newall.

Wer sollte besser geeignet sein, ihnen die Stelle zu

zeigen, an der die Opfer vergraben waren, als der Mörder selbst?

Roderick erklärte sich sofort nach der Unterschrift des Geständnisses bereit, die Polizisten zu der Stelle zu führen, wo die Leichen lagen. Im nachhinein schien es der wahrscheinlichste Platz zu sein, nur wenige hundert Schritte von dem Haus in Grève de Lecq entfernt, in dem sie ihre Kindheit verbracht hatten.

Ohne jede Emotion schilderte Roderick den Polizisten, was in jener Nacht vor sechs Jahren und einem Monat geschehen war. Die beiden Brüder waren mit dem Renault-Lieferwagen den Hügel von Mont de la Grève de Lecq hinunter gefahren, hatten angehalten, die Leichen ihrer Eltern über eine Grasnarbe gerollt und das Fahrzeug dann unweit des Gasthauses Moulin de Lecq geparkt.

Roderick war dann die Straße zurückgelaufen, über ein Feld, und hatte die Gräber für seine Eltern geschaufelt.

Aber so vertraut ihm die hügelige Ecke im Nordwesten der Insel als Junge auch gewesen war, so sehr war er nun überrascht von den Veränderungen der Landschaft seit 1987. Deshalb war er nicht mehr sicher, wo genau die Gräber lagen. Er gab Jimmy Adamson – einer der wenigen Polizisten, die von Anfang an mit dem Fall zu tun gehabt hatten – fünf verschiedene Möglichkeiten an. Adamson erinnert sich, daß Roderick überaus bemüht war, die richtige Stelle zu benennen.

> Ich wußte, daß er im großen und ganzen die Wahrheit sagte. Ich dachte, daß er nun schon so weit gegangen war, daß es keinen Sinn gemacht

hätte, uns nun einen Haufen Lügen aufzutischen. Ich hatte den Eindruck, er wollte sich alles von der Seele reden. Ein paarmal kamen wir an Stellen, wo er auf die Knie ging und mit den Händen zu graben begann, als ob er sie selbst wieder freischarren wollte. Dabei hatte er mir gesagt, daß die Leichen wenigstens drei Fuß tief liegen müssen, denn er hatte ein sechs Fuß tiefes Loch gegraben.

Die fünf möglichen Stellen wurden gekennzeichnet. Die Suche sollte am nächsten Tag beginnen. Innerhalb weniger Stunden an diesem Sonntagmorgen standen viele Polizisten bis zu den Hüften in Löchern, die sie ausgehoben hatten. Bald schon sah die Gegend um Grève de Lecq eher wie eine archäologische Grabungsstätte aus und nicht mehr wie die malerische Touristenattraktion. Die Polizei hatte die Stellen weiträumig abgesichert.

Peter Warren vom Wasserwerk wurde gerufen, damit er die Veränderungen der Landschaft beschreiben konnte, die sich durch den Bau eines neuen Pumpwerks ergeben hatten. Zusätzlich wurde die Bevölkerung gebeten, alte Fotos von der Gegend um Grève de Lecq vorzulegen.

Dr. Gyan Fernando, der vom Innenministerium eingesetzte Pathologe und Gerichtsmediziner für die Grafschaften Devon und Cornwall, stand bereit für den Fall, daß man seine fachmännische Hilfe benötigte.

Auf der Insel und im ganzen Land herrschte eine Atmosphäre gespannter Erwartung, genä[illegible] von dem Gefühl, daß das letzte Geheimnis des in die Länge gezogenen Falles Newall, der die Inselbewohner seit dem Herbst 1987 zugleich entsetzt und fasziniert hatte, bald gelüftet wurde. Es konnte eigentlich nur noch Stunden dauern, bis die Leichen von Elizabeth und Nicholas Newall endlich gefunden wurden. Aber in diesem Fall verlief nichts ohne unvorhergesehene Schwierigkeiten.

Als sich am Montagabend die Dunkelheit über die Insel legte, waren drei mögliche Stellen ausgehoben worden, aber man hatte keine Spur von den Leichen entdeckt. Viele der an der Suche beteiligten Helfer ließen sich ihre Enttäuschung anmerken. Mit Hilfe des Wetteramtes hatte die Polizei rekonstruiert, welche klimatischen Bedingungen in der Nacht der Tat geherrscht hatten, aber auch diese Erkenntnis führte nicht zu neuen Ergebnissen.

Ein Besuch bei Roderick brachte auch nichts; er deutete wieder auf die fünf Stellen, die er schon vorher markiert hatte. Es mehrten sich die Stimmen, das ganze Unternehmen aufzugeben. Viele hatten das unbestimmte Gefühl, daß Roderick sie absichtlich in die Irre führte.

Das war auch Paul Marks' Meinung:

> Ich war davon überzeugt, daß er sich über mich lustig machte. Irgendwann an einem Abend legte ich einen Arm um seine Schultern und sagte: »Gut, daß ich nicht Ihr Ausbilder bei der Armee gewesen bin, denn ich wäre wütend geworden, wenn Sie die Stelle nicht sofort wiedergefunden hätten.« Er zeigte sich nicht beeindruckt. Ihm war klar, daß ich wußte, er hätte uns sofort zur richtigen Stelle führen können, wenn er gewollt hätte.

Und doch blieb der Polizei nichts anderes übrig, als mit der akribischen Suche fortzufahren. Am Beginn des dritten Tages wurden wieder neue Gräben rund um die Stelle gezogen, die Roderick als vierte Möglichkeit markiert hatte.

Als Jimmy Adamson hinzukam – er war wegen des Falles gegen Mark Newall vor Gericht gewesen –, zeigte er sich nicht glücklich über die Lage der verschiedenen Gräben, die über das ganze Gebiet verteilt waren. Er war der Meinung, daß man noch einen Quergraben ziehen müßte, bevor man auch diese Stelle als falsch abhakte.

Es zeigte sich, daß er eine gute Nase hatte.

> Ich grub zusammen mit dem Kollegen Robbins, als wir plötzlich spürten, daß sich die Bodenbeschaffenheit veränderte. Genau das hatte Roderick mir erklärt. Und dann stießen wir nach ein paar Schaufeln des Minibaggers auch schon auf ein Stück farbigen Kunststoff, in etwa zweieinhalb Fuß Tiefe. Wir hielten den Bagger sofort an, und ich sagte dem Baggerführer, er sollte nur so tun, als holte er weiteren Boden heraus, denn die Reporter spähten zu uns herüber. Wir machten also weiter, während Martin Fitzgerald, der die ganze Zeit bei mir war, hinüber zu Gyan Fernando ging, dem Gerichtsmediziner. Er sagte ihm, wir glaubten, die Leichen gefunden zu haben.

Dr. Fernando konnte den Fund bald schon bestätigen. Es war ein höchst dramatischer Augenblick, und für alle Polizisten, die so viele Jahre an dem Fall gearbeitet hatten, war es eine enorme Erleichterung.

Der Pathologe erinnert sich:

> Als ich in den dritten Graben stieg, wußte ich sofort, daß wir die Leichen gefunden hatten. Ich fühlte durch die dünne Erdschicht und ertastete einen Fuß in einem Schuh. Es war ein Männerschuh, der mit Polyäthylen bedeckt war. Wir stellten sofort Sichtschutzgitter auf, damit man die Szene nicht fotografieren und filmen konnte, und wir beschlossen, den Minibagger nicht mehr einzusetzen, damit die Leichen nicht beschädigt wurden. Wir begannen also mit Schaufeln zu graben und steckten zunächst einmal den Umfang des Grabes ab. Es dauerte mehrere Stunden, bis wir schließlich wußten, daß das Grab zwei Leichen enthielt. Sie waren in Plastikplanen eingerollt, die eine blau, die andere grün.

Für viele Angehörige der Polizei von Jersey war es ein Augenblick der Erleichterung und des Hochgefühls. Paul Marks, der Leiter der Ermittlungen gegen die Newalls, gehörte nicht zu ihnen. Wie bei einigen Polizeibeamten vor ihm, beherrschte der Fall Newall inzwischen sein Leben, und oft hatten ihn Hoffnungslosigkeit und Verzweiflung gepackt. Als die Leichen von Elizabeth und Nicholas Newall nun aus ihren provisorischen Gräbern exhumiert wurden, spürte er seine körperliche und geistige Erschöpfung wie nie zuvor. Nun blieb ihm noch die Aufgabe, Stephen Newall zu benachrichtigen, den Zwillingsbruder von Nicholas. Das brachte ihn an den Rand eines Zusammenbruchs.

Ich erkannte, daß ich gar nicht mehr ich selbst war. Ich spürte, daß ich die Kontrolle über mich verlor. Glücklicherweise haben wir auf Jersey gute Möglichkeiten der psychologischen Betreuung, und dazu gehört, daß wir sofort gründlich untersucht werden. Am meisten hatte mich das Gespräch mit Stephen Newall mitgenommen, als ich ihm sagen mußte, daß wir seinen Bruder ins Leichenschauhaus gebracht hatten. Er war sehr betroffen, und das wiederum machte mich betroffen. Auch den Anblick der beiden Leichen unter den Plastikplanen hätte ich mir lieber erspart.

Während Paul Marks mit psychischen Problemen kämpfte, begann Dr. Fernando im Leichenkeller des Jersey General Hospital in St. Helier mit der genauen Untersuchung. Noch am selben Abend fertigte er mehrere Röntgenaufnahmen an, die der Bestätigung dienten, daß es sich tatsächlich um zwei Körper handelte – und daß es menschliche Körper waren.

Am nächsten Tag ging er mit gründlicher Umsicht an die Arbeit. Er schlug die Plane von der ersten Leiche zurück. Die Plastikplanen hatten wahrscheinlich dem Zweck gedient, Blut aufzufangen, das sonst auf den Fußboden des Hauses an der Clos de L'Atlantique oder auf den Weg zum Auto zu Boden getropft wäre. Was immer der Grund für das Einwickeln der Leichen gewesen war, es kam Dr. Fernando nun entgegen, denn wegen der luftdichten Hülle waren die Körper sehr gut erhalten.

Der Pathologe erinnert sich:

> Bei der ersten Leiche, die wir aus der Plane wickelten, hatten wir keinen Zweifel, daß es sich um Mr. Newall handelte. Wir fanden einige persönliche Dinge bei ihm, und er war auch noch vollständig bekleidet – genau so, wie er zuletzt im Sea Crest Hotel gesehen worden war. Die wirkliche Überraschung war der gute Zustand der Leiche, wenn man bedenkt, daß sie schon sechs Jahre lang dort gelegen hatte. Er war so gut erhalten, daß ich ihn von Bildern, die ich gesehen hatte, hätte identifizieren können. Besonders charakteristisch war die hohe Stirn, bedingt durch vorzeitigen Haarausfall, und auch die markanten Gesichtszüge waren noch zu erkennen. Mrs. Newalls Leiche war nicht ganz so gut erhalten.

Dr. Fernando nahm dann die Autopsie vor, wie sie in jedem Mordfall durchgeführt wird. Obwohl so viel Zeit vergangen war, hatte er keine Schwierigkeit, die Todesursachen festzustellen. Elizabeth und Nicholas hatten viele Kopfwunden davongetragen, die Rißwunden maßen zwischen anderthalb und acht Zentimetern. Bei beiden Toten war der Schädel an mehreren Stellen gebrochen, und es gab keinen Zweifel, daß die zahlreichen Verletzungen zum Tode geführt hatten.

Einige Verletzungen bei Nicholas Newall, besonders am Hinterkopf, unterschieden sich von den Verletzungen seiner Frau. Es schien auch nicht wahrscheinlich, daß sie von dem Reisflegel verursacht worden waren, dessen Benutzung Roderick zugegeben hatte, sondern eher von einer anderen Waffe.

Um nichts auf sich beruhen zu lassen, nahm Dr. Fernando den Schädel von Nicholas Newall mit in sein Labor in Exmouth, um genauere Untersuchungen anzustellen. Nachdem er die Knochenstrukturen des Schädels analysiert hatte, gab es für ihn keinen Zweifel mehr, daß eine zusätzliche Waffe mit einer viel schärferen Kante benutzt worden war.

Wie entsetzlich die begangenen Verbrechen auch waren und mit welchen Waffen die Newalls auch totgeschlagen wurden – Roderick ließ sich keine Gelegenheit entgehen, um herauszustellen, daß er allein seine Eltern umgebracht hatte. Sein jüngerer Bruder Mark war in keinster Weise für das Blutbad in der Clos de L'Atlantique verantwortlich. Marks Beteiligung an der Tat, versicherte Roderick immer wieder, war überhaupt sehr gering gewesen.

Er war so verzweifelt bemüht, aller Welt sein *mea culpa* zu bekunden, daß er sich zu dem ungewöhnlichen Schritt entschloß, während der Untersuchungshaft im Gefängnis in La Moye das Channel Television von Jersey anzurufen und bekanntzugeben, daß er eine schriftliche Erklärung zu diesem Thema abgeben würde. Für ihn war es dringend erforderlich, daß alle wußten: Mark traf keine Schuld.

> Ich möchte unterstreichen, daß Marks einzige Rolle in diesem Alptraum darin bestand, mich vor meinem Freitod zu bewahren. Nur deshalb sieht auch er sich jetzt mit einer Anklage konfrontiert. Wenn ich es richtig verstehe, ist das erforderlich, weil niemand durch kriminelle Handlungen finanziellen Gewinn einstreichen

soll. Wenn es Mark darum gegangen wäre, finanziellen Gewinn aus dem Geschehen zu ziehen, hätte er mein Verbrechen der Polizei melden müssen, als er es entdeckte; dann nämlich wäre er der Alleinerbe des elterlichen Besitzes geworden. Er dagegen hat die Loyalität zu seinem Bruder über die Loyalität zum Staat gestellt, und das Ergebnis dieses Handelns besteht darin, daß eine erfolgreiche Karriere zerschlagen und mein Bruder im Gefängnis ist.

Mark hatte sich an seinen eigenen Rat gehalten. Im Gegensatz zu seinem Bruder hatte er nie etwas über das Essen im Sea Crest Hotel und den daran anschließenden blutigen Höhepunkt verlauten lassen. Seit jener schicksalhaften Nacht war Schweigen seine Parole gewesen. Selbst bei seiner dramatischen Verhaftung in Paris hatte er nur wenig gesagt. Als er von einer Anzahl Polizisten auf dem kurzen Flug von Frankreich nach Jersey begleitet worden war, hatte er gleich nach dem Start die Augen geschlossen und sie erst wieder geöffnet, als das Flugzeug auf Jersey landete.

Später an diesem Tag war er auch den vernehmenden Polizisten gegenüber kurz angebunden gewesen: »Ich habe zu diesem Zeitpunkt keine Erklärung abzugeben, abgesehen davon, daß ich der Verbrechen nicht schuldig bin, derer ich bezichtigt werde.«

Seither hatte er unerschütterlich behauptet, unschuldig zu sein. Aber seit das Dossier der Polizei gegen Mark immer umfassender wurde und Rodericks eigene Schilderung des Geschehens an die breite Öffentlichkeit gelangte, erkannte Mark, daß seine Taktik des Schweigens nicht mehr angebracht war.

Deshalb räumte er am 15. März 1994 der Polizei gegenüber das erste Mal in der sechsjährigen Ermittlungszeit ein, daß er doch etwas mit dem Fall zu tun gehabt hatte.

Aber wie war es ihm gelungen, keine Miene zu verziehen, als er 1987, etwa einen Monat nach dem Verschwinden seiner Eltern, in die Fernsehkameras geschaut und gesagt hatte: »Die Chancen, daß meine Eltern lebend gefunden werden, sind sehr gering.«

Wie hatte er vier Jahre später vor dem Königlichen Gericht auf Jersey, als Elizabeth und Nicholas Newall offiziell für tot erklärt wurden, wortgewaltig über das Schicksal sinnieren können, das seinen Eltern widerfahren war?

Die Wahrheit war, daß Mark von Anfang an genau gewußt hatte – und viele Detektive der Polizei von Jersey hatten es vermutet –, was den Newalls nach dem üppigen Mahl im Sea Crest Hotel widerfahren war; schließlich hatte Mark geholfen, sie in den frühen Stunden des nächsten Morgens zu vergraben. Auch er hatte Blut an den Händen. Er hatte seit der Mordnacht gelogen und viele Meineide geleistet.

Es ist an der Zeit, Marks eigene Version der Geschehnisse festzuhalten. Hier ist sein Geständnis:

> An jenem Samstagabend haben mein Bruder und meine Eltern eine große Menge Alkohol getrunken. Sie tranken Champagner, bevor wir zum Essen gingen, und während des Essens tranken sie mehrere Flaschen Wein. Nachdem wir nach Hause zurückgekehrt waren, gingen sie zu Whisky über. Es kam zum Streit, wenn auch nicht sehr heftig. Es ging um die Karriere meines Bruders und um einige andere Fragen.

Es war ein Streit, wie ich ihn schon viele Male vorher gehört habe. Deshalb ging ich nach Hause.
Einige Stunden später rief Roderick mich an. Er weinte und stammelte und sagte, daß er, in völlig betrunkenem Zustand, meine Mutter und meinen Vater getötet hätte, und nun würde er sich selbst töten. Er sagte immer wieder, daß es ihm leid täte.
Ich fuhr sofort zum Haus meiner Eltern und fand Vater und Mutter tot vor. Sie hatten beide schwere Kopfverletzungen. Mein Bruder war voller Blut. Er befand sich in einem entsetzlichen Zustand und hielt das Gewehr meines Vaters in der Hand. Ich sagte Roderick, daß wir am besten die Polizei riefen. Sonst war niemand im Haus. Mein Bruder sagte, er wollte sich erschießen, die Polizei würde die Umstände sowieso nicht begreifen. Ich stritt eine Zeitlang mit ihm, und schließlich stimmte ich zu, ihm dabei zu helfen, die Tat zu vertuschen. Ich glaubte damals, und ich glaube noch heute, daß Roderick sich sonst umgebracht hätte.
Im Heizungsraum, in der Garage und im Gartenhäuschen fand ich Planen, Geräte und Werkzeuge, die wir benutzten, um das Haus zu säubern und die Leichen zu beseitigen. Ich habe Roderick dann geholfen, die Körper in Grève de Lecq zu vergraben. Ich habe mehrere Reisdreschflegel auf dem Boden liegen gesehen. Roderick hob sie auf, danach habe ich sie nicht wieder gesehen. Er sagte, er hätte sie zertrümmert und weggeworfen.
Ich habe später die Polizei, meine Familie und

meine Freunde belogen, um meinem Bruder ein Alibi zu verschaffen, damit wir das Verbrechen vertuschen konnten. Es tut mir leid, daß ich an diesem Morgen nicht die Polizei gerufen habe. Ich weiß, daß ich damals die falsche Entscheidung getroffen habe, aber zu diesem Zeitpunkt fürchtete ich mich vor den Konsequenzen, wenn ich die Sache in meine eigene Hände genommen und die Polizei benachrichtigt hätte. Ich werde immer bitterlich den Schmerz und den Kummer bereuen, den ich dadurch verursacht habe.

11

›Ich war ganz und gar nicht überrascht‹

Da es der Polizei nicht gelang, die Mordanklage gegen Mark zu untermauern und die Geständnisse der Brüder übereinstimmten, was ihre jeweilige Rolle anbetraf, war es unvermeidlich, daß die Hauptanklagepunkte gegen Mark fallengelassen werden mußten. Er hatte die unbedeutendere Rolle gespielt, und zu den eingeschränkten Anklagepunkten bekannte er sich im Laufe des Verfahrens für schuldig.

Er gestand, daß er Roderick nach Ausführung der Verbrechen dabei geholfen hatte, die Leichen zu vergraben; außerdem hatte er dabei geholfen, die Mordwaffen und andere Beweise der Verbrechen zu entfernen, zu vernichten oder zu verstecken. Überdies hatte er falsche Aussagen gemacht, um zu verhindern, daß Roderick seine Strafe erhielt.

Als alle grauenhaften Einzelheiten an die Öffentlichkeit drangen, überschlugen sich die Schlagzeilen in den Zeitungen. Ein Boulevardblatt erklärte Roderick zum ›Kung Fu Killer‹, und der *Daily Mirror* hielt dagegen: ›Ich erschlug meine Eltern mit Dreschflegel‹. Auch die *Jersey Evening Post* wollte sich nicht überbieten lassen: ›Newalls mit asiatischen Kampfsportwaffen ermordet‹, lauteten die Schlagzeilen.

Viel tiefer gingen die Berichte in den Zeitungen nicht. Die Erklärung für die Doppelmorde schien auf der Hand zu liegen. Es hatte einen fürchterlichen Streit zwischen Vater und Sohn gegeben; bittere Kindheitserinnerungen waren hochgekommen und alte

Wunden aufgerissen worden. Im Grunde aber war es nicht mehr als ein Streit unter Betrunkenen, der irgendwie außer Kontrolle geraten war, was tragische und katastrophale Folgen für die ganze Familie gehabt hatte.

Oder steckte doch mehr dahinter?

Am Montag, 8. August 1994, als die Brüder schließlich ihre Freiheitsstrafen erhielten, versuchte die Staatsanwaltschaft Beweise beizubringen, die belegen sollten, daß die Morde nicht spontan begangen worden waren, sondern sorgfältig geplant und vorsätzlich ausgeführt wurden.

Das Kernstück dieser Beweisführung waren Gegenstände, die als ›die Sachen von Norman's‹ bekannt wurden. Damit ist die ungewöhnliche Zusammenstellung von Dingen gemeint, die um 11 Uhr 11 am 10. Oktober 1987 – an diesem Abend fand sich die Familie zusammen, um Elizabeths achtundvierzigsten Geburtstag bei einem Essen im Sea Crest Hotel zu feiern – in Norman's Baumarkt in St. Helier gekauft worden waren. Hundertunddrei Pfund in bar waren bezahlt worden für zwei Plastikplanen, zwei Spaten, eine Stablampe, eine Lampe, Batterien, zwei Packen roter Müllsäcke, eine Hacke, zwei kleine Schnitzmesser, einen Strick, eine Säge und einen Polsterreiniger.

Sechseinhalb Jahre später sollten die Gräber in Grève de Lecq eine grüne Plane, eine blaue Plane, einige rote Plastiksäcke und eine tödliche Wunde am Kopf von Nicholas Newall, herbeigeführt von einem scharfen Gegenstand, zutage fördern.

Ausgiebige Nachforschungen der Polizei ergaben, daß es auf Jersey nur ein Geschäft gab, das zum damaligen Zeitpunkt einem Kunden diese drei Artikel verkauft hatte – Norman's.

Roderick hatte bereits gestanden, an diesem Morgen in der nahegelegenen South-Pier-Schiffswerft gewesen zu sein: Er war also zur richtigen Zeit am richtigen Ort.

Darüber hinaus hatte die Verkäuferin bei Norman's, Miss Tina Collins, keine Mühe, sich an den jungen Mann mit hellen Haaren zu erinnern, der die Gegenstände eingekauft hatte. Für die Polizei stand jedenfalls zweifelsfrei fest, daß Roderick Newall der Käufer der ›Sachen von Norman's‹ war. Alles paßte zusammen.

Die grausige Mordausrüstung war also im voraus gekauft worden. Anschließend hatte Roderick sich ein ausgezeichnetes Essen mit Hummer und Champagner munden lassen – obwohl er zu diesem Zeitpunkt schon gewußt hatte, daß ein paar Stunden später seine Eltern auf blutige, brutale Weise von seiner Hand sterben würden.

Wenn dies tatsächlich die Wahrheit war, würde die Verteidigung nicht viel dagegen vorbringen können. David Le Quesne wies vor Jerseys Royal Court jedoch darauf hin, daß die Verkäuferin, Tina Collins, schon einmal eine andere Person fälschlicherweise identifiziert hatte; außerdem hätte sie sich in ihrem Urteil kaum sicher gewesen sein können, als ihr ein Foto Rodericks vorgelegt wurde, zusammen mit elf weiteren Fotos sich ähnelnder Männer: »Nein, von denen war es keiner«, hatte sie der Polizei gesagt. »Der eine, wegen dem ich Sie angerufen habe, sah eher so wie dieser aus« – und dann wies sie auf das Foto eines anderen Mannes.

Le Quesne faßte sein Gegenargument zusammen: Der Angeklagte war von niemandem als der Käufer der ›Sachen von Norman's‹ identifiziert worden.

Ein Gegenstand aus dem Einkauf war für die Polizei von besonderem Interesse. Es war die Hacke, ein spitz zulaufendes Gartengerät, ein Breitbeil auf der einen Seite, eine Art Beitel auf der anderen. Mit diesem Werkzeug, trug Jerseys Oberstaatsanwalt vor, waren Nicholas Newall die tödlichen Schläge zugefügt worden. Die chinesischen Reisdreschflegel, deren Benutzung Roderick bereits zugegeben hatte, konnten unmöglich die sechs Rißwunden am Hinterschädel seines Vaters verursacht haben. Einige dieser Verletzungen waren mit solcher Gewalt herbeigeführt worden, daß Knochensplitter in das Innere des Schädels getrieben worden waren.

Die Staatsanwaltschaft war davon überzeugt, daß diese Verletzungen herbeigeführt wurden, während Nicholas Newall auf dem Boden lag. Er lag auf der rechten Gesichtshälfte und wurde, ohne daß es Beweise eines Kampfes gegeben hätte, mehrere Male mit einem schweren Gegenstand geschlagen, der eine scharfe Kante aufweisen mußte.

Es war höchstwahrscheinlich, argumentierte der Vertreter der Anklage, daß es sich bei dem Gegenstand um die Hacke handelte. Deren acht Zentimeter langes spitzes Ende entsprach den Verletzungen von Nicholas Newall.

Aber wenn nicht der Beweis gelang, daß Roderick der junge Mann mit den hellen Haaren war, der die Gegenstände bei Norman's eingekauft hatte, dann würde es noch schwieriger sein, die Hacke, die zu diesem Einkauf gehörte, überzeugend als Mordwaffe nachzuweisen. Das zusätzliche Problem bestand darin, daß es der Polizei nie gelungen war, die Hacke aufzutreiben.

Nicht nur die Hacke bleibt ein Geheimnis in diesem Fall, auch der Mageninhalt von Nicholas Newall.

Der Pathologe Dr. Gyan Fernando war von der Polizei gebeten worden, die Mageninhalte der beiden Opfer festzustellen. Er fand zunächst heraus, daß die Mägen voll waren, was darauf schließen ließ, daß sie innerhalb von vier Stunden nach dem Essen im Sea Crest Hotel getötet worden waren. Doch in den sterblichen Überresten warteten noch andere Beweise auf ihre Entdeckung. Nachdem er Proben für die toxikologische Untersuchung entnommen hatte, schaltete Dr. Fernando einen weiteren Experten ein, Dr. Alexander Allan, einen Gerichtsmediziner im Labor von Aldermaston.

Was Dr. Allan herausfand, sollte den Fall um ein weiteres wichtiges Element ergänzen: In Leber und Magen von Nicholas Newall entdeckte er Spuren von Phenobarbital.

Dieser pharmazeutische Stoff wird zur Behandlung der Epilepsie angewandt, eine Krankheit, an der niemand der Newalls litt. Phenobarbital verursacht Schläfrigkeit und wird zur Ruhigstellung von Patienten eingesetzt. Wenn man es in Verbindung mit Alkohol einnimmt, ist die Gefahr einer Überdosierung sehr hoch.

Als Roderick Newall von der Polizei beschuldigt wurde, daß er Phenobarbital in Whisky aufgelöst hätte, um seinen Vater in Schlaf zu versetzen, bevor er ihn tötete, wies er diese Beschuldigung empört zurück, ebenso die Unterstellung, er hätte eine andere Waffe als die Reisdreschflegel verwendet.

Ein anderer Experte, ein Toxikologe, nicht weniger angesehen als Dr. Allan und ein wichtiger Zeuge der Verteidigung, bestätigte zwar den Nachweis von Phenobarbital, widersprach aber der Schlußfolgerung der Staatsanwaltschaft.

Wegen der gegensätzlichen Beurteilung der Experten wurde die Theorie, daß Roderick seinen Vater vor dem Mord unter Drogen gesetzt haben könnte, von der Staatsanwaltschaft nicht weiter verfolgt, was eine Reihe der ermittelnden Detektive sehr erzürnte.

Deshalb wurde auch die entscheidende Frage der Vorsätzlichkeit vor Gericht nie geklärt. Die Verteidigung versuchte der Theorie des Streits unter Betrunkenen zusätzliche Glaubwürdigkeit zu verleihen und zitierte einen Auszug aus Rodericks spontanem Geständnis bei Helena Pedo in Brasilien. Bei diesem Geständnis hatte er sich mehrfach als Mörder bekannt und gesagt, er wäre ›verantwortlich für das, was geschehen ist‹.

Die Staatsanwaltschaft konterte mit einem Auszug des aufgezeichneten Geständnisses, das Roderick seinem Onkel Stephen gegenüber abgelegt hatte.

»Gibt es keine mildernden Umstände?« hatte Onkel Stephen gefragt. »Ich meine, warst du vielleicht besinnungslos betrunken oder so etwas? Schwächt das deine Selbstvorwürfe nicht irgendwie ab?«

»Nein«, hatte Roderick geantwortet.

Um seine Behauptung weiter zu erhärten, daß die Morde das Resultat eines plötzlichen, schrecklich gewalttätigen Zwischenfalls waren, las Verteidiger David Le Quesne eine Liste von Fragen vor. Keine davon, so argumentierte der Rechtsanwalt aus Jersey, ließ den Schluß zu, daß es sich um eine sorgfältige Planung und Vorbereitung so entsetzlicher Verbrechen gehandelt hätte, vor allem dann nicht, wenn man berücksichtigte, daß es sich bei Roderick um einen intelligenten und gut ausgebildeten jungen Armeeoffizier handelte.

»Warum sollte er einen Mord sorgfältig planen, bei dem er unvermeidlich der wahrscheinlichste Verdächtige ist? Warum dann das Festessen in aller Öffentlichkeit? Warum einen Mord planen, bei dem ein Blutbad entsteht? Und was hatte er mit den Leichen vorgehabt? War es wirklich sorgfältige Planung, daß er mit den Toten am frühen Morgen quer über die Insel fuhr? Was wäre wohl geschehen, wenn ihn die Polizei angehalten hätte? War es wirklich sorgfältige Planung, die Leichen an einer Stelle zu vergraben, wo er sie hundert Meter von der Straße über eine Wiese tragen mußte? Was wäre wohl geschehen, wenn ein anderes Auto vorbei gekommen wäre, während die Toten über die Wiese geschleppt wurden? War es wirklich sorgfältige Planung, ein Grab auszuheben, wozu er eine Taschenlampe brauchte, die man aus weiter Entfernung und bestimmt von der Straße aus hätte sehen können? Warum gab es keinen Plan, die Leichen zu beseitigen, und warum mußte eine Nachbarin Marks am anderen Tag darauf gefragt werden, ob man auf Noirmont Common etwas verbrennen durfte?«

Er hätte ebenso eine eindrucksvolle Liste mit Zeugen aufbieten können, wäre es ihm gestattet gewesen. David Le Quesne unterrichtete alle Anwesenden im Gerichtssaal, daß er eigens angewiesen worden wäre, keinen Versuch zu unternehmen, Entschuldigungen für Rodericks Verbrechen vorzubringen, indem er Rufmord an den Verstorbenen beging. Er war sogar davor gewarnt worden, etwas Schlechtes über die Toten zu sagen.

Das hinderte Le Quesne nicht, einige Bemerkungen anzuführen, die er von Onkel Stephen selbst zitierte:

Roderick und Mark wären ›zwei sehr schlecht behandelte kleine Jungen‹, und besonders Mark hätte in sehr frühem Alter bemerkt, daß seine Eltern ihn nicht liebten, ja, daß sie ihn nicht mochten.

So ergab sich, daß kein einziger Zeuge aufgerufen wurde, um über die Frage der Vorsätzlichkeit auszusagen oder darüber zu berichten, wie die Newalls als Eltern zu ihren Söhnen gestanden hatten. Es gab keinen Moment der gespannten Erwartung, als der Sprecher der Geschworenen das Urteil an Jerseys Richter Sir Peter Crill reichte. Es waren auch keine Geschworenen mehr anwesend, weil die Brüder sich bereits zu den Anklagepunkten schuldig bekannt hatten.

Nachdem Sir Peter das Urteil verkündet hatte – sechs Jahre für Mark und zweimal lebenslänglich für Roderick –, erinnerte der Richter die Brüder an die Schwere ihrer Verbrechen; er warf Roderick vor, daß es ein besonders widerlicher Mord gewesen sei.

»Vatermord und Muttermord lösen in der Bevölkerung einen besonders starken Abscheu aus«, sagte Sir Peter in seinem Schlußwort.

»Die ganze Angelegenheit ist so traurig, so unendlich traurig«, klagt Maureen Ellam, die derzeitige Besitzerin von Crow's Nest, dem Haus auf dem Hügel, von dem aus man über Grève de Lecq schauen kann – das Haus, in dem die Newall-Jungs aufwuchsen.

> Vier Leben sind zerstört worden. Ich fühle mich immer noch schuldbewußt, daß ich nicht mehr getan habe, aber ich habe das Problem nicht erkannt. Was die Jungen betrifft, so schwanken

meine Gefühle sehr stark. Trotz allem empfinde ich ein tiefes Mitleid ihnen gegenüber. Wenn man jung ist, tut man oft schreckliche Dinge. Elizabeth und Nicholas sind tot. Niemand kann sie zurückholen. Kann man ihren Kindern helfen, die ›nicht wußten, was sie taten‹? Aber dann macht sich auch der Zorn in mir breit, denn Elizabeth war jünger als ich, und sie hätte noch ein langes Leben vor sich gehabt. Die schöne, schöne Elizabeth, die hundert Jahre alt werden wollte. Die Newalls lebten ein Leben aus dem vollen. Darauf waren manche Leute neidisch. Gott sei Dank haben sie so gelebt, wie sie es wollten, denn sie hatten ja nur ein kurzes Leben. Und ich? Nun, ja, die Zeit heilt Wunden, aber ich gehe kaum noch aus. Ich bin so etwas wie eine Einsiedlerin geworden. Aber wo kann man schon ein besseres Einsiedlerdasein führen als hier im Crow's Nest?

Und doch – so spektakulär der Ausblick von Crow's Nest auch ist, so herrlich die Umgebung von Grève de Lecq sein mag, eine einzigartige Mischung aus Bucht, Wald und Meer – Maureen Ellam weiß, daß die Zeit gekommen ist, weiterzuziehen.

Dies ist das Haus der Newalls. Hier haben sie die glücklichste Zeit ihres Lebens verbracht. Die Jungen haben ihre prägenden Jahre hier verlebt. In diesem Haus schallt dir aus jeder Ecke ›Newall‹ entgegen. Ich kann nicht mit dem Schmerz leben, aus dem Fenster zu schauen und die Stelle zu sehen, wo Elizabeth und Nick sechs Jahre lang lagen, ohne daß ich ihnen habe helfen können. Mit diesem Schmerz kann man auf Dauer einfach nicht fertigwerden.

Auch die Boulevardzeitung *Star* war wenig hilfreich. Als die Leichen der Newalls exhumiert wurden, hielt es der zuständige Redakteur für angemessen, ein Bild von Maureen Ellams Haus zu veröffentlichen, über das er die Schlagzeile ›Haus des Todes‹ setzte. Deshalb ist es nicht verwunderlich, daß die Ellams sich entschieden haben, sich irgendwo anders niederzulassen.

Die Ansicht einiger Leute, daß Elizabeth und Nicholas Newall ihre Pflicht als Eltern vernachlässigt hätten, bringt Stephen Newalls Blut zum Kochen.

Als die Presse und die Öffentlichkeit sich mit dem Heranwachsen und der Erziehung der Jungen beschäftigten und dabei ein Bild von Vernachlässigung und Entbehrungen zeichneten, stand für Stephen Newall fest, daß sich das Blatt gewendet hatte: Jetzt saßen die Opfer selbst auf der Anklagebank.

Vieles von dem, was über meinen Bruder gesagt und geschrieben wurde, auch in diesem Buch, ist absoluter Schwachsinn. Warzen sind zu Ballons aufgeblasen worden. Man hat Nicholas und Elizabeth als schreckliche Menschen dargestellt, und das waren sie nicht. Der gute Name meines Bruders, der ein ganz normaler, anständiger Kerl war, wurde in den Schmutz gezogen und besudelt. Es ist viel Unsinn verzapft worden; schreierische Halbwahrheiten wurden geschrieben oder gesendet. Doch die Leute hal-

> ten sie für wah , weil Elizabeth und Nicholas sich nicht meh weh en können. Das ist läche - lich und auf g oteske Weise unfai :. Wa um hat nie jemand die positiven Dinge über sie ve - öffentlicht? Kommen Sie nach Schottland, da we den Sie hö en, wie seh: sie bei uns geschätzt wa en. Übe: die Jungen können Sie sagen, was Sie wollen, abe ihre Eltern wa en gute Menschen, die unte tragischen Umständen gesto - ben sind. Das ist die wahre Botschaft, die ve - mittelt werden sollte.

Nan Cla k, Elizabeths Schweste , sieht die Dinge in einem etwas ande en Licht. Ihre hauptsächliche So ge gilt de einleuchtenden Antwo t auf eine schlichte F age – eine Antwo t, die sich ih immer entzogen hat. Seit sie erkannt hatte, daß ih e Neffen viel tiefer in den Fall ve st ickt wa en, als sie der Polizei glauben machen wollten, hat diese F age Nan Cla ks Gedanken behe scht.

> Wa um? Wenn die Jungen jetzt do t säßen, wü de ich sie nu f agen wollen: Wa um? Ich habe mich oft gef agt, was wi falsch gemacht haben. Alles schien in bester O 'dnung zu sein, als sie he anwuchsen. Wo haben wir ve sagt? Wie konnte das Ve hältnis zu den Elte n so katast ophal enden? Ich möchte mit den Jungen nur übe die wesentlichen Dinge sprechen, nicht übe Randf agen. Damit ich endlich ve - stehe, um was es eigentlich ging. Es ist f ust ie- end, es nicht zu wissen. Von Zeit zu Zeit uft Mark mich aus dem Gefängnis an, abe natü - lich e wähnt niemand von uns, daß e geholfen

hat, die Leiche meiner Schwester zu vergraben, daß er die Polizei jahrein, jahraus belogen hat, und daß er und Roderick uns diesen entsetzlichen Schmerz zugefügt haben. Manchmal muß ich mich zwicken, um mich daran zu erinnern, was geschehen ist. Dann kommt es mir so vor, als wäre ich auf der anderen Seite eines Spiegels.

Nan Clark stand Elizabeth besonders nahe und ist deshalb bis heute nicht bereit oder fähig, sich für immer von ihrer Schwester zu verabschieden.

Weil sie so war, wie sie war, ist sie ein Stück von mir gewesen. Unsere Freunde leben noch. Ich habe viel für sie eingekauft, besonders Kleider. Es ist mir schwergefallen, an den Kleiderständern plötzlich nicht mehr nach Sachen zu suchen, die Elizabeth vielleicht gefallen hätten. Oder wenn jemand aus einem Bus steigt, der ihr ähnlich sieht, denke ich sofort – das ist Elizabeth! Ich rede gerne über sie und denke oft an sie. Ich kann einfach nicht wahrhaben, daß sie kein Teil meines Lebens mehr ist. Vielleicht wird das nach der Beerdigung kommen, ich weiß es nicht. Aber ich habe sie schon sehr vermißt, und ich werde sie auch weiterhin vermissen. Einer Schwester kann man alles sagen, und wir waren sehr offen zueinander. Und die Art ihres Todes war so schrecklich. Diese Tragödie wird für unsere Familie nie enden. Was können wir schon von der Zukunft erwarten? In einer Familie, in der ein Junge seine Eltern ermordet und der andere geholfen hat, die Leichen zu vergra-

> ben? Diese Tragödie wird niemals für uns enden, selbst nach meinem Tod nicht. Denn meine eigenen Jungen werden im Laufe der Zeit mit Roderick und Mark auskommen müssen, ihren Vettern. Vielleicht möchten sie die Farbenfabrik in Schottland sogar gemeinsam führen. Wir machen dort einen Umsatz von vier Millionen Pfund im Jahr. Wir werden also auf die eine oder andere Weise noch lange miteinander zu tun haben.

So viele Leben sind vom Fall Newall betroffen. So viele Fragen harren noch einer Antwort. Die Polizei von Jersey hat noch nie einen Fall erlebt, in dem es auch nur annähernd so viele Ermittlungsarbeiten gab. Während der sechsjährigen Nachforschungen haben die Beamten nicht weniger als 790 Vernehmungen durchgeführt, 2890 Spuren verfolgt, 2904 Dokumente erarbeitet und in fast einem Dutzend Ländern in drei Kontinenten mehr als eintausend Menschen befragt.

Es war etwas ganz anderes als die sommerliche Ladendiebstahlsaison in St. Helier.

Das FBI war eingeschaltet worden, das Verteidigungsministerium, die Armee, die Marine und ungezählte Polizeieinheiten. Direkt oder indirekt war fast jeder der 232 Männer und Frauen der Polizei von Jersey mit dem Fall befaßt, außerdem eine Vielzahl von unabhängigen Fachleuten, als spezielle Hilfe und Unterstützung gefragt war. Sie deckten ein breites Spektrum ab – Archäologen, Pathologen, Odontologen, Entomologen, Toxikologen und Geologen, um nur einige zu nennen. Millionen Pfund wurden ausgegeben; Nachtragshaushalte mußten aufgestellt und genehmigt werden. Millionen Meilen wurden zurückgelegt.

Doch schließlich war es die Teamarbeit, die sich als Schlüssel zum Erfolg erwies, wie Paul Marks ausführt:

> Verbrecher vor Gericht zu bringen sollte eigentlich eine unkomplizierte Angelegenheit sein. Aber dieser Fall mit seinen verzwickten Wendungen machte Hackfleisch aus aller Theorie. Trotzdem, durch die Zusammenarbeit all der verschiedenen Polizeieinheiten und durch den Verbund aller Verantwortlichen an diesem Fall, besonders Staatsanwalt Desmond de Silva in Gibraltar, und schließlich durch die Hilfe der Experten und die Bereitschaft der Zeugen gelang es, Licht in das Dunkel zu bringen. Ohne die vielen Zeugen und ohne die Zusammenarbeit mit der Familie von Elizabeth und Nicholas Newall, wie schwer sie ihr auch gefallen sein mag, hätten wir diese schlimmen Verbrechen nicht vor Gericht bringen können. Man könnte argumentieren, daß eine personell stärkere Polizei den Fall schon lange vorher gelöst hätte; meine Meinung ist das nicht. Man muß lange suchen, um eine Gemeinschaft zu finden, die der Polizei, die dieser Gemeinschaft dient, klaglos die Mittel bereitstellt, um einen solchen Fall zu klären. Ich habe eine Botschaft für die ganze Welt: Jersey ist der letzte Ort für ein solches Verbrechen, und möge es noch lange so bleiben.

Beinahe hätte sich das Verbrechen gelohnt. Der Fall Newall brachte die Polizei von Jersey mehrere Jahre lang zur Verzweiflung. Trotz aller Mühen und Kosten war es den Brüdern um Haaresbreite gelungen, der Gerechtigkeit zu entgehen. Sie waren einige Jahre frei gewesen, führten ein gutes Leben, arbeiteten, reisten, segelten und jetteten rund um die Welt.

Alle wußten, daß die Polizei die Brüder im Verdacht hatte, doch sie hatte nicht genügend Beweise für eine Anklage zusammentragen können. So einfach war das. Und sie konnte auch kein überzeugendes Motiv für die Tat vorbringen.

Für Angela Barnes, die die Newalls bei der Ankunft auf der Insel vor über zwanzig Jahren als erste willkommen hieß, stand das Motiv fest. Angela hatte die Newalls besser gekannt als alle anderen.

> Es war nur eine Frage der Zeit. Diese Tat mußte geschehen. Es lag am Mangel an Liebe. Ich wußte, daß Roderick seine Mutter schon in der Vergangenheit angegriffen hatte. Ich hatte die erbitterten Streitereien, die versteckten und offenen Drohungen gehört. Manche Auseinandersetzung fand sogar in meinem Haus statt. Deshalb möchte ich als abschließenden Kommentar zu dieser traurigen Geschichte sagen: Als ich hörte, daß Elizabeth und Nicholas ermordet wurden, war ich ganz und gar nicht überrascht.

ENDE

KEN FOLLETT
Der dritte Zwilling
BASTEI LÜBBE
ROMAN

Während einer Besprechung erfährt die Wirtschaftsanwältin Sidney Archer, daß ihr Mann bei einem Flugzeugabsturz ums Leben gekommen sein soll. An Bord der Maschine waren der Präsident des amerikanischen Zentralbankrates – und anscheinend auch Sidneys Mann Jason, ein aufstrebender Computer-Experte. Noch während Sidney versucht, das Unfaßbare zu verarbeiten, teilt ihr Jasons Chef seinen Verdacht mit, ihr Mann habe sich mit firmeninternen Informationen zur Konkurrenz abgesetzt. Sidney will die Wahrheit wissen – und findet Unterstützung bei Lee Sawyer, einem FBI-Agenten, der den Flugzeugabsturz untersucht. War die Ursache des Unglücks Sabotage? Und wenn ja, wer sollte das Opfer sein: der Bankenchef – oder Jason, dessen Leben ein einziges Geheimnis zu sein scheint ...

ISBN 3-404-12976-8

BASTEI
LÜBBE

Seit ihrer Scheidung hat die vierunddreißigjährige Computerexpertin ihr Leben unter Kontrolle. Niemand wird Susan Harris jemals wieder fremdbestimmen. Und niemand wird ungebeten in ihr abgeschiedenes Leben eindringen. Dafür sorgt schon *Alfred*. So nennt sie ihren unsichtbaren Diener: ein ausgetüfteltes computergesteuertes Überwachungssystem, das jede Veränderung in ihrer Villa registriert. Eines Nachts schlägt das Security-System Alarm. Susan fährt aus dem Schlaf hoch. Die Kameras zeigen keine Veränderungen in und um das Haus herum. Als sie *Alfred* nach dem Grund des Alarms fragt, erklingt immer die gleiche Antwort: *Es ist alles in Ordnung, Susan.* Aber sie spürt, daß nichts in Ordnung ist. Irgendwo im Haus lauert eine Gefahr ...

ISBN 3-404-14218-7

BASTEI
LÜBBE

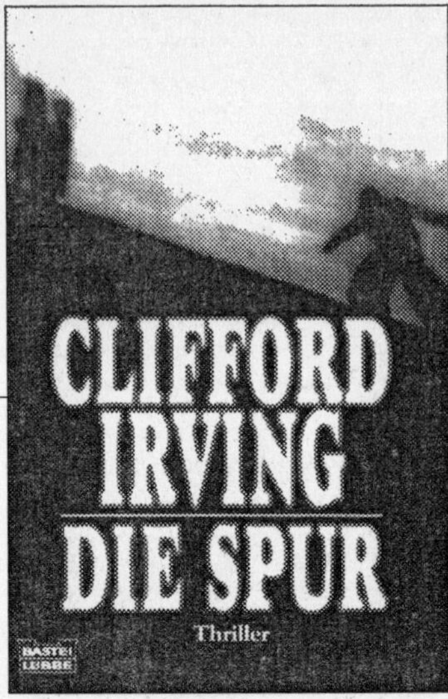

Dennis Conway, ein geschiedener New Yorker Anwalt hat mit seinen beiden Kindern eine neue Heimat gefunden – und mit Sophie Henderson die Liebe seines neuen Lebens. Sie ist Lehrerin und Bürgermeisterin von Springhill, einem kleinen Dorf in der Nähe von Aspen in Colorado.
Dort werden zwei Leichen entdeckt. Opfer eines Mordes, für den niemand eine Erklärung oder ein Motiv kennt – oder kennen will. Dennis Conway scheint als einziger an der Aufklärung der Morde interessiert zu sein. Er hat nicht die geringste Ahnung, daß er damit einem Geheimnis auf der Spur ist, das die Dorfbewohner schon viele Jahre in verschworener Gemeinschaft hüten – ein Geheimnis, das es wert scheint, dafür zu töten oder freiwillig zu sterben ...

›Clifford Irving überzeugt durch die Qualität seines Schreibens und die Raffinesse seiner Ideen. Ich konnte ihm noch nie widerstehen.‹ Mary Higgins-Clark

ISBN 3-404-12969-5

BASTEI LÜBBE

Manhattan in der Hand eines skrupellosen Verbrechers – ein Fall für Blaine McCracken

April 1998: Ein mit explosivem Material beladener Tanker verschwindet während eines heftigen Unwetters. Der Explosivstoff gerät in die Hände von Jack Tyrell, der vor über 25 Jahren als »Jackie Terror« von sich reden machte und als Kopf einer terroristischen Vereinigung weltweit für Angst und Schrecken sorgte. Tyrell verfolgt einen teuflischen Plan: Er will jede Brücke und jeden Tunnel nach Manhattan in die Luft sprengen und die ganze Stadt als Geisel nehmen. Sieben Millionen Menschen wären dem Terroristen damit auf Gedeih und Verderb ausgeliefert.

Es gibt nur einen Mann, der diesen Plan vereiteln kann: Blaine McCracken, Top-Agent des amerikanischen Geheimdienstes und immer dann zur Stelle, wenn alle anderen Mittel versagen.

ISBN 3-404-14222-5

BASTEI LÜBBE

Irlands dramatische Geschichte verknüpft mit dem Leben einer ungewöhnlichen Frau

Dublin 1994: Theresa und Frank Doorly wissen über ihre Nachbarin Mrs. Perry eigentlich nichts. Das ändert sich, als ihnen die alte Dame kurz vor ihrem Tod einen Stapel Schulhefte anvertraut – Tagebücher, die sie vor über siebzig Jahren geschrieben hat. Der Inhalt ist so brisant, daß die Doorlys bald in tödliche Gefahr geraten.
Dublin 1919: Während ihrer Arbeit in der britischen Militärverwaltung lernt die junge Mary Stewart einen englischen Offizier kennen und lieben. Doch bevor die beiden heiraten können, sterben Marys Brüder im Kugelhagel der Besatzertruppen, und die junge Frau gerät in den Sog der irischen Unabhängigkeitsbewegung. Dort wird sie die Geliebte des berühmten Freiheitskämpfers Michael Collins und erlangt selbst als Scharfschützin unter dem Decknamen ›Gráinne‹ eine verhängnisvolle Popularität. Aber dann wird sie von den Briten gefangengenommen ...

ISBN 3-404-12944-X

BASTEI LÜBBE

Gewidmet
meinen Eltern und Sole

Inhalt

Zeichenerklärung

★★★ nicht verpassen
★★ besonders sehenswert
★ wichtig für speziell interessierte Besucher

[A1] Planquadrat im Kartenmaterial. Orte ohne diese Angabe liegen außerhalb unserer Karten. Ihre Lage kann aber wie die von allen Ortsmarken mithilfe der begleitenden Web-App angezeigt werden (s. S. 139).

Vorwahlen

In Frankreich sind die Rufnummern zehnstellig, bei Mobiltelefonen beginnen sie mit „06". Im Südosten Frankreichs inklusive Marseille fangen die Festnetznummern mit den Ziffern „04" (regionale Kennnummer) an. Vorwahlnummern gibt es nicht. Vom Ausland aus wählt man die französische Landesvorwahl, dann die Rufnummer ohne die Anfangsnull.

› Frankreich: 0033

Ganz schön fischig – im Quartier Noailles, s. S. 86 (Foto: 045ml-mb)

Michaela Beimfohr

CITY|TRIP

MARSEILLE

Nicht verpassen!

Karte S. 5

1 Vieux-Port [F4]
Am Alten Hafen begann die Geschichte der Stadt und hier schlägt nach wie vor ihr Herz. Der Wirkung dieses quirligen und bunten Zentrums mit dem Flair vergangener Zeiten kann man sich nur schwer entziehen (s. S. 14).

6 Vieille Charité [E3]
Der ursprünglich als Armenhaus konzipierte Gebäudekomplex mit schöner Barockkapelle ist durch seine architektonische Klarheit ein Meisterstück von Pierre Puget (s. S. 20).

9 Fort Saint-Jean [D4]
Die weitläufige Festungsanlage diente nicht nur dem Schutz der Stadt, sondern auch als Signal der absoluten Macht des Sonnenkönigs Louis XIV. (s. S. 24).

10 Cathédrale de la Major [D3]
Die monströse Kathedrale im romanisch-byzantinischen Stil ist schon vom Meer aus gut sichtbar. Das Innere wirkt wie ein riesiger Rittersaal und der Altar ähnelt einem byzantinischen Gotteshaus (s. S. 25).

13 Basilique Notre-Dame-de-la-Garde [F6]
Die Basilika mit dem 60 m hohen Turm und der vergoldeten Madonna ist ein städtisches Heiligtum und gilt als *das* Wahrzeichen von Marseille (s. S. 29).

28 Vom Marché des Capucins zur Rue Halle Delacroix [G3]
Auf dem Multikulti-Markt tanzt Knoblauch mit Aubergine, Paprika streichelt Fenchel und Adidas trifft Kaftan (s. S. 46).

38 Cité Radieuse [K11]
Die 1952 entstandene „Stadt auf Stelzen" ist ein Musterbeispiel für progressive Architektur und moderne Stadtentwicklung (s. S. 55).

41 Corniche Kennedy [B5]
Meer, Villen, Parks, Viadukte, Jogger, Angler, Hotels, Restaurants, Busse, Autos – typisch Marseille (s. S. 58).

43 Les Goudes
Das letzte Fischerdorf im Süden von Marseille ist eine wahre Idylle. Ein Stück weiter geht es zum Land's End (s. S. 62).

44 Iles du Frioul
Die Inselgruppe lockt mit viel Natur und der Legende, dass der Graf von Monte Christo hier eingekerkert war (s. S. 63).

Leichte Orientierung mit dem cleveren Nummernsystem

Die Sehenswürdigkeiten sind im Text und im Kartenmaterial mit derselben **magentafarbenen ovalen Nummer** 1 markiert. Alle anderen Lokalitäten wie Geschäfte, Restaurants usw. tragen ein **Symbol und eine fortlaufende rote Nummer** (1). Die Liste aller Orte befindet sich auf Seite 136, die Zeichenerklärung auf Seite 139.

7.50kg
POISSONNERIE